L'ŒIL DU DRAGON

L'auteur

Mark Robson naît en 1966 à Wanstead, dans l'Essex. Il passe vingt ans de sa vie dans la Royal Air Force, en tant que pilote puis instructeur. Il écrit son premier roman en 1995, alors qu'il est consigné au sol à cause des intempéries. Mark Robson quitte la Royal Air Force en décembre 2005 pour se consacrer à l'écriture. Trois séries ont déjà été publiées et ont connu un grand succès.

Du même auteur :

L'espionne impériale

Dans la série *L'Œil du dragon* :

1 : *Vulcain*
2 : *Souffle d'Ombre*
3 : *Dent de Sabre*
4 : *Aurore*

Vous aimez les livres de la série

L'ŒIL DU DRAGON

Écrivez-nous
pour nous faire partager votre enthousiasme :
Pocket Jeunesse, 12 avenue d'Italie, 75013 Paris.

Mark Robson

L'ŒIL DU DRAGON

Aurore

Traduit de l'anglais par Fabienne Berganz

LIVRE IV

POCKET JEUNESSE

Directeur de collection :
Xavier d'Almeida

Titre original :
Dragon Orb
4. Aurora

Publié pour la première fois en 2009 par Simon and Schuster UK Ltd, Londres

Loi n° 49 956 du 16 juillet 1949 sur les publications destinées à la jeunesse : juin 2010.

ISBN : 978-2-266-19151-7

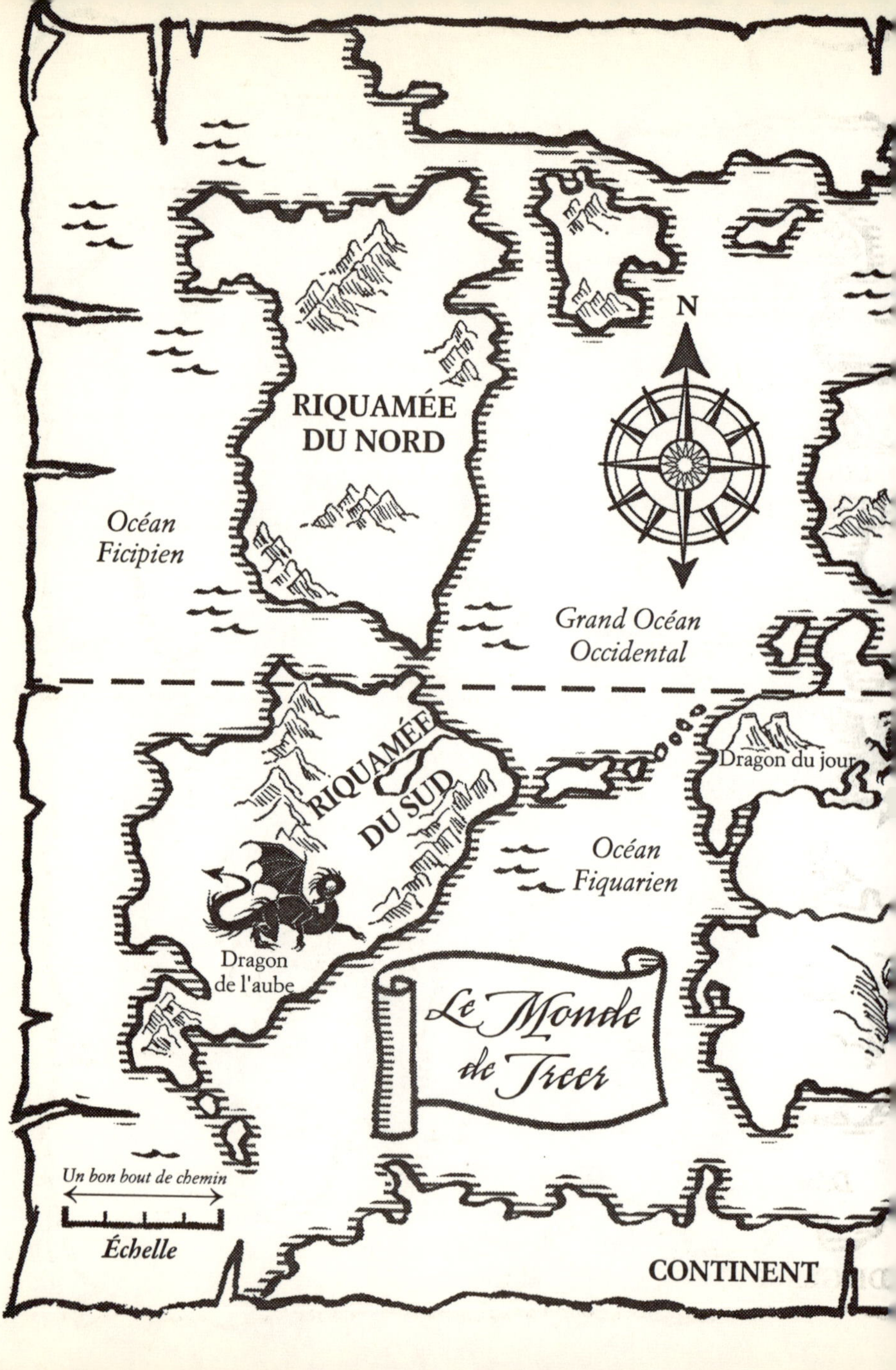
RIQUAMÉE DU NORD
Océan Ficipien
N
Grand Océan Occidental
RIQUAMÉE DU SUD
Dragon du jour
Océan Fiquarien
Dragon de l'aube
Le Monde de Treer
Un bon bout de chemin
Échelle
CONTINENT

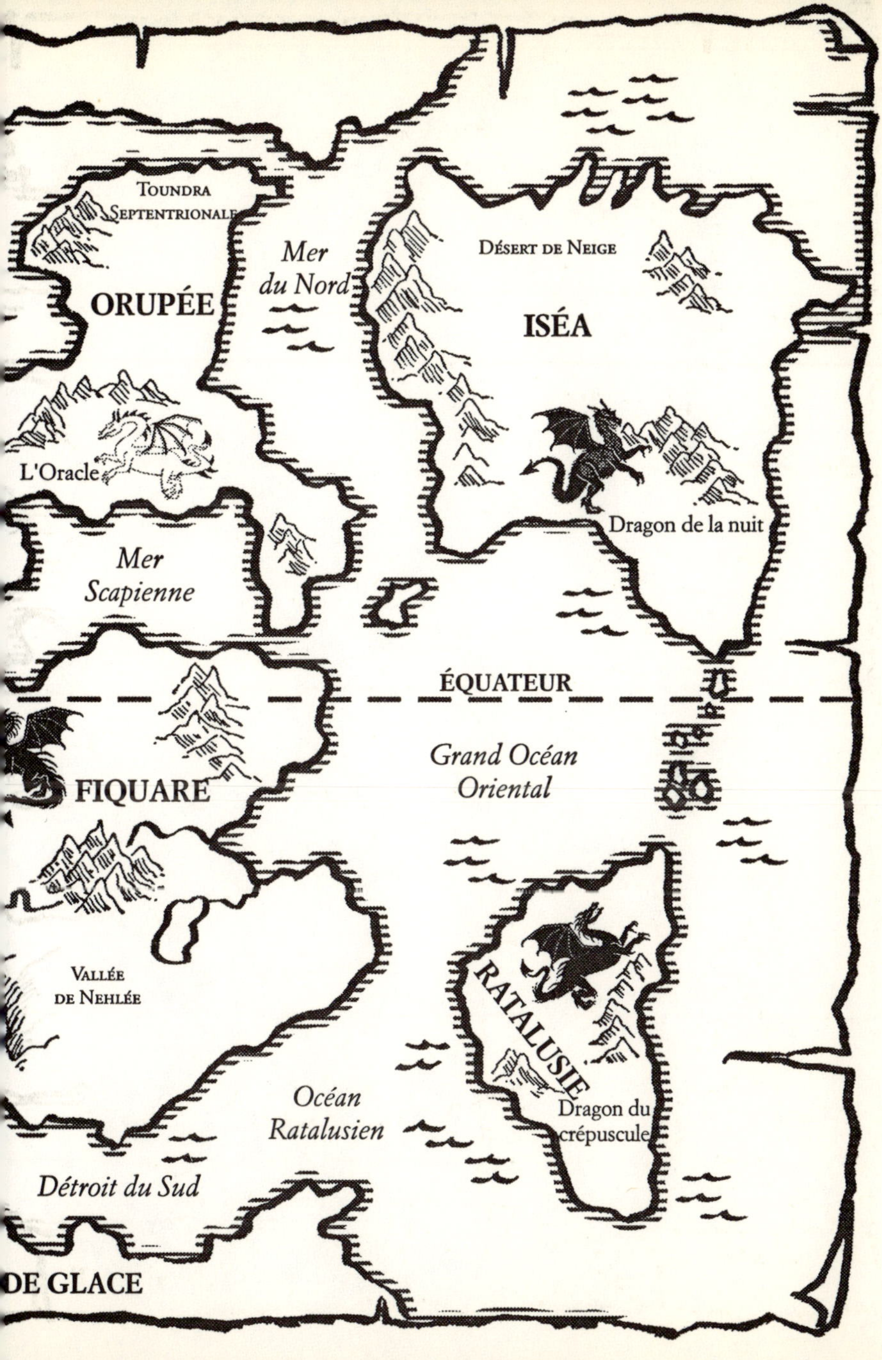
Toundra Septentrionale
Mer du Nord
Désert de Neige
ORUPÉE
ISÉA
L'Oracle
Dragon de la nuit
Mer Scapienne
ÉQUATEUR
FIQUARE
Grand Océan Oriental
Vallée de Nehlée
RATALUSIE
Océan Ratalusien
Dragon du crépuscule
Détroit du Sud
DE GLACE

Pour toi, April.
Voici ton livre. Ton cadeau. Ton histoire.

Chapitre un

L'orbe de la vision

La vie après la mort, la mort avant la vie...
Du combat décisif, naît une autre saison.
Prends le plus grand des orbes, symbole des dragons,
Mais gare au sacrifice – du succès, c'est le prix.

— *Pourquoi laisses-tu souffrir le dragon de la nuit ?* murmura la voix dans l'esprit d'Aurore. *Ta cruauté n'a-t-elle donc pas de limites ?*

— *Je suis un dragon de l'aube !* protesta Aurore. *Seuls les dragons du jour ont un pouvoir curatif ! Qui m'accuse de cruauté ? Montre-toi !*

Le dragon doré balaya la pièce de ses grands yeux ambrés. Dans le vestibule aux murs couverts de miroirs, rien ne bougeait. Aurore et Ombre étaient seules dans le Château de la désolation, une forteresse construite sur la côte nord de l'Orupée. Elles attendaient le retour de Vulcain, de Dent-de-Sabre et des quatre cavaliers, partis chercher l'orbe du crépuscule.

L'avaient-ils trouvé ? Aurore l'ignorait. Elle avait perdu tout contact mental avec Sabre et Vulcain. Le miroir qui fermait le vestibule la retenait prisonnière. S'il s'était agi d'une simple glace, le dragon de l'aube l'aurait brisée d'un coup de patte. Or, le miroir était enduit de dracarsenic, un poison mortel pour les dragons. Aurore s'inquiétait : Élias, son cavalier, se trouvait de l'autre côté... trop loin pour qu'ils puissent communiquer.

Ombre, le dragon de la nuit femelle, s'était assoupie. Lovée sur le sol, elle respirait doucement.

Une semaine auparavant, Ségun – le dirigeant de l'enclave des dragons de la nuit – et cinq de ses doyens avaient pris les quatre dragons en chasse, les obligeant à se séparer : Ombre et Aurore d'un côté, Sabre et Vulcain de l'autre. Et voilà que le destin les isolait à nouveau. Comme s'il refusait que mâles et femelles restent ensemble.

Le voyage jusqu'au Château de la désolation avait été harassant. À peine sorties de la caverne de l'Oracle, Ombre et Aurore avaient été traquées par des chasseurs de dragons. Blessées, épuisées, elles avaient atteint la forteresse en même temps que Sabre et Vulcain. Un exploit, étant donné l'état pitoyable du dragon de la nuit. Ombre avait reçu une lance sous l'aile droite, en plein dans le muscle. Chaque battement d'ailes avait été pour elle un vrai supplice. Grâce à son pouvoir de régénération, Aurore avait guéri ses propres blessures. Ombre, elle, continuait à saigner :

ni le dragon de l'aube ni Vulcain, le dragon du jour, ne pouvaient la soigner. Le feu curatif des dragons bleus n'avait aucun effet sur les dragons de la nuit. Question d'incompatibilité entre espèces.

— *Je te vois briller de l'intérieur*, poursuivit la voix dans l'esprit d'Aurore. *Je sens ton pouvoir de guérison. Pourquoi ne t'en sers-tu pas pour soigner ton amie ? Elle souffre...*

— *Je sais guérir mes blessures, pas celles des autres*, répliqua Aurore.

— *Quand j'étais le chef de l'enclave des dragons du crépuscule, les dragons de l'aube étaient les plus puissants de tous les dragons*, chuchota la voix. *Ils maîtrisaient le feu et la guérison, comme les dragons du jour. Ils volaient en silence, comme les dragons de la nuit. Et ils domptaient la flamme du soleil. Nous, les dragons du crépuscule, n'avons jamais connu une telle puissance. Nous savons juste nous fondre dans l'ombre.*

— *Pourquoi te croirais-je ?* riposta Aurore. *Cet endroit est truffé d'illusions et de pièges mortels. Montre-toi. Quand je t'aurai vu, je déciderai si je peux te faire confiance, ou non.*

Après un silence, la voix susurra :

— *Trop tard. Tes amis arrivent. Je dois les rencontrer pour accomplir mon destin. Dès qu'ils m'auront rejoint, je serai libre. J'ai attendu si longtemps !... Tu devras me croire sur parole : le feu guérisseur brûle en toi. Sers-t'en.*

Aurore marmonna, dubitative. Si elle avait eu un quelconque pouvoir de guérison, elle l'aurait su. Or, elle ne sentait rien. Aucune chaleur dans sa poitrine. Aucune énergie au creux de son ventre.

— *Tu as hérité des pouvoirs du jour et de la nuit,* insista la voix. *Tu resplendis de leur éclat. Tu ne connais pas ta chance. Le jour et la nuit s'opposent ; l'aube et le crépuscule aussi. De ce fait, tu ne pourras jamais guérir un dragon du crépuscule. En revanche, tu as la faculté de soigner les dragons du jour* et *les dragons de la nuit.*

Le dragon doré pencha la tête sur le côté. Ce que disait la voix était logique. Et si elle avait raison ? Si Aurore pouvait vraiment guérir Ombre ?

— *Que dois-je faire ?* s'enquit-elle.

— *Je l'ignore,* répliqua la voix. *La seule fois où j'ai vu un dragon de l'aube utiliser son pouvoir curatif, il a guéri son congénère par télépathie. Concentre-toi. Inonde la blessée de ton feu intérieur...*

Une courte pause, puis :

— *Tes amis sont là. Mon heure est venue. Adieu...*

La voix s'éteignit. Elle ne parlerait plus. Aurore hésitait : et si c'était un piège ? Si, au lieu de soigner Ombre, elle lui infligeait une blessure encore plus grave ? Pour la énième fois, elle essaya d'appeler Élias, Sabre et Vulcain, mais son cavalier et les dragons étaient trop loin pour l'entendre. Comment la voix était-elle parvenue jusqu'à elle ? Mystère...

Sur les dalles de pierre, Ombre remua. Elle cherchait une position confortable. Sans gémir. Sans se plaindre. Aurore était bluffée par sa ténacité et sa force de caractère. Ombre devait souffrir le martyre.

Aurore fit quelques pas vers le gigantesque dragon noir violacé.

Elle ferma les yeux.

— *Laisse-moi*, bougonna Ombre. *J'ai envie de dormir.*

— *Je vais tenter une expérience*, expliqua le dragon de l'aube. *Tu devrais te sentir mieux, après. Je n'en ai pas pour longtemps.*

D'abord, se faire la main sur une vieille blessure. En cas d'échec, la douleur serait moindre. Aurore fixa l'entaille que Vulcain avait cautérisée pour éviter qu'Ombre se vide de son sang. Rouge, boursouflée, la plaie barrait l'épaule du dragon de la nuit. Sans soins appropriés, elle ne cicatriserait jamais.

Aurore se pencha en avant et, de son long cou, effleura la brûlure. Elle s'imagina en train de puiser la lumière qui brillait en elle et de la concentrer dessus.

Ombre tressaillit.

— *Qu'est-ce que tu fabriques ?* siffla-t-elle, soupçonneuse.

— *Je t'ai fait mal ?* demanda Aurore. *Pardon. Ce n'était pas mon intention.*

— *Tu ne m'as pas fait mal*, rectifia Ombre. *Tu m'as... J'avais l'épaule en feu, et voilà que la brûlure a pratiquement disparu ! Qu'est-ce que tu as fait ?*

— *J'ai peut-être trouvé le moyen de te guérir... Puis-je réessayer ?*

Kira entendait la voix de Poll bourdonner à ses oreilles. Elle l'empêchait de se concentrer sur sa vision. Emporté par le pouvoir de l'orbe, l'esprit de la jeune fille s'envolait au-dessus du Château des ombres.

— Où sont les chasseurs de dragons ? vrombissait la voix de Poll. Tu les vois ? Que font-ils ?

Bzz-bzz. Bzz-bzz. Kira ne percevait rien d'autre. En dépit des dangers que recelait la forteresse, elle s'était emparée du troisième orbe – l'orbe de la vision, gardé par un dragon du crépuscule fantôme. Dès que la Fiquarienne avait saisi la sphère, le spectre s'était volatilisé. À présent, Élias, Nolita, Poll, Kira, Sabre et Vulcain devaient trouver un moyen de s'échapper du souterrain, de rejoindre Aurore et Ombre, et d'apporter le globe orangé à l'Oracle.

L'orbe de la vision. Un objet merveilleux qui révélait le passé, le présent... ou l'avenir ! Kira avait goûté à son pouvoir. Elle avait eu l'impression de regarder par une fenêtre ouverte sur le monde. Par la simple force de la pensée, elle faisait coulisser cette fenêtre et épiait ses amis, ou ses ennemis. Où elle voulait. Quand elle voulait. C'était une sensation bizarre qui donnait le frisson.

Et l'envie de recommencer.

Elle posa les doigts sur la surface ambrée et appuya plus fort. Sous ses phalanges, la sphère était douce, lisse et luisante. Une vague d'énergie traversa la jeune fille.

— Voyons ce que cet orbe a dans le ventre, murmura-t-elle en souriant.

Destination : son village natal, en Fiquare du Sud.

— Méfie-toi, Kira ! fit Élias d'une voix étouffée. Le gardien nous a prévenus : l'orbe de la vision peut se retourner contre toi !

Kira se figea. Élias avait raison. La prudence s'imposait. Elle devait choisir quelque chose de moins compliqué. De plus proche. Ségun, par exemple. Ségun voulait devenir le maître de Treer. Il était prêt à tout pour parvenir à ses fins – à mentir, à tricher, à tuer. La première fois que Kira avait touché le globe, elle avait vu Ségun et son dragon, Aile-de-Titan, s'enfuir du Château de la désolation. Elle se détendit et explora le ciel. Elle repéra l'énorme dragon noir à quelques lieues au sud-ouest de la forteresse. Elle se rapprocha jusqu'à distinguer le visage de Ségun.

Lèvres pincées, sourcils froncés, regard de glace... Kira parvenait presque à lire dans ses pensées. Ségun avait échoué, mais il ne comptait pas renoncer. Il tenterait l'impossible pour empêcher la guérison de l'Oracle. La partie était loin d'être gagnée.

Soudain, Kira battit en retraite. L'expression de Ségun avait changé : le dirigeant de l'enclave avait deviné sa présence. La Fiquarienne frissonna. Ségun l'avait regardée droit dans les yeux.

Comment était-ce possible ? Kira pensait voyager en toute impunité. Invisible. Indétectable. Elle se trompait. Quelle idiote ! Elle aurait dû écouter Élias.

Elle les avait tous mis en danger. À présent, Ségun savait que l'orbe du crépuscule était entre leurs mains. Et il allait essayer de s'en emparer pour le détruire.

La jeune fille arrêta son esprit au-dessus de l'immense forêt qui s'étendait près de la forteresse et observa Aile-de-Titan disparaître à l'horizon. Le dragon de Ségun se dirigeait vers la caverne de l'Oracle. Kira sentit une lame glacée lui effleurer le dos. Ségun allait chercher du renfort.

La Fiquarienne balaya des yeux le sommet des arbres et s'approcha lentement de la lisière du bois.

Les chasseurs de dragons se massaient devant le château. Kira se percha dans un arbre et les espionna à travers le feuillage. Ils s'étaient séparés en deux groupes et attendaient de part et d'autre de la porte. Dès que les dragons la franchiraient, ils leur sauteraient dessus à bras raccourcis.

Elle s'arracha à l'étreinte de l'orbe et recula en titubant. Dès qu'elle lâcha la sphère, sa vision redevint normale. La terre parut tournoyer. Avec l'orbe, les images lui semblaient si nettes ! Si précises ! Les couleurs, si vives ! Maintenant, tout avait l'air pâle, fade et flou. Comme si elle ne voyait que de l'œil droit. Dent-de-Sabre, son dragon, avait perdu l'œil gauche. La cavalière éprouvait sa gêne par le biais du lien. Cela lui donnait le vertige.

— Ça va ? s'inquiéta Élias. Qu'est-ce que tu as vu ?

Kira mit quelques instants avant de recouvrer ses esprits.

— Ségun est parti, confirma-t-elle. Il se dirige vers la caverne de l'Oracle. Quant aux chasseurs, ils nous ont tendu une embuscade. Ils nous attendent derrière la porte du château.

— Il ne manquait plus que ça ! ronchonna Poll. Les dragons ne peuvent pas décoller dans la cour. Il n'y a pas assez de place, et les démons de l'ombre nous tailleraient en pièces.

Les démons de l'ombre se jetaient sur toute créature qui osait traverser leur territoire. Kira et ses amis leur avaient échappé en restant immobiles de très longues minutes, puis en avançant à pas comptés.

— Je me demande si l'enchaîné – le chef des chasseurs – sait ce qui l'attend dans cette cour, fit Élias, songeur. Puisqu'il est possédé par un démon, peut-être que les démons de l'ombre l'ont averti ?

Les quatre cavaliers-dragons se regardèrent.

— *Une idée, Sabre ?* interrogea Kira d'un ton sec.

La jeune fille ne décolérait pas. Dent-de-Sabre avait résolu l'énigme de l'Oracle sans l'en informer et sacrifié son œil gauche sans lui demander son avis.

Le dragon du crépuscule répondit avec circonspection :

— *Les démons viennent d'un autre monde, mais j'ignore si celui qui a pris le contrôle de l'enchaîné et ceux qui hantent la cour du château sont de la même espèce. Cependant, l'enchaîné qui nous traque est d'une intelligence hors norme. Il anticipe nos mouvements avec une précision diabolique. Tout est possible.*

— Sabre ne peut pas répondre à ta question, Élias, traduisit Kira à voix haute.

— Vulcain non plus, renchérit doucement Nolita.

Le cavalier de l'aube faisait les cent pas devant le piédestal métallique qui servait de support à l'orbe de la vision. Il plaça le pouce sous son menton et l'index devant sa bouche et son nez.

Kira commençait à connaître Élias. Manifestement, il avait quelque chose en tête.

— Tu as un plan ? souffla-t-elle.

— Je vous l'exposerai quand nous aurons rejoint Ombre et Aurore, promit Élias. Essayons de trouver un autre passage. Je n'ai pas envie de croiser la créature qui rôde dans le labyrinthe de miroirs.

— Tu m'intrigues, insista Kira.

Le jeune homme blond sourit et finit par lâcher :

— Nous allons prendre nos poursuivants à leur propre piège...

Chapitre deux

Attaque-surprise

Tembo, les nerfs tendus, observait Husam placer ses hommes de chaque côté de la porte du Château des ombres. La décision du chef des chasseurs de dragons défiait la logique. La forteresse se dressait dans une plaine désertique. Qu'espérait Husam ? Se cacher derrière la porte et sauter sur les dragons en criant « Bouh ! » ?

Cinq jours auparavant, Husam et son équipe étaient tombés dans un traquenard. Perchées sur une crête, leurs proies avaient contre-attaqué à coups de pierres. Leur position leur avait donné l'avantage. L'un des deux dragons leur avait même largué des troncs d'arbres sur la tête.

« Ça ne lui a pas servi de leçon, songea Tembo en levant les yeux vers les remparts. Si les cavaliers-dragons nous ont repérés, nous subirons le même type d'attaque. »

Avec un peu de chance, les dragons ne pourraient pas décoller dans l'enceinte du château. Ils seraient obligés de passer sous le tunnel qui menait à la porte et se feraient cueillir par les chasseurs à la sortie. L'ennui, c'était qu'en terrain découvert Tembo et les autres constituaient eux aussi des cibles idéales.

Un vent âpre et irritant soufflait dans la plaine. Le géant plia les genoux pour assouplir ses muscles. L'équipe avait parcouru plus de cent lieues en une semaine. La traque s'éternisait. Tembo n'avait pas l'habitude des courses d'endurance. Les hommes commençaient à perdre patience. Ils étaient moins enthousiastes, moins concentrés. De plus, le géant avait la désagréable impression d'oublier un détail important.

Cela avait-il un rapport avec le dragon de la nuit qui s'était envolé de la forêt une heure auparavant ? La créature avait surpris tout le monde – même Husam, qui, depuis quelque temps, devinait où se terraient ses proies. Ce dragon était indemne, et beaucoup plus gros que celui qu'ils avaient pris en chasse.

Le dragon de la nuit blessé avait-il appelé ses congénères à la rescousse ? Pourvu que non ! Les dragons noirs étaient trop forts, et beaucoup trop nombreux. D'ailleurs, si ce monstre les avait attaqués, il les aurait tués en un éclair.

Deuxième problème : les chasseurs avaient épuisé leurs réserves de javelots en os de dragon. À présent, seuls les meilleurs en avaient encore. Les autres devraient se contenter de lances et d'épées en métal. Face à un dragon, de telles armes étaient aussi efficaces qu'un couteau à beurre. Audacieux, le plan de Husam était néanmoins très dangereux. Il misait sur les blessures et l'épuisement de ses proies. Tembo, lui, avait appris qu'un dragon avait plus d'un tour dans son sac. En outre, les deux jeunes cavaliers ne tomberaient pas dans un piège aussi grossier. Adolescence ne rimait pas avec stupidité.

Accroupi près de la porte, le colosse remua, mal à l'aise. Il commençait à trouver le temps long. Il regarda Husam se diriger vers lui à grandes enjambées. Le chef aux yeux vairons et à la silhouette élancée affichait une expression satisfaite. Il marchait en sautillant, le dos droit, les bras le long du corps.

— Un problème, Tembo ? s'enquit-il.

L'intéressé évita de croiser son regard. Les yeux du chef des chasseurs le glaçaient jusqu'à la moelle. Après la mort de leur ancien chef, Kasau, ils avaient changé de couleur. Maintenant, l'un était bleu ciel, l'autre violet. Son comportement aussi s'était altéré. Husam n'était plus Husam.

— Je suis fatigué, soupira Tembo.

— Arrête de me mentir, cracha le chef. Je sais ce que tu penses : mon plan est trop risqué. Nous n'avons pas de lieu de repli. Pas assez d'armes. Si les dragons ont appelé du renfort, nous sommes tous condamnés. Et tu as parfaitement raison.

Surpris, le géant leva le nez. Il n'aurait jamais dû. La fureur qui brillait dans les prunelles de Husam le fit frémir d'horreur. Son regard parut lui transpercer le cerveau.

— Je ne te demande pas de me faire confiance, poursuivit le chef d'une voix doucereuse. Je te *l'ordonne*. Ce jour est à marquer d'une pierre blanche. Nous allons triompher.

Tembo se releva en acquiesçant. Il dépassait Husam d'une bonne tête. S'il en avait eu le courage, il aurait pu l'écraser d'un revers de poing. Mais Husam avait toujours eu sur lui une emprise presque surnaturelle, y compris avant sa métamorphose.

D'habitude, Tembo obtempérait sans piper. Sauf que, cette fois, Husam allait trop loin.

— Je t'ai toujours suivi, quoi que tu décides, articula-t-il. Cela dit, si nous ne tuons pas ces dragons aujourd'hui, ne compte plus sur moi. Il y a d'autres dragons – des dragons solitaires. Des dragons que nous avons le droit de chasser. Bien que j'aime ta compagnie, si tu t'entêtes, je partirai.

Le regard de Husam étincela. Tembo sentit une douleur fulgurante lui vriller le crâne. Le géant se plaqua les mains sur les tempes. Il essaya de fermer les yeux, de se soustraire à ce regard impavide... En vain. Il n'arrivait même plus à cligner des paupières. La lueur de rage inondait son esprit. Partout, l'œil bleu et l'œil violet. Partout, les pupilles noires, réduites à la taille d'une tête d'épingle.

Soudain, Husam détourna le visage et relâcha son emprise mentale. Tembo chancela et se rattrapa *in extremis*.

Husam susurra :

— Je te le répète : tout sera fini aujourd'hui. Toi et moi avons vécu tant d'aventures ! Ce serait dommage que tu nous quittes maintenant...

C'était une menace à peine déguisée.

Tembo se massa les tempes du bout des doigts. Husam avait tenté de le contraindre à rester par la simple force de son esprit. Comme Kasau, lorsque son équipe s'était lancée à la poursuite du dragon de l'aube – quoique avec plus de subtilité. Le colosse devait se rendre à l'évidence : l'homme qui se tenait en face de lui n'était pas Husam. Cet... être possédait un pouvoir qui le dépassait. Redeviendrait-il jamais comme avant ?

Tout à coup, un chasseur s'écria :

— Husam ! Regarde la sentinelle !

Tembo observa l'homme chargé de surveiller la porte. Il comprit instantanément : les dragons arrivaient.

En quelques gestes brefs, Husam donna les directives. Les hommes réagirent au quart de tour. La sentinelle battit en retraite. En moins de dix secondes, les chasseurs avaient pris position, l'arme au clair. Tembo sentit son pouls s'accélérer. Il compta les battements de son cœur pour essayer de se calmer.

À cent cinquante, il s'inquiéta : les dragons ne s'étaient toujours pas montrés.

À deux cents, il vit Husam rejoindre à pas de loup la sentinelle placée à droite de l'immense arcade. Tembo cessa de respirer. Si les dragons surgissaient maintenant, le chef se ferait écraser comme une tomate trop mûre. Avait-il oublié le sort de Kasau ? On n'attaquait pas un dragon au corps à corps !

À trois cents, Husam se coula dans l'ombre du mur d'enceinte, s'arrêta à vingt centimètres de la porte, jeta un coup d'œil dans la cour et s'aplatit contre la paroi de pierre.

À trois cent trente, il risqua un autre regard dans la cour. Plus lentement, cette fois.

Lorsque Tembo compta quatre cent trois battements de cœur, le chef ordonna à ses hommes de se rassembler. Le géant était stupéfait : Husam ne s'en tenait pas au plan. Qu'avait-il vu pour changer d'avis ? Tembo se rua en avant, aussi silencieusement que le permettait sa grosse carcasse. Les chasseurs accroupis près de lui le suivirent et rejoignirent les sept hommes déjà en place à côté de la porte.

— Qu'est-ce que tu fais ? murmura Tembo.

— À mon signal, nous entrerons dans la cour, intima Husam.

— Je croyais que nous devions...

— J'ai changé d'avis, siffla le chef entre ses dents. Le dragon de l'aube s'est endormi dans la cour. Il est seul. Je ne vais pas laisser échapper une si belle occasion.

— Ça sent le piège à plein nez, objecta Tembo en secouant la tête.

Les yeux de Husam devinrent deux fentes noires. Le géant crut qu'il allait céder à la colère, puis il remarqua que son chef fixait le vide. Il sondait les environs avec son esprit.

— C'est bien possible, finit-il par admettre. Le dragon de la nuit est blessé ; il ne nous posera aucun problème. Je détecte la présence lointaine des dragons du jour et du crépuscule : ils sont coincés dans le donjon. Si nous frappons vite, le dragon de l'aube n'aura pas le temps de se défendre.

Tembo évita de demander comment Husam savait toutes ces choses. Parfois, il préférait ignorer la vérité. Il examina les autres chasseurs. Ils paraissaient confiants. Malgré leur course épuisante et les échecs répétés, ils semblaient prêts à suivre leur chef jusqu'au bout du monde. Sans rechigner ni se poser de question. Comment Husam avait-il gagné leur loyauté ? Encore un mystère que Tembo refusait de résoudre...

— À l'assaut, chuchota Husam sans quitter le géant des yeux. Et en silence.

Il se faufila dans le tunnel qui menait à la cour, les chasseurs sur ses talons. Tembo décontracta ses épaules, saisit sa lance et leur emboîta le pas. Les hommes ne savaient plus ce qu'ils faisaient. Ils étaient sous l'emprise de Husam. Tembo comptait bien les protéger.

Sitôt la voûte franchie, le géant aperçut le dragon de l'aube femelle. Elle dormait, roulée en boule sur les pavés gris de la cour. Ses écailles jaune orangé scintillaient d'un éclat prometteur. Si les chasseurs parvenaient à la tuer, ils changeraient ces écailles en or.

Prudence, toutefois. Avancer d'un pas, puis se retourner, histoire de vérifier que personne n'attaquait par-derrière.

Les chasseurs atteignirent le bout du tunnel et se plaquèrent contre le mur, juste devant l'ouverture en ogive.

Husam balaya la cour du regard. Collé contre la paroi, Tembo constata que rien ne bougeait. Seuls quelques tourbillons de poussière, soulevés par le vent, passaient par-dessus les remparts en emportant des morceaux de bois, de feuilles ou de mousse. Husam avait raison. Aucune trace des autres dragons.

D'un geste sec, le chef ordonna à ses hommes de se déployer en arc de cercle. Les chasseurs avaient le pied vif et léger. Ils s'approchèrent sans bruit du dragon femelle.

Tout à coup, Tembo perçut un mouvement du coin de l'œil.

Il se figea.

Un tourbillon de poussière traversa la cour à une telle vitesse qu'on ne distinguait qu'une masse informe de détritus tournoyant dans les airs. Il frôla les pavés dans un chuintement quasi inaudible et fondit sur un chasseur tel un cobra sur un rat. L'homme n'eut pas le temps de crier. La tornade l'engloutit dans une brume de gouttelettes rouges. Son arme tomba sur le sol dans un fracas métallique. Tembo était paralysé par la terreur. L'homme s'était littéralement désintégré.

Aussitôt, d'autres tourbillons passèrent à l'attaque. Et les chasseurs cédèrent à la panique. Demi-tour, vers la porte. Trop tard. Ils furent avalés les uns après les autres par les tornades de poussière.

Ébahis, Husam et Tembo se tenaient côte à côte, à cinq mètres de la sortie. Ils étaient pétrifiés. Le géant voulut hurler à son ami de fuir, mais sa bouche refusa de s'ouvrir.

Un tourbillon s'approcha de Tembo à une allure stupéfiante. Le géant se raidit, ferma les yeux et attendit l'attaque...

... qui ne vint pas.

Son souffle résonnait à ses oreilles. Il sentait des fourmillements sur tout le corps. Quelque chose l'effleurait, le contournait, l'examinait. À travers ses paupières closes, Tembo devinait la présence ; il arrivait presque à la voir. Puis une autre créature rejoignit la première. Et une autre. Et une autre encore. Qu'attendaient-elles ? Pourquoi ne le tuaient-elles pas ? Tembo n'osait pas croire qu'il avait une chance de s'en sortir. Il garda les yeux fermés.

Enfin, au bout d'un temps qui lui parut interminable, les créatures s'éloignèrent. Quelques minutes plus tard, il entendit un gargouillis. Il souleva les paupières et resta bouche bée.

Le corps agité de soubresauts, Husam était suspendu à un mètre du sol au milieu de six tourbillons de poussière. Tembo crut déceler une forme à l'intérieur de l'un d'eux. Il regarda mieux. En fait, la poussière masquait la silhouette d'une créature sombre. Son cerveau mit plusieurs secondes à assimiler l'image. Dès qu'il comprit à quoi il avait affaire, le géant détourna les yeux. Ces êtres de poussière incarnaient l'horreur à l'état brut.

Pourquoi s'acharnaient-ils sur Husam ?

Tout à coup, le chef des chasseurs ouvrit la bouche et poussa un cri suraigu. Un ululement strident, qui fit grincer les dents de Tembo. Un hurlement inhumain, qui se mua peu à peu en cri de souffrance, plus grave et plus... normal. Husam rejeta la nuque en arrière et lâcha un beuglement de douleur atroce. Tembo contemplait la scène, médusé.

Enfin, le mugissement cessa. Une vapeur grisâtre s'échappa des lèvres de Husam, se métamorphosa en un nuage d'orage qui se mit à planer au-dessus de la cour. Brusquement, une rafale le saisit entre ses doigts invisibles et l'emporta vers la mer. Toujours en lévitation, le corps de Husam devint flasque. Sa tête roula sur sa poitrine ; ses bras retombèrent le long de ses flancs.

Et il descendit, comme au ralenti. Ses pieds touchèrent le sol en premier, puis ses genoux, son torse, sa tête. Les créatures l'allongèrent et s'écartèrent.

Pour Tembo, le temps s'était arrêté. Il observa les mini-tornades regagner leur place initiale, tout autour du château. Le géant ne remua que lorsqu'elles se furent immobilisées.

Le cœur tambourinant, il se força à poser un pied devant l'autre, sans geste brusque. La peur engourdissait ses muscles. Quand il eut rejoint Husam, il risqua un œil vers les créatures de poussière. Apparemment, elles se désintéressaient de lui. Il s'accroupit, glissa ses grosses mains sous le dos et les cuisses de son ami, souleva son corps et retourna vers la porte.

Husam était un poids plume. Pourtant, lorsqu'il passa sous l'arcade du château, Tembo avait les bras qui tremblaient. Dans le tunnel, il se mit à courir. Il émergea dans la plaine comme s'il avait tous les chiens des Enfers aux trousses.

Il posa son ami sur le sol dur et froid. Au-dessus des tours crénelées, les mouettes tournoyaient en gémissant.

— Husam ! siffla le géant en tapotant la joue du chasseur. Debout !

— Qu... Quoi ? bredouilla Husam, qui papillonnait des yeux. Que s'est-il passé ? Où... Où sommes-nous ?

— En Orupée du Nord, répondit une voix derrière Tembo. Et vous avez chassé les mauvais dragons.

Chapitre trois

Rédemption

L'épée à la main, Élias observait les deux chasseurs de dragons. Le chef était à terre, à moitié groggy. Son ami, un colosse au nez en forme de saucisse et aux oreilles en feuille de chou, regardait avec nervosité autour de lui. Le géant paraissait simple d'esprit, mais une étincelle d'intelligence pétillait dans ses yeux. Méfiance. Le gros homme évaluait la situation : seul face à Élias, il aurait sûrement tenté de le maîtriser et se serait enfui. Sauf que Kira et Nolita l'encerclaient, le couteau brandi. Les jeunes filles n'hésiteraient pas à s'en servir. Lorsque Poll sortit du château avec les quatre dragons, le géant comprit qu'il était inutile de résister.

Le chasseur étendu sur le sol grogna :

— Comment diable avons-nous atterri en Orupée du Nord ?

Le colosse examina son ami et hoqueta :

— Tes yeux ! Ils... Ils sont de la même couleur, Husam !

Le dénommé Husam paraissait déconcerté.

— Tu me confonds avec Kasau, ronchonna-t-il. Et Kasau est mort. Enfin... Je crois. J'ai les idées un peu embrouillées.

— C'est bien toi, Husam ? insista le gros, incrédule. Le Husam que j'ai connu en Fiquare ?

— Qui voudrais-tu que ce soit ? bougonna le petit.

— Un étranger, souffla le géant. Du jour au lendemain, tu t'es mis à te comporter comme Kasau. Tu étais si bizarre ! Si mystérieux ! Si... sûr de toi ! C'est toi qui nous as emmenés ici. Tu suivais les dragons à la trace. D'instinct. Les membres de l'équipe t'obéissaient au doigt et à l'œil. Subjugués. *Envoûtés*. Moi, je n'avais qu'une envie : fuir ! Je suis resté parce que je suis ton ami et que je savais que tu redeviendrais toi-même. Heureux de te revoir, Husam.

Husam dévisageait son compagnon comme s'il avait perdu l'esprit.

— *Tu penses qu'il dit vrai ?* s'enquit Élias auprès d'Aurore. *Ce Husam n'est plus un enchaîné ?*

— *En tout cas, je ne détecte plus rien d'anormal*, affirma le dragon de l'aube. *La créature qui possédait cet homme semble avoir disparu. Je crois que les démons de l'ombre l'ont fait partir.*

— *Pourquoi ?*

— *Les démons détestent toute forme de vie, en particulier les démons d'espèces différentes. Il en existe des cen-*

taines ; je ne les connais pas toutes. À mon avis, les démons de l'ombre ont chassé l'enchaîneur afin de prouver leur supériorité. Un démon ne peut pas se faire tuer sur Treer. Il doit pour cela retourner dans son monde d'origine, ce qui représente pour lui une véritable torture. Les démons de l'ombre ont affaibli l'enchaîneur en le privant de son corps.

Élias avait du mal à comprendre :

— *Pourquoi ont-ils épargné Husam ?*

— *Pour... humilier leur adversaire*, répliqua Aurore en choisissant ses mots. *Pendant que l'enchaîneur erre telle une âme en peine, l'être humain reprend le cours de son existence comme si de rien n'était. Voilà un affront que cette créature n'est pas près d'oublier.*

— *Dernière question*, s'écria Élias. *Pourquoi les démons de l'ombre ont-ils épargné le géant ?*

— *Il était paralysé par la peur. Sans le vouloir, il a percé le secret de ces créatures : rester immobile. Elles lui ont donc laissé la vie sauve.*

Le jeune homme passa les doigts dans ses cheveux blonds.

— *Qu'allons-nous faire de ces deux chasseurs, Auri ?*

— *Rien. Qu'ils rentrent chez eux.*

— *Après tout le mal qu'ils nous ont causé ?* s'indigna le jeune homme.

— *Seuls, Husam et Tembo sont inoffensifs*, lui certifia le dragon doré. *Ombre en ferait bien son déjeuner, mais sa guérison l'a mise de bonne humeur. Je saurai la convain-*

cre de les laisser partir. Explique-leur que s'ils recommencent, Ombre se montrera moins clémente.

Élias reporta son attention sur les deux chasseurs. Husam refusait de croire ce que lui disait son ami. Le jeune homme interrompit leur discussion d'un ton cassant :

— Mon dragon affirme vous ne nous poserez plus aucun problème. Je n'en suis pas si sûr...

— Tu devrais peut-être les passer au fil de l'épée, suggéra Poll d'une voix glaciale. Rendons-leur la monnaie de leur pièce.

— Je ne tue que lorsque c'est nécessaire, riposta le cavalier de l'aube. J'ai vu assez de sang pour aujourd'hui.

— Oh... susurra Poll. On a l'estomac délicat ? Ombre propose de faire le travail à ta place.

Élias lui décocha un regard acéré. L'Iséen le soutint pendant quelques secondes, puis haussa les épaules et s'éloigna en tapant du pied. Kira et Nolita n'avaient pas bougé d'un pouce. Leurs couteaux renvoyaient la lumière grise de la lande.

Élias se tourna vers les deux chasseurs et expliqua calmement :

— Ombre, le gros dragon de la nuit, là-bas, est très en colère contre vous. Elle veut vous manger. Aurore – mon dragon – va tenter de l'en dissuader, mais je ne réponds de rien. Nous avons quatre possibilités. Un : Ombre vous croque. Deux : je vous tue d'un coup d'épée. Trois : je vous livre aux Suzerains, qui vous exécuteront pour braconnage. Rappelons qu'il est illégal de chasser des dragons qui ont trouvé leur cavalier. Quatre : nous suivons la proposition d'Aurore. Quelle option vous convient le mieux ?

Husam et Tembo se regardèrent et, en tremblant, montrèrent quatre doigts.

— Je m'en doutais, ironisa Élias. Aurore souhaite vous laisser partir.

Comme le visage des chasseurs s'illuminait, le cavalier s'empressa d'ajouter :

— À deux conditions : vous allez nous remettre toutes vos armes en os de dragon et nous promettre de ne chasser que des dragons solitaires. Attention... les dragons lisent dans les pensées. Si vous me mentez, Aurore le saura. Et elle laissera Ombre combler son petit creux.

À nouveau, Husam et Tembo s'interrogèrent du regard et articulèrent à l'unisson :

— Nous promettons de ne chasser que des dragons solitaires !

— Ton verdict, Auri ? demanda Élias à voix haute.

— *Ils sont sincères*, confirma le dragon doré.

Le regard d'Élias se durcit. Il scruta tour à tour les deux amis. Un long moment. Et il lâcha :

— Mon dragon a des doutes.

— Je jure sur ce que j'ai de plus cher que je ne chasserai que des dragons solitaires. Jamais plus de dragons avec un cavalier, bredouilla Husam, au bord de la panique.

— Moi aussi ! Moi aussi ! s'exclama Tembo.

Élias fit mine de réfléchir, puis déclara :

— Bien. Vous pouvez partir.

Il crut que les deux hommes allaient s'évanouir de soulagement.

— Je vais chercher les chevaux, annonça Tembo. Les armes en os de dragon sont restées dans les sacoches de selle. J'ai laissé ma lance dans la cour du château. Vous m'excuserez si je ne vais pas la récupérer ? Je préfère me faire dévorer par un dragon que de retourner auprès de ces... créatures.

— Sage décision, conclut Élias.

Le géant se tourna vers Husam.

— Tu peux marcher ? s'enquit-il.

— Oui, répondit le chef des chasseurs.

— Et si on levait le camp ? intervint Kira. Je vous rappelle que Ségun ne va pas en rester là.

— J'ai presque fini, signala Élias. Préparez-vous à décoller. J'arrive.

Kira et Nolita rengainèrent leurs couteaux et se dirigèrent vers Sabre et Vulcain. Poll n'avait pas attendu la permission d'Élias : il était déjà en selle. Tembo courut jusqu'à la lisière de la forêt et revint quelques minutes plus tard. Le jeune homme haussa un sourcil admiratif : le géant se déplaçait vite, compte tenu de sa stature.

— Il n'y a plus d'armes en os de dragons, haleta le colosse. Rien que des lances et des épées en métal. Je le jure.

— *Il dit la vérité,* assura Auri.

Élias remit son épée au fourreau et prit une voix menaçante :

— Déguerpissez. Si jamais j'apprends que vous traquez un dragon avec un cavalier, c'est vous qui deviendrez les proies. Et vous ne nous échapperez pas.

À ces mots, il bondit sur le dos d'Aurore avec une aisance déconcertante.

Le dragon doré fixa les deux chasseurs de ses yeux orangés, retroussa lentement les babines... et poussa un rugissement tonitruant. Husam et Tembo reculèrent en chancelant, les mains plaquées sur les oreilles. Auri fit volte-face, s'élança dans la plaine, déploya les ailes et s'envola dans les airs.

Élias se cramponna au pommeau de la selle. La bise soufflait en rafales capricieuses, changeant sans arrêt de sens et d'intensité. Le décollage fut un peu mouvementé. Aurore dut déjouer quelques turbulences avant de prendre de l'altitude. Plus haut, le vent était moins fort. Élias se détendit.

Les quatre dragons bifurquèrent vers le sud-est. Direction : la caverne de l'Oracle, pour remettre le troisième orbe au Maître des Dragons. Cet orbe, qui avait coûté un œil au dragon de Kira.

Élias se renfrogna. Les sacrifices exigés par l'Oracle étaient de plus en plus lourds. Kira s'était effondrée en apprenant que Sabre devrait perdre un œil. Quelles épreuves attendaient Aurore et son cavalier ? Élias aurait-il assez de cran ? Il se remémora le dernier quatrain :

La vie après la mort, la mort avant la vie...
Du combat décisif, naît une autre saison.
Prends le plus grand des orbes, symbole des dragons,
Mais gare au sacrifice – du succès, c'est le prix.

Dès qu'il avait entendu ces vers, il avait su que sa tâche ne serait pas facile. Certains mots l'effrayaient. « Mort ». « Combat ». « Sacrifice ». Il avait beau les retourner dans sa tête, ils évoquaient toujours les mêmes images d'horreur.

— *Ne crains rien*, le réconforta Auri d'une voix suave. *Nous saurons nous montrer dignes de la Grande Quête. L'Oracle ne nous demanderait pas l'impossible.*

— *En es-tu si sûre ?* répliqua le jeune homme. *Après ce que Sabre et Kira viennent de subir, permets-moi d'en douter. Je commence à croire que Poll a raison de se méfier du Maître des Dragons.*

— *Notre dernière entrevue m'a un peu déstabilisée*, admit Aurore. *Il émanait de l'Oracle une certaine étrangeté... Quelque chose qui m'a mise mal à l'aise.*

Élias n'en revenait pas. C'était la première fois que son dragon remettait en cause l'intégrité de l'Oracle.

— *J'ai l'impression de passer à côté d'une évidence*, avoua-t-il. *L'Oracle nous cache des indices importants. Une aura de mystère malsain entoure sa guérison. Il nous faut des réponses.*

Aurore garda le silence et lui envoya des ondes de paix grâce au lien télépathique qui l'unissait à elle. Élias ne fut pas rassuré pour autant. Trop de questions restaient en suspens.

De plus, il se sentait affreusement coupable d'avoir contribué à la mutilation de Sabre.

— *Crois-tu que Kira me pardonnera un jour ?* s'enquit-il auprès d'Auri.

— *Tu as fait ce qu'il fallait*, affirma son dragon.

— *J'ai agi pour le bien de la Grande Quête*, se justifia le jeune homme. *Si Kira avait eu le choix, elle aurait refusé le sacrifice, et l'orbe nous aurait échappé. Je ne lui en veux pas : à sa place, il aurait fallu m'attacher.*

— *Kira a été blessée dans son orgueil et dans son cœur*, annonça Auri sur un ton circonspect. *Elle n'est pas du genre à passer l'éponge. Arme-toi de patience, et attends qu'elle fasse le premier pas vers toi.*

Élias sourit. Auri était la sagesse personnifiée. Parfois, elle lui rappelait Raim, son père. « Patience est mère de sûreté », disait-il. Un proverbe excellent quand on avait du temps devant soi. Or, du temps, Élias n'en avait pas. L'Oracle avait donné aux cavaliers un délai très bref. S'ils ne lui apportaient pas les quatre orbes dragoniques avant la pleine lune de la prochaine moisson, leur mission échouerait. Ils avaient trouvé le deuxième grâce à Barnabas, le dirigeant de l'enclave des dragons du jour. Le troisième, grâce aux griffons et à l'Oracle en personne. Cette fois, ils n'avaient pas le moindre indice. Juste le quatrain. Autrement dit, rien.

Malgré la faible altitude, Élias commençait à ressentir les effets du froid. Après avoir voyagé dans les montagnes glacées d'Iséa, le vent paraissait dérisoire, mais il fallait se méfier. Tout le monde accusait le coup des épreuves subies au Château des ombres. Surtout Kira.

Le jeune homme regarda la forêt défiler sous ses pieds. Elle était si dense, si vaste, qu'Élias avait l'impression de ne pas avancer. Lorsque les dragons atteignirent les premières clairières, le soleil se couchait presque. Il y avait un village dans une zone déboisée. Dent-de-Sabre proposa au groupe de s'y arrêter pour la nuit.

— *Un lit moelleux et un repas décent ne seraient pas de refus*, confia Élias à Auri. *Bien que je ne sois pas douillet, j'en ai un peu assez de bivouaquer.*

Les dragons se préparèrent à atterrir. Placés en file indienne, Vulcain, Ombre, Aurore et Sabre formaient un curieux arc-en-ciel bleu, violet, doré et gris. Le soleil accrochait leurs écailles, qui chatoyaient comme autant de miroirs.

Le village était bâti dans un pâturage verdoyant. Élias vit le sol grossir à vue d'œil. Il sentit les ailes puissantes d'Auri brasser l'air. Le vent s'enroulait autour des arbres, formant des tourbillons qui compliquaient l'atterrissage. Vulcain, Aurore et Ombre s'en sortirent avec les honneurs. Dent-de-Sabre eut plus de mal. Il se posa lourdement, enfonça ses griffes dans la terre et s'arrêta en titubant. Kira faillit tomber de la selle.

— *Qu'est-ce qu'il a ?* s'inquiéta Élias.

— *Sabre a perdu la notion des distances*, expliqua Auri. *Il va devoir s'adapter à sa vision limitée. Rassure-toi : il n'est pas blessé. Seule sa fierté a été égratignée.*

Le cavalier de l'aube descendit de sa monture et se dirigea vers Kira. Déjà, un petit groupe de villageois arrivait. Un mélange d'émotions se lisait sur leur visage : peur, respect, excitation, nervosité, émerveillement. Tous – enfants, adultes et vieillards – scrutaient les quatre dragons avec des yeux ébahis en chuchotant.

Élias poussa un soupir découragé : Nolita se lavait les mains avec l'eau de sa gourde. Kira s'était refermée comme une huître. Poll arborait son air des mauvais jours. Dès qu'il ouvrirait la bouche, ces gens le trouveraient antipathique, vaniteux et détestable.

Élias n'avait pas le choix. Il devait endosser le rôle de porte-parole. Une fois de plus.

Il afficha son plus beau sourire, écarta les mains en signe de paix et s'avança vers les villageois.

Chapitre quatre

Partie de pêche

Debout dans la vallée luxuriante, Kira resserra les doigts autour de l'orbe de la vision. Aussitôt, des yeux invisibles fusèrent vers les hauteurs. D'ici, la jeune fille pouvait voir les montagnes qui entouraient la caverne de l'Oracle. Elles se dressaient au milieu de l'Orupée, telle une armée de géants de pierre.

La grotte du Maître des Dragons disparaissait derrière un pic. Kira n'en distinguait pas l'entrée, mais elle refusait de s'en approcher. C'était trop dangereux. Près du Château des ombres, Ségun avait deviné sa présence. La jeune fille ne commettrait pas deux fois la même erreur. Elle balaya la zone des yeux et repéra un dragon de la nuit. Puis deux. Puis trois. Pareils à d'énormes caméléons couleur goudron, ils se fondaient dans l'ombre des rochers.

Lorsqu'elle eut toutes les informations requises, elle lâcha l'orbe, qu'elle rangea dans sa sacoche.

Élias lui jeta un regard angoissé. Quand la Fiquarienne pinçait les lèvres, ce n'était pas bon signe.

— Un problème ? demanda-t-il.

— Tu parles ! s'emporta la jeune fille noire. J'ai compté plus de cinquante dragons de la nuit. Et encore, je n'ai pas exploré la totalité de la zone. Ségun a carrément assiégé la grotte de l'Oracle. Ce sera un miracle si nous arrivons à entrer.

— Cinquante ! répéta Élias en frémissant.

— Et ce n'est que l'avant-garde, renchérit Poll d'une voix atone. D'ici peu, nous aurons l'enclave entière sur le dos. L'Oracle est condamné.

— Sabre pourrait se camoufler, suggéra Nolita.

Kira secoua la tête.

— C'est ce que Ségun espère. À présent, il connaît nos forces et nos faiblesses. Il a changé de tactique : au lieu de tenter de détruire les orbes, il a l'intention de nous empêcher de les donner à l'Oracle. Il va falloir trouver autre chose.

— Pourquoi pas une diversion ? proposa Poll.

Kira fit la moue.

— Tu connais un moyen d'éloigner cinquante dragons de la nuit ? J'espère que ton idée est lumineuse.

— Je n'ai pas vraiment de plan, admit l'Iséen. Élias et moi pourrions les forcer à nous pourchasser. Pendant ce temps, tu te faufilerais dans la grotte.

— Et moi ? protesta Nolita d'une voix chevrotante. Vous n'allez quand même pas me laisser seule !

— De toute manière, c'est beaucoup trop risqué, objecta Élias. Au moindre faux pas, nous pouvons dire adieu à l'Oracle. Nous n'avons pas le droit à l'erreur. Ségun a monté un plan d'attaque. Nous devons nous montrer plus malins que lui. Pas de précipitation. Dressons le camp pour en discuter.

À l'ouest, les pics couronnés de neige tranchaient le ciel bleu roi. Les montagnes se dressaient à plus d'une heure de vol de la vallée ; les dragons de la nuit ne risqueraient pas de les déranger. Un petit lac se découpait dans l'herbe vert pomme. Une multitude d'insectes bourdonnait dans l'air tiède de l'après-midi. Des papillons volaient en silence. De temps à autre, une abeille voletait au-dessus du pré, s'attardait sur une fleur et repartait en flânant.

Une brise légère agitait les feuilles des arbres fruitiers en bordure du lac. Les cavaliers ne manqueraient ni de bois ni de nourriture.

Élias aperçut des ronds à la surface de l'eau : des poissons venaient gober les mouches qui s'y posaient. Le jeune homme sourit. Du poisson... Pourquoi pas ? Il avait emporté une pelote de ficelle dans ses bagages. Et son père lui avait appris comment fabriquer des hameçons l'été précédent.

Comparé à la lande sinistre battue par les vents qu'ils venaient de quitter et les montagnes glacées d'Iséa du Nord, l'endroit avait un goût de paradis. On n'était pas encore en automne. Les arbres se paraient d'un feuillage vert foncé. Élias aurait aimé s'installer au soleil, une canne à pêche à la main. Seulement, maintenant, il était cavalier-dragon. Il avait des obligations : construire un abri, trouver de quoi manger... et élaborer un plan.

Les cavaliers érigèrent une belle cabane sous les arbres en moins d'une heure – toit de branchages tressés, tuiles de feuilles étanches placées la pointe en bas et tapis de fougères.

Le soleil était encore haut dans le ciel quand Élias s'assit sur la rive du lac. Il avait rapidement confectionné plusieurs hameçons de bois. Il enfila un morceau de viande sur l'un, qu'il attacha au bout de la ficelle enroulée à son poignet. Pas le temps de fabriquer une canne à pêche.

Le poisson mordit sitôt la ligne lancée. Élias tira sur la ficelle d'un coup sec. L'hameçon, peu solide, cassa net.

Le jeune homme lâcha un juron.

— Tu as un souci ? railla une voix.

Élias se retourna en sursaut. Kira se tenait à un mètre de lui. Il n'avait pas entendu le moindre frémissement. Comment faisait-elle ?

— Arrête de t'approcher sans prévenir, grogna le Fiquarien. Je frôle chaque fois la crise cardiaque.

— Mais j'adore ça, répliqua Kira avec un sourire malicieux. Tu es ma victime préférée : Poll ne se laisse pas surprendre facilement, et Nolita est tellement sur le qui-vive qu'elle me voit arriver à plusieurs lieues à la ronde... Ça mord ?

— Ça aurait mordu si l'hameçon avait tenu le coup, répondit Élias en examinant son appât brisé.

Kira s'assit et tendit la main :

— Montre.

Élias détacha l'hameçon, le passa à son amie et en fixa un autre à la ligne. Il piqua un morceau de viande sur la pointe en bois, se leva, fit tournoyer la ficelle et la lança. L'hameçon toucha l'eau avec un petit *plouf !* Des cercles concentriques ridèrent la surface du lac.

Le jeune homme donna du mou et attendit. L'hameçon s'enfonça quelques secondes plus tard. Cette fois, Élias ramena plus doucement sa ligne. Il se représenta le crochet pénétrant dans le museau du poisson. Tout à coup, la prise happa la viande. La ligne se tendit. Et le deuxième hameçon se brisa comme une brindille.

Le Fiquarien serra les dents, vert de rage.

— Il te faut un hameçon plus costaud, décréta Kira.

— Quel sens de l'observation ! grinça Élias.

La jeune fille sortit une petite bourse de sa poche et en extirpa un hameçon de métal. Il était pourvu d'un anneau minuscule dans lequel on pouvait enfiler une ligne.

— Où as-tu trouvé ça ? s'étonna le jeune homme.

— Le forgeron de mon village me l'a donné avant mon départ. Je ne m'en suis pas encore servie, je préfère chasser... Allez ! Essaie-le !

— Je n'ai jamais rien vu de semblable, murmura Élias. C'est une œuvre d'art ! On dirait presque un bijou. Je n'ai pas envie de le perdre.

— Il ne me manquera pas, lui assura la jeune fille. Dépêche-toi ! Je commence à avoir faim.

L'hameçon de Kira était bien plus gros que ceux d'Élias. Le père du jeune homme lui avait expliqué que les proies se méfiaient des gros hameçons, mais le lac grouillait de poissons. Élias attacha le crochet métallique à la ficelle avec un double nœud, y enfila un bout de viande et refit une tentative. La minute d'après, il sortait de l'eau un poisson de cinquante bons centimètres. Il le tua en l'assommant sur une grosse pierre.

— Quel monstre ! s'enthousiasma le jeune homme.

— Il y a de quoi manger pour nous quatre, précisa Kira avec un large sourire. Si tu en attrapais un autre, nous ferions un vrai festin.

Élias ne se fit pas prier. Le second poisson était beaucoup plus petit que le précédent. Déçu, le jeune homme fut tenté de le rejeter à l'eau, puis il se ravisa : rien ne lui garantissait que le poisson allait continuer à mordre. Il ne pouvait pas se permettre de faire la fine bouche. Il prit son couteau pour trancher la cordelette.

— Garde l'hameçon, lui intima la Fiquarienne en lui posant la main sur le poignet. Il te sera plus utile qu'à moi. Les chasseurs pêchent très peu.

— Mais... c'était un cadeau, protesta Élias.

— Et je décide de te le donner, s'entêta la jeune fille. J'ai bien vu que tu adorais la pêche. Je ressens le même frisson quand je traque un cerf. Je suis sûre que tu feras honneur à cette œuvre d'art.

— Merci, Kira. Je ferai de mon mieux. Je regrette de ne rien pouvoir t'offrir en échange... En tout cas, je ne le perdrai pas.

— Je sais, opina la Fiquarienne. C'est ce que j'aime chez toi : ton sens pratique.

Elle regarda le lac. Les eaux scintillaient dans la lumière du soir.

— J'ai réfléchi à ce que tu as dit tout à l'heure, reprit-elle au bout de quelques secondes.

— Et... ?

— Tu as raison : nous n'avons pas droit à l'erreur. Nous n'arriverons pas à tromper deux fois la vigilance des hommes de Ségun. Je crois que nous devrions trouver l'orbe de l'aube et rapporter les deux dernières sphères *en même temps*.

Élias enroula sa ficelle, la rangea dans sa besace en cuir, glissa un doigt dans les ouïes des poissons et se dirigea vers le campement. La jeune fille le suivit en silence. Élias évita son regard. Qu'est-ce qui avait poussé Kira à prendre une telle décision ? L'orbe de la vision ? Avait-il trop d'emprise sur elle ? Et si elle ne pouvait déjà plus s'en passer ? Elle devait s'en débarrasser le plus vite possible.

— Continue, finit-il par lâcher.

— Nous aurions plus de chances de forcer le blocus

avec deux orbes en notre possession. Qui sait quel pouvoir détient l'orbe de l'aube ?

— Un pouvoir de vision... ou un pouvoir de mort, déclara Élias. Rien ne nous permet de le deviner. J'ai un mauvais pressentiment à propos de ton orbe, Kira. Il risque de nous créer des problèmes si nous le gardons trop longtemps.

— Quels problèmes ? se récria la jeune fille. L'orbe de la vision nous apporte une aide précieuse. Je ne maîtrise pas encore sa puissance, mais je peux y arriver. Sans lui, nous n'aurions pas vu les chasseurs nous tendre une embuscade. Et nous aurions foncé tête baissée dans le piège de Ségun.

— Un point pour toi, concéda Élias. Cependant, je reste persuadé que cet orbe nous réserve de mauvaises surprises. Je me demande si ce n'est pas à cause de lui que le dragon du crépuscule du Château des ombres est devenu un fantôme. Il nous a conseillé de nous en méfier, de ne l'employer qu'à bon escient.

— C'est ce que nous faisons, non ? rétorqua la Fiquarienne en fronçant les sourcils.

Élias lui lança un regard troublé. Doutait-elle vraiment de la mise en garde du dragon fantôme, ou parlait-elle sous l'influence de l'orbe ?

— J'ai réfléchi à la suggestion de Poll, poursuivit le jeune homme. Son idée de diversion est bonne. Seulement, il va falloir employer les grands moyens.

— À quoi tu penses ? voulut savoir Kira.

— J'ai envie de demander l'aide des trois autres enclaves : celles du jour, de l'aube et du crépuscule.

Kira trébucha, s'arrêta et fixa Élias, les yeux écarquillés.

— Tu as l'intention de déclencher une guerre ? siffla-t-elle.

— Je veux juste créer une diversion à grande échelle, corrigea le jeune homme. Pendant ce temps, nous entrerons en douce dans la caverne et apporterons les orbes à l'Oracle.

— *Les* orbes ? releva Kira. Ça veut dire que tu es d'accord avec moi ?

— Ça veut dire que nous n'avons pas le choix.

Chapitre cinq

Sur la corde raide

Les yeux de Poll lançaient des éclairs.

— Il n'est pas question que je reste avec Nolita pendant que Kira et toi allez chercher l'orbe de l'aube ! tempêta-t-il. Je ne suis pas votre nounou !

Élias avait regardé ses compagnons mordre à belles dents dans le poisson frais. Puis il leur avait exposé son idée. Son père disait qu'on acceptait mieux les mauvaises nouvelles l'estomac plein.

Dans la pénombre du crépuscule, les flammes du feu de camp illuminaient le visage des cavaliers. Élias lisait la terreur dans les yeux de Nolita – une terreur qui n'avait rien à voir avec la proximité des dragons, allongés à dix mètres d'eux. Le cœur serré, il campa sur ses positions et répliqua d'une voix posée :

— C'est la seule solution. Kira et moi devons aller dans l'autre monde, et Nolita, dans l'enclave des dragons du jour. Il faut bien que quelqu'un l'accompagne.

— Plutôt mourir ! siffla Poll entre ses dents.

Il ramassa un bâton et donna un grand coup dans le feu. Un nuage d'étincelles pirouetta dans les airs telle une nuée de lucioles.

— Ombre ne sait pas se camoufler ; elle se fera trouer la peau par les balles des soldats, insista Élias. Avec Sabre, Auri et moi aurons plus de chances de passer inaperçus et d'atteindre l'enclave des dragons de l'aube sains et saufs. Là-bas, on pourra sûrement nous éclairer sur le dernier orbe.

— L'enclave des dragons de l'aube... singea Poll. Qu'est-ce qui te fait croire que tes copains détiennent les réponses ? Kira n'a pas eu besoin d'aller dans son enclave pour trouver son orbe. Et tu as vu ce qui m'est arrivé quand j'ai demandé l'aide des cavaliers de la nuit !

— Les cavaliers de la nuit t'ont trahi parce qu'ils obéissent aux ordres de Ségun, intervint Kira. Je ne pense pas que le chef des dragons de l'aube soit un tyran. De plus, le dernier quatrain parle du « symbole des dragons ».

L'Iséen roula des yeux rageurs :

— Et depuis quand les dragons de l'aube représentent-ils tous les autres ?

— Tu as une meilleure idée ? contre-attaqua Kira. De toute façon, il faut alerter les autres enclaves. Nous demanderons à un dragon de l'aube d'aller prévenir ceux du crépuscule, en Ratalusie, et de les conduire ici en passant par une brèche. À lui seul, Sabre a égaré trois dragons de la nuit quand nous étions poursuivis en Iséa. Imagine la panique que peuvent semer dix dragons du crépuscule !

La colère disparut dans le regard de Poll. Kira avait fait mouche. L'Iséen ne trouvait rien à redire.

— Admettons, grogna-t-il. Je ne vois toujours pas pourquoi je devrais accompagner Nolita. Ce n'est pas la première fois qu'elle va dans son enclave ! Qui soignera Sabre s'il est blessé ? Vous y avez pensé ? Aurore peut guérir Ombre – pas Sabre. Vulcain peut guérir Sabre – pas Ombre. Les couples me semblent tout indiqués : Élias et moi d'un côté, Kira et Nolita de l'autre. Ou alors, Nolita n'a qu'à partir seule.

— Personne ne doit rester seul, expliqua patiemment Élias. Si Nolita se fait... court-circuiter, comment le saurons-nous ? J'aurai sûrement besoin de l'orbe de la vision, dans l'autre monde. Donc, Kira vient avec moi. Et sans l'aide des dragons du jour, nous ne pourrons jamais vaincre Ségun. Il faut frapper un grand coup. À mon avis, avec cent ou deux cents dragons cracheurs de feu dans notre camp, nous avons toutes nos chances.

Élias observa Poll, assis de l'autre côté du feu. Il comprenait ce qui contrariait l'Iséen. Avait-on déjà vu une armée de dragons du jour menée par un dragon de la nuit ? Élias s'imaginait le dragon noir noyé dans une mer de dragons bleus. Poll en serait mort de honte. Sa fierté l'empêchait d'avouer qu'Élias avait raison. Il fallait qu'il proteste. Qu'il regimbe. Il était comme le poisson que le Fiquarien avait attrapé : insaisissable et ombrageux.

Si Élias insistait, Poll accepterait de jouer le jeu. Nolita, en revanche, l'inquiétait davantage. La jeune fille marchait sur la corde raide. Au moindre faux pas, elle s'effondrerait. Les cavaliers-dragons entamaient le dernier acte. Nolita ne devait pas lâcher prise. Pas maintenant. L'Oracle leur avait ordonné de travailler ensemble. Conseil, ou leçon d'humilité ? Avait-il puni Poll pour avoir agi en solo ? Car après tout, c'était lui qui avait vendu la mèche en disant à Ségun que la Grande Quête avait commencé. Les directives du Dragon Fantôme avaient un arrière-goût de vengeance.

Les yeux fixés sur les flammes, Nolita se balançait d'avant en arrière en se tenant les genoux. Le feu allumait des reflets roux dans ses cheveux blonds. Elle n'avait pas prononcé un mot. Au début, quand Élias avait exposé son plan, il avait décelé un mélange d'appréhension et d'excitation sur son visage. Mais dès qu'elle avait compris qu'elle risquait de partir seule, la terreur avait repris ses droits. Nolita avait besoin de compagnie. Grâce à Kira, elle avait chevauché Vulcain du nord de l'Iséa à l'ouest de l'Orupée – malgré sa peur viscérale du vide et des dragons. Qui pouvait se vanter d'un tel exploit ? Nolita et Kira étaient devenues amies. Élias se sentait coupable d'imposer à la Riquaméenne la compagnie de Poll. Nolita le détestait.

« Sois honnête, se dit-il, amer. Pourquoi as-tu formé ainsi les équipes ? Parce que c'est la meilleure solution, ou parce que tu préfères voyager avec Kira ? »

Il envisagea de diviser le groupe autrement : Nolita et lui d'un côté, Kira et Poll de l'autre. Il écarta l'idée d'emblée. Associer Poll et Kira, c'était comme craquer une allumette au-dessus d'un baril de poudre.

Malgré son âme de chef, Kira savait obéir aux ordres. Elle avait un mental d'acier, un corps robuste. Avec ses tresses brunes, son visage peint de signes tribaux et ses yeux pétillants, elle était l'incarnation de la chasseuse intelligente et expérimentée. Elle inspirait la confiance. Élias appréciait son efficacité. Certes, parfois, elle avait des idées bizarres. Il lui arrivait de mener les gens par le bout du nez, de cacher ses véritables intentions. Poll, lui, était trop ambitieux. Cela ne plaisait pas à Élias.

— *Attention*, claironna Aurore dans l'esprit du jeune homme. *Vulcain est très inquiet : Nolita frôle la panique. Elle prétend qu'elle ne peut pas voyager sans Kira. Elle refuse de partir avec Poll. Elle envisage de prendre des mesures radicales.*

— *Des mesures de quel genre ?* s'alarma Élias.

— *Cain n'a rien voulu dire, mais si tu la laisses faire, notre mission risque d'échouer. Tu devrais lui parler.*

Lui parler ? Pour lui dire quoi ? Il choisit d'improviser.

— Tu es bien silencieuse, fit-il remarquer à la jeune fille blonde.

— C'est parce que je n'ai rien à dire, rétorqua cette dernière, les yeux rivés aux flammes. De toute façon, mon avis importe peu.

— Faux, protesta Kira. Tu fais partie de l'équipe. Nous aimerions savoir ce que tu penses.

Nolita leva la tête et plongea un long moment le regard dans les yeux d'Élias, de Poll et de Kira. Enfin, elle se décida :

— Vous voulez vraiment connaître le fond de ma pensée ? Nous sommes fichus. Je n'aurais jamais dû relever le défi de l'Oracle. Je ne suis pas faite pour être cavalière-dragon. Le danger est partout. Je refuse de retourner en Fiquare avec Poll. Je refuse de retourner en France. Je refuse de remonter sur le dos de Vulcain – mais ça, vous le saviez déjà.

Élias posa la main sur son épaule. La jeune fille avait le regard halluciné.

— Que pouvons-nous faire pour t'aider ? demanda-t-il doucement.

— Rien, soupira-t-elle. Nous devrions laisser tomber. Ségun est une brute impitoyable, froide et calculatrice. Il nous tuera tous sans hésiter. Même si nous parvenons à rallier les dragons du jour à notre cause, crois-tu qu'ils seront de taille à lutter contre son armada de dragons de la nuit ?

— Elle n'a pas tort, concéda Poll. Les dragons noirs sont bien plus forts et bien plus rapides. Et ce n'est pas tout... Je n'ai plus confiance en l'Oracle. Imaginons que nous arrivions à trouver l'orbe de l'aube et à entrer dans sa caverne : que se passera-t-il ? L'Oracle nous cache des éléments importants. J'ai l'impression qu'il nous prend pour des imbéciles, depuis le début.

Soudain, Élias se sentit oppressé. La dernière entrevue avec l'Oracle s'était très mal passée. Lui aussi avait eu la sensation que le Dragon Fantôme lui mentait. Quand Poll lui avait remis l'orbe de la mort, Élias avait perçu une note étrange dans la voix de l'Oracle. Une note de... d'avidité. Il avait tenté de l'oublier, mais Aurore partageait ses doutes.

La nuit s'installait peu à peu. Le feu pétillait, faisant craquer le bois et grésiller les braises. On entendait striduler les grillons et vrombir les coléoptères aux ailes translucides. Les feuilles bruissaient sous le vent. De l'autre côté du lac, le ululement d'un hibou déchira le silence tel un scalpel tranche la chair.

— Partons du principe que l'Oracle nous dissimule son véritable objectif, murmura Kira au bout d'un moment.

Les trois autres cavaliers se tournèrent vers elle.

— Nous devons peser le pour et le contre, enchaîna la Fiquarienne. Nous poser les bonnes questions. L'Oracle est-il plus maléfique que Ségun ? Je ne pense pas. Qu'arrivera-t-il si nous abandonnons la Grande Quête ? Dès que le Dragon Fantôme ne sera plus de ce monde, Ségun passera à l'attaque. A-t-il vraiment les qualités requises pour devenir le maître de Treer ?

— Sans le moindre doute, répondit Poll du tac au tac. Il ne plaisantait pas quand il disait que l'Ère des Dragons était imminente. Il envisage de dominer le monde avec son armée de dragons de la nuit. Le pouvoir est à portée de sa main. Nous sommes les derniers obstacles dressés en travers de sa route.

— Supposons que l'Oracle meure, imagina Kira. Quelle sera la première action de Ségun ?

L'Iséen réfléchit une minute et avança :

— Il rayera de sa liste ses ennemis jurés : les dragons du jour. Il les écrasera comme des punaises. Une fois le dernier dragon bleu exterminé, il enverra ses lieutenants aux quatre coins de Treer pour faire régner la terreur. Et malheur à celui qui lui résistera...

Kira hocha la tête et regarda Nolita droit dans les yeux.

— Tu as entendu ? chuchota-t-elle. Nous n'avons pas le choix. Ce n'est pas un jeu. Le sort de Treer est entre nos mains. Je sais qu'il y a de quoi paniquer. Mais si nous échouons, nos parents et nos amis devront obéissance à Ségun jusqu'à la fin des temps. C'est ce que tu veux ? Qu'un dragon de la nuit débarque chez toi, en Riquamée, et réduise ton frère et ta sœur en esclavage ?

Nolita frissonna. Élias ferma les yeux en réprimant une grimace de dégoût. Des images horribles se bousculaient dans sa tête : une cohorte de dragons noirs assaillant son village natal. Des hommes, des femmes et des enfants sans armes courant se mettre à l'abri.

Des toits de chaume volant en éclats. Nolita lui avait confié que son frère et sa sœur – Balard et Martre – étaient très courageux. Mais face aux partisans de Ségun, le courage ne suffisait pas. Élias dévisagea la Riquaméenne. Peu à peu, ses traits se détendirent. Nolita avait enfin compris qu'elle devait tout mettre en œuvre pour empêcher le tyran de régner sur Treer.

— D'accord, capitula la jolie blonde. J'irai à l'enclave des dragons du jour. Je préfère voyager avec Poll que rester les bras croisés.

— Merci, Nolita, dit Élias. Je savais que nous pouvions compter sur toi. Ta famille sera très fière de toi lorsqu'elle apprendra tout ce que tu as fait pour elle.

— Une petite minute ! s'exclama Poll. Je n'ai pas encore donné mon accord !

— Je ne te l'ai pas demandé, rétorqua Élias d'un ton cassant. Tu pars avec Nolita. Point final. Vous ne serez pas trop de deux pour plaider votre cause auprès du dirigeant de l'enclave.

— Et si je décidais de m'en laver les mains ? riposta l'Iséen. Je hais Ségun. Je hais l'Oracle. Qu'ils meurent tous les deux... je m'en moque !

Les yeux d'Élias devinrent deux fentes de ténèbres. Il serra les dents à s'en faire sauter l'émail.

— Ça te plaît de me contredire systématiquement, hein ? siffla-t-il.

Poll éclata d'un rire sans joie.

— Je suis démasqué, ironisa-t-il en remuant les braises du bout de son bâton. J'irai chercher les dragons du jour. Rien que pour voir la tête que fera Ségun... à supposer que les dragons bleus acceptent de nous suivre.

— Oh, ils nous suivront, prophétisa Nolita, les yeux perdus dans le vague. Ils nous suivront, et ils changeront la face du monde.

Chapitre six

Faux pas

— Occupe-toi bien d'elle, Poll, chuchota Élias.

Il coula un regard vers la cabane plongée dans l'ombre. Nolita dormait à poings fermés.

— Elle est plus courageuse que tu ne penses, poursuivit-il. De plus, j'ai le sentiment qu'elle n'a pas fini de jouer son rôle dans cette histoire.

Poll suivit le regard d'Élias.

— Elle atteindra l'enclave des dragons du jour sans encombre, promit-il. La suite dépendra d'elle, et d'elle seule.

— Une fois là-bas, demande à voir le dirigeant, Barnabas. Il saura s'y prendre, avec Nolita. Dis-lui que nous attaquerons la veille de la pleine lune. Barnabas est un bon chef. Il organisera ses troupes en un temps record. Vous avez plus de quinze jours pour faire l'aller-retour. C'est amplement suffisant. Kira et moi vous attendrons avec les deux derniers orbes.

— À quel endroit ?

— Près du lac situé à deux heures de vol au sud de la caverne, précisa Élias. Vu d'en haut, il ressemble à un poing fermé. C'est le plus grand de la région. Tu ne peux pas le manquer.

— Alors rendez-vous là-bas. Bonne chance.

L'aube pointait, avec sa lumière grise et ses chants d'oiseaux. Aurore trépignait d'impatience. Kira était déjà en selle. D'un bond souple, Élias grimpa sur le dos de son dragon, adressa un signe de la main à Poll et, sans bruit, ordonna à Auri de décoller.

Le dragon doré s'élança dans l'océan de fougères. En quelques secondes, Aurore et Sabre survolaient les eaux calmes du lac. Il faisait frais. Il n'y avait pas un nuage, pas un souffle d'air. C'était une belle matinée pour une balade à dos de dragon.

Élias sentit Auri rassembler ses forces : elle se préparait à ouvrir la brèche. Le flot d'énergie se déversa dans le corps du dragon et de son cavalier tel un torrent au débit rugissant. Aurore déchira le tissu de l'espace-temps, et le tourbillon apparut, bouche béante prête à avaler ses proies.

Sabre dépassa Auri et plongea dans le vortex grisâtre sans même ralentir. Le tourbillon l'aspira aussitôt. Élias se contracta. Il n'aimait pas pénétrer dans le sas entre les deux mondes. Chaque fois, il avait l'impression qu'une main géante le tirebouchonnait. Il ne s'y habituerait jamais.

Dès qu'il entrait dans le vortex, il flottait en apesanteur et perdait tout repère sensoriel. Il ne voyait rien. N'entendait rien. N'avait plus de goût dans la bouche. Plus d'odeur dans les narines. Ne sentait plus le corps d'Auri sous ses fesses, ni sous ses doigts. Heureusement, cela ne durait pas longtemps. On devenait fou, privé de ses cinq sens.

Il émergea dans l'autre monde avec la sensation que ses muscles s'enroulaient autour d'un immense essieu. Aussitôt, un geyser de flammes déchira le ciel sombre. Des dizaines de détonations retentirent.

On y voyait comme en plein jour. Le sol crachait des gerbes orange et blanches, qui explosaient dans l'air tels des tournesols flamboyants. À l'est, le ciel se teintait de bleu.

— *Nous avons débarqué au beau milieu d'une bataille !* s'exclama Aurore. *Prenons de l'altitude et décampons !*

Entre deux déflagrations, on entendait le bourdonnement des machines volantes. Devant et derrière. Élias était stupéfait : comment ces engins faisaient-ils pour ne pas se percuter dans le noir ?

— *Ils sont trop espacés*, lui expliqua Aurore. *Les pilotes qui nous suivent se préparent à larguer des bombes juste sous nos pieds. Ceux qui nous précèdent viennent de le faire : je ressens leur soulagement. Ils cherchent les balises au sol pour rentrer chez eux.*

— *Qu'est-ce qu'il y a, là-dessous ?* voulut savoir Élias.

— *De grands bâtiments, des chariots sans chevaux, montés sur des bandes de métal... et une foule de soldats.*

— *Et Jack ? Il est ici ?*

Sans cesser de grimper, Auri explora mentalement la zone. Ses ailes brassaient l'air en mouvements puissants. Très vite, elle s'éloigna des machines volantes.

— *Je ne crois pas*, répondit-elle.

Élias scrutait le ciel, sur sa droite. Chaque fois qu'il était venu dans ce monde, il avait croisé Jack Miller, un pilote de l'armée britannique. L'homme était devenu leur allié. Élias en avait conclu que ces rencontres n'étaient pas des coïncidences. Le pilote avait un rôle à jouer dans la Grande Quête. Un rôle essentiel.

Soudain, le ciel explosa, à quelques mètres de lui. Élias sentit une onde de chaleur affluer vers lui. D'instinct, il tourna la tête et se recroquevilla sur sa selle. L'intensité de la lumière lui brûla les rétines. Un bruit fracassant lui déchira les tympans. Il éprouva une douleur atroce au niveau de la joue, de l'oreille et de la cuisse droites. Auri, propulsée vers la gauche, lâcha un rugissement de bête blessée. Élias faillit tomber. Il s'agrippa au pommeau de la selle de toutes ses forces, et ce réflexe lui sauva la vie.

Les minutes qui suivirent furent synonymes de chaos. Tout était flou, irréel, distant. Élias avait les oreilles qui sifflaient, les tympans douloureux. Une grande tache jaune dansait devant ses yeux. Chaque battement de cils avivait sa souffrance. Il ferma les paupières ; la tache refusa de partir.

Même la voix de son dragon semblait étouffée dans son esprit. Touchée, Auri zigzaguait dans le ciel. Elle paniquait. Élias n'avait plus les idées claires. D'autres obus explosèrent. Aurore tangua, mais parvint à les éviter.

Tout à coup, un feu liquide inonda le crâne et la poitrine du cavalier. Au début, il crut que les armes des soldats l'avaient transformé en torche vivante. Puis, il comprit qu'Auri tentait d'ouvrir une autre brèche. Elle voulait quitter cet endroit maudit le plus vite possible. Élias prit peur : le soleil n'était pas encore levé ! Si Aurore créait un passage maintenant, elle puiserait dans ses dernières forces. Il voulut lui hurler d'attendre l'aube, de ne pas dépasser ses limites. L'idée de franchir une brèche en étant blessé le terrifiait. Il tenait à peine en selle. Que se passerait-il s'il tombait dans le vortex ?

Impossible de joindre Auri. Le lien était confus. En pointillé. Élias avait perdu le contact. Il sut qu'il était entré dans la brèche lorsque la douleur disparut. Plus de sifflement. Plus de tache jaune. Rien qu'une mer de grisaille et de silence. Un cocon de vide infini. Une bulle de paix cendrée, poussée par un vent invisible.

Jamais Élias n'aurait cru éprouver un tel soulagement dans une brèche. Il ne sentait rien : ni torsion, ni flottaison, ni douleur. Il voulait rester dans cet interstice ouatiné pour l'éternité. Il aurait adoré s'y abîmer.

Le destin, toutefois, en avait décidé autrement. Élias jaillit hors de la brèche avec la violence d'une porte qui claque. Une pluie froide, torrentielle, lui lacéra le visage et le corps. Et la tache jaune revint, telle une jonquille jaillissant de terre en accéléré. Il porta la main à son oreille droite. Il crut qu'on lui perçait le tympan avec une aiguille à tricoter. En quelques secondes, Élias fut trempé et glacé jusqu'à la moelle.

Et, d'un coup, il comprit qu'il allait peut-être mourir. Jusqu'à présent, cette pensée ne l'avait pas effleuré. Il avait échappé à mille et un dangers : chasseurs de dragons, froid extrême, démons, dragons de la nuit. Il s'en était sorti sans une égratignure. Et maintenant, il prenait conscience de la nature fragile de son existence. Un obus lui avait éclaté à la figure. Peut-être son dragon était-il gravement atteint ? Peut-être était-il en train de s'écraser ? Peut-être filait-il vers le sol, sans s'en rendre compte ? Élias était aveugle. Sourd. Blessé. Désorienté.

Impuissant.

Il se cramponna au pommeau de la selle. C'était tout ce qu'il pouvait faire. Il s'en remit entièrement à Auri.

Des ombres floues vacillaient autour de lui. Il distinguait des masses indistinctes... Des montagnes ? Aurore ruait et titubait comme un étalon frappé de panique. Sûrement à cause des turbulences. L'espace d'un instant – très bref, mais terrifiant – Élias s'imagina que son dragon essayait de le désarçonner. Il serra le pommeau avec tant de force qu'il crut qu'il n'arriverait jamais à décrocher ses doigts. Qu'ils resteraient collés au cuir, et qu'il faudrait les lui arracher, un par un.

Soudain, Auri fit un bond gigantesque. Élias se représenta un cheval sautant une haie de trois mètres de haut. La pluie et le vent cessèrent aussitôt. Le dragon arrêta de battre des ailes et se mit à courir. Élias poussa un soupir. Ils avaient atterri.

Aurore s'immobilisa. Élias se pencha en avant. Lentement. Ses doigts refusaient de lâcher prise. Il posa le ventre sur ses mains. Sa joue toucha l'épine dorsale du dragon. Devant ses yeux, la tache de lumière jaune diminuait. Il cligna des paupières à plusieurs reprises, mais sa vision resta floue. La douleur qui lui martelait l'oreille était insupportable. Sa jambe droite n'avait plus de sensibilité.

Un doux bourdonnement entonna une chanson dans sa tête. L'inconscience lui ouvrait les bras. Elle lui chantait une berceuse suave et engageante. Élias refusa de l'écouter. Il avait d'abord quelque chose à faire. Quelque chose d'important. Plus loin, une voix rude et insistante se fit entendre. Celle d'Aurore ? Non... C'était celle de Kira ! Élias entendait Kira ! Il n'était donc pas sourd ! Elle lui demandait de... De quoi ? De cacher la pelle ? De bâcher la ruelle ?

Des mains l'agrippèrent au niveau des épaules et le tirèrent vers le bas. À nouveau, ces trois mots :

— Fâche la belle, lui ordonnait Kira. Fâche la belle !

« Lâche la selle », traduisit Élias en silence.

Il voulut obéir, mais il avait des crampes dans les doigts. Les mains de Kira se glissèrent sous son ventre et décrochèrent l'index, le majeur, l'annulaire... Élias sentit qu'on le faisait descendre. Une douleur fulgurante lui vrilla la jambe droite, lui arrachant un hoquet. Puis il devina d'autres mains, qui l'allongeaient délicatement à terre. À qui appartenaient-elles ? À Poll ? À Nolita ? Impossible ! Poll et Nolita étaient partis en Fiquare !

Élias étouffa un grognement. Les mains le portaient, à présent. Des voix lui parlaient, comme à travers un mur de coton. Elles lui chuchotaient des mots de réconfort. Elles paraissaient inquiètes.

Enfin, les mains le lâchèrent. Combien de temps l'avaient-elles porté ? Plusieurs jours ? Quelques secondes ? Élias avait perdu tous ses repères. Il était étendu sur un matelas moelleux. C'était une sensation agréable. On lui baignait la joue et l'oreille droites. Avec quoi ? De l'alcool pur ? Élias avait le visage en feu ! Les flammes lui dévoraient la figure, l'empêchaient de proférer le moindre son.

Sa douleur à la cuisse se réveilla brusquement. Il se cambra. Poussa un cri de souffrance qui lui fit vibrer le crâne. L'instant d'après, il eut l'impression qu'on lui arrachait les dents et que du sang coulait de ses oreilles. On lui pressa quelque chose sur la cuisse. C'était douloureux, mais supportable. Élias put reprendre son souffle. Il voyait des silhouettes imprécises s'affairer dans la pièce. On se penchait au-dessus de lui. On lui fredonnait des paroles qu'il devinait encourageantes.

— *Dors*, fit une voix dans son esprit.

— *Auri ?*

À lui seul, ce mot signifiait plusieurs questions : Où es-tu ? Pourquoi ne répondais-tu pas ? Es-tu blessée ?

Aurore répliqua d'une voix lasse :

— *Je vais bien. Dors. Les cavaliers de l'enclave des dragons de l'aube vont te soigner.*

— *Je... je ne t'entendais plus !* bégaya le jeune homme. *Je t'avais perdue ! Pourquoi ?*

— *Je te l'expliquerai plus tard*, lui promit son dragon. *À présent, ferme les yeux. Tu as besoin de repos.*

Aurore disparut d'un coup, comme si on avait fait coulisser une cloison entre Élias et elle. Que se passait-il ? Puis Élias commença de se détendre. Auri était en vie, et elle lui avait parlé. La berceuse reprit de plus belle. « Viens là... Viens là... », chantonnait-elle. Élias se laissa aller. Son corps devint plus léger.

Et les bras sombres du sommeil l'enveloppèrent.

Chapitre sept

Course-poursuite

Nolita se réveilla en sursaut. Des bruits d'ailes de dragons ! De dragons qui *décollent* ! La jeune fille sortit de la cabane à quatre pattes. Personne. On l'avait abandonnée ! Son cœur s'emballa. La panique lui noua la gorge. Elle n'arrivait plus à respirer. La peur se mit à ramper dans ses veines comme un serpent à cent têtes.

Elle chercha ses bottes à tâtons, les enfila avec maladresse et tituba jusqu'au petit bois – juste à temps pour voir Aurore disparaître dans le tourbillon gris qui se découpait au-dessus du lac. La brèche se referma. Où était Ombre ? Et Sabre ? Nolita songea à poser la question à Vulcain, mais l'idée de parler au dragon bleu lui comprimait la poitrine. Elle entrelaça ses doigts et les serra, les serra, les serra jusqu'à ce que la douleur devienne insoutenable.

Soudain, la voix de Cain retentit dans son esprit :

— *Ombre et Poll sont encore là.*

Nouveau sursaut. Frissons d'angoisse. Nolita ne s'habituerait jamais à cette voix dans sa tête. Elle détestait ça. Elle avait l'impression d'être constamment épiée. Son dragon lisait dans ses pensées comme dans un livre. Existait-il des recoins de son cerveau auxquels Vulcain n'avait pas accès ?

— *Poll est dans le bosquet, derrière toi,* poursuivait le dragon du jour. *Sur ta droite. Il t'observe en cachette. J'ai le sentiment qu'il s'amuse bien.*

— *Merci,* répondit la jeune fille.

Le mot franchit le pont ténu qui reliait son esprit à celui du dragon.

Avec le temps, Nolita avait découvert que le lien avait gagné en puissance. Elle pouvait communiquer avec Vulcain, ressentir ses émotions. Et, depuis peu, deviner où il se trouvait. En ce moment, par exemple, il se dissimulait parmi les arbres, non loin du lac. Elle visualisait une image très nette : un monstre bleu roi entouré de verdure.

La jeune fille aurait aimé détecter la présence de Poll. Lentement, comme une vague enfle dans l'océan, la colère monta en elle. La pression diminua dans son plexus. Nolita prit une profonde inspiration. Poll savait qu'elle n'aimait pas se retrouver seule avec Vulcain. Il le savait, et il lui avait fait croire qu'il était parti. Décidément, ce garçon était d'une cruauté sans nom. Le voyage jusqu'à l'enclave des dragons du jour s'annonçait très mal. L'Iséen avait un comportement puéril. Inutile de chercher du soutien auprès de lui.

Nolita ravala sa fureur. Poll s'était suffisamment joué d'elle. Elle ne céderait pas à la colère. Non, elle ne lui accorderait pas ce plaisir. D'ailleurs, elle avait mieux à faire.

Elle retourna au campement, s'empara de sa gourde et de son précieux morceau de savon. Quand il la vit se diriger vers le lac, Poll sortit de sa cachette. Nolita fit comme s'il n'existait pas. Elle devait se laver avant de partir, c'était une question de vie ou de mort.

— Dépêche-toi ! lui cria-t-il.

— Je prendrai tout mon temps, si ça me chante, marmonna-t-elle.

L'eau du lac était fraîche et agréable. D'abord, l'indispensable : se laver les mains. Faire tourner le savon quatre fois entre ses paumes. Rincer. Recommencer, en faisant tourner le savon trois fois. Rincer. Puis, se bassiner le visage et se faire un shampooing. Nolita voyait presque la saleté glisser le long de ses cheveux et disparaître dans les eaux du lac. Enfin, elle enveloppa le savon dans un morceau de tissu, s'essora les cheveux et revint au camp.

Poll avait déjà rassemblé ses affaires et ravivé le feu. Il mangeait un bout de viande rôti.

— 'u te'ens mieux ? demanda-t-il, la bouche pleine.

Comme Nolita ne répondait pas, il avala et reprit :

— Fais tes bagages. Nous devons partir le plus tôt possible. Je ne souhaite pas attirer l'attention des dragons de la nuit.

La Riquaméenne s'abstint de tout commentaire : les mots risquaient de dépasser sa pensée. Sans accorder un regard au cavalier à la queue de cheval, elle entra dans la cabane et entreprit de ranger sa couverture dans son sac. Le pliage de la couverture : énième rituel nécessaire à la vie de Nolita. Elle l'étendit par terre, devant l'abri, y posa toutes ses possessions – toujours à la même place, toujours dans le même ordre – et les remit dans les sacoches, avec une précision d'orfèvre. Ce système avait trois avantages : la jeune fille n'oubliait rien, cela lui calmait les nerfs et l'aidait à supporter les événements de la journée.

Poll l'observa en soupirant. Nolita était passée maître dans l'art du rangement ultra-rapide.

— Tu veux manger un morceau ? s'enquit l'Iséen.

— Plus tard, répliqua-t-elle en jetant ses sacoches sur l'épaule.

Elle alla rejoindre Vulcain dans le bosquet.

— C'est ton affaire, grogna Poll en éteignant le feu à coups de talon.

Il prit le soin de renverser le contenu de sa gourde sur les braises. Il laisserait la cabane en l'état. Les fougères qui recouvraient le toit pourriraient vite, mais d'autres voyageurs apprécieraient de ne pas avoir à construire d'abri. Sur Treer, les voyageurs se serraient les coudes.

Après s'être assuré qu'il n'oubliait rien, Poll se dirigea vers Ombre. Dès qu'il aperçut ses écailles scintiller au milieu des arbres, il se sentit mieux.

— *Tu as l'air agacé*, fit remarquer le dragon violacé.

— *Bien vu*, ronchonna le cavalier de la nuit. *J'en ai assez d'être relégué aux tâches ingrates. Élias et Kira sont partis à l'aventure, et moi, je joue les nounous.*

— *L'aventure ?* releva sa partenaire. *Nous partons pour l'enclave des dragons du jour. Connais-tu un seul dragon de la nuit qui y ait déjà posé la patte ? Nous allons vivre notre propre aventure, Poll.*

L'Iséen ne put s'empêcher de sourire. Ombre prenait toujours les choses du bon côté.

— *J'aurais préféré y aller seul*, objecta-t-il.

— *Mauvaise idée*, estima le dragon. *Les cavaliers du jour seront ravis de revoir leur héroïne. Sans Nolita, nous ne serons pas les bienvenus.*

Poll éclata de rire.

— Tu m'étonnes de jour en jour ! s'exclama-t-il à voix haute. Avec toi, les grincheux n'ont pas leur mot à dire, hein ?

Ombre garda le silence. Si les dragons avaient su sourire, Poll aurait vu un rictus narquois se dessiner sur le visage de sa partenaire. Il sauta avec agilité sur la grosse patte avant, lança ses sacoches, les accrocha à la selle, enfourcha sa monture et glissa les pieds dans les étriers. Ombre se dandina jusqu'à la clairière. Vulcain attendait patiemment. Après s'être regardés un long moment, les deux dragons s'envolèrent dans le ciel clair du petit matin.

Ils survolèrent le lac étincelant, grimpèrent au-dessus des collines et mirent le cap au sud-ouest.

Objectif : longer les montagnes et les franchir le plus loin possible de la caverne de l'Oracle.

Poll se tourna vers Nolita. La jeune fille paraissait plus pâle que jamais. Ses longs cheveux blonds flottaient derrière elle comme un étendard. Elle avait les yeux fermés. Les yeux fermés ? Pourquoi ? Le soleil ne brillait pas tellement. Le vent soufflait à une force raisonnable. Nolita gardait le menton collé à la poitrine et les paupières closes. Poll essaya de l'imiter. Il ne tint pas plus de dix secondes. Voler à l'aveuglette lui donnait la nausée.

Ombre se propulsait dans les airs sans le moindre effort. Vulcain semblait peiner pour la suivre. Une vague de fierté submergea le jeune homme. Ombre était la puissance incarnée. Unique en son genre. Bien supérieure aux autres dragons de la nuit. Poll l'aimait de tout son cœur. Ses rêves ne comptaient plus. À présent, seule Ombre importait. Depuis qu'elle faisait partie de sa vie, Poll se sentait... entier. Elle avait comblé un vide qu'il n'avait jusqu'alors pas soupçonné.

Il ne comprenait pas Nolita. Comment pouvait-on redouter son propre dragon ? Le lien permettait aux cavaliers de mettre à nu l'âme de leur dragon. De regarder dans le tréfonds de leur être. Puis, Poll souleva une question capitale. Une question à laquelle il n'avait jamais pensé : et si le lien était différent chez les autres ?

L'Iséen avait changé. Il était moins égoïste, plus attentionné. Avant, il ne servait que ses propres ambitions. Ensuite, il avait rencontré Kira. Une meneuse. Une battante. Une adversaire digne de lui. Poll avait aussitôt eu envie de montrer qu'il était le plus fort et qu'il savait diriger un groupe. Du coup, il avait appris à s'ouvrir aux autres. À vivre en communauté, aussi. Quand il était en colère, il passait ses nerfs sur Kira. Aujourd'hui, il ne lui restait plus que Nolita. Tant pis. Elle ferait un bon défouloir.

Ombre interrompit ses réflexions :

— *Oh-oh.*

Ces deux syllabes suffirent à éveiller l'attention de Poll. Il se raidit et scruta le ciel.

— *Trois dragons de la nuit en vue*, annonça le dragon violet d'une voix grave. *Un derrière, et deux à gauche. Leur chef s'appelle L'Empaleur. Il nous ordonne d'atterrir. Que fait-on ?*

D'un regard rapide, Poll évalua la situation. Il imaginait ce qui les attendait s'ils s'obstinaient : les dragons de la nuit les intercepteraient avant qu'ils aient pu atteindre les montagnes. Impossible de se cacher en terrain découvert. Trois options s'offraient donc à eux : la fuite, le combat ou la reddition. Poll rejeta immédiatement la dernière. Un cavalier de la nuit ne se rendait jamais.

— *Vulcain est au courant ?* demanda-t-il à Ombre.

— *Oui.*

— *Que préfères-tu : fuir ou te battre ?*

— *La fuite me paraît plus judicieuse*, répliqua le dragon violet. *Je doute que Vulcain, malgré son courage, soit de taille à affronter un ennemi de l'envergure de L'Empaleur. Si nous accélérons, nous avons une chance d'échapper aux dragons noirs. Soit ils nous laisseront partir, soit ils essaieront de nous rattraper. Tout dépendra des ordres qu'ils auront reçus.*

— *Va pour la fuite*, conclut Poll. *Éloignons-nous des montagnes. Si nous faisons demi-tour, nous perdrons du temps.*

Ombre corrigea sa trajectoire de vingt degrés vers la droite et fila plein ouest. Les dragons noirs devraient piquer un sprint sur plusieurs lieues pour les rejoindre. Poll tourna la tête : Vulcain suivait Ombre de près. Ses ailes bleu cobalt se levaient et s'abaissaient à un rythme effréné. Une expression déterminée se lisait sur son visage azur. Le jeune homme en fut très surpris. Les dragons savaient peut-être sourire, en fin de compte.

Très vite, l'excitation fit place à la stupeur : les dragons noirs ne les rattrapaient pas ! Poll se dévissa le cou pour observer les alentours. Rien. Juste la queue d'Ombre, qui cinglait l'air comme un fouet géant. En haut, en bas. En haut, en bas. Et Vulcain, qui tenait le rythme.

Devant lui, de petits nuages vaporeux commençaient à se former. Ils n'étaient pas assez épais pour qu'on puisse s'y cacher. Ombre avait cessé de grimper à mille mètres d'altitude. Elle filait à vive allure, sans toutefois donner son maximum. Il fallait ménager Vulcain.

Les secondes s'écoulèrent. Puis les minutes. Hormis la cadence inhabituelle, ce vol ressemblait à n'importe quel autre. Le soleil réchauffait doucement le corps de Poll. C'était très agréable.

Au bout d'un moment, l'Iséen vint aux nouvelles.

— *Les dragons nous suivent toujours, mais ils n'ont pas réussi à combler leur retard*, lui apprit Ombre. *L'Empaleur est fou de rage. Il a l'habitude qu'on lui obéisse à la griffe et à l'œil. Il m'a fait comprendre qu'il n'abandonnerait pas la poursuite. Tu les vois ?*

Poll se retourna et plissa les yeux. Ombre délirait. Personne ne les suivait. Puis, il aperçut trois points noirs minuscules, un peu plus bas.

— *Pourquoi sont-ils descendus ?* voulut-il savoir.

— *C'est une illusion d'optique*, lui assura sa partenaire. *Ils volent à la même hauteur que nous.*

Le jeune homme la croyait sur parole. Dans le ciel, la réalité était parfois déformée.

— *Tu penses que c'est du bluff ?* s'enquit-il.

— *Non. Prépare-toi pour une course de longue haleine.*

— *Vulcain va tenir le coup ?* s'inquiéta Poll.

— *Il est plus endurant qu'il n'y paraît*, déclara Souffle d'Ombre, d'un ton empreint de respect. *Il doit avoir des crampes et les muscles des ailes endoloris, mais il ne m'a pas une seule fois demandé de ralentir. Il ne montre aucun signe de fatigue. Continuons. Nous verrons bien.*

Chapitre huit

L'enclave des dragons de l'aube

Élias se réveilla trempé de sueur et le cœur tambourinant. Un bourdonnement douloureux résonnait dans sa tête. Ses rétines le brûlaient à chaque clignement de paupières. Et toujours, ce brouillard autour de lui. Il voulut s'asseoir. Il eut l'impression que sa jambe droite se déchirait en deux et qu'un géant secouait sa chambre comme un dé.

Avec un grognement, le jeune homme se laissa retomber sur l'oreiller et referma les yeux. La pièce ne cessa pas de tournoyer pour autant. Un flot de bile lui emplit la gorge. Il le ravala avec une grimace.

Et soudain, la mémoire lui revint. Le passage en France, l'explosion, la douleur. Il était blessé. Aveugle ? Sourd ? Il s'affola.

— *Du calme. Je suis là.*

— *Aurore ?* gémit le cavalier. *Que s'est-il passé ? J'ai la tête qui tourne. On dirait qu'elle va éclater. Et je... Je n'y vois plus rien !*

— *Du calme*, répéta le dragon doré. *Tu es en sécurité. Un shrapnel a explosé juste à côté de nous. Un éclat s'est logé dans ta cuisse. Tu es désorienté. Je ressens ta gêne par le biais du lien. C'est une sensation bizarre et nouvelle pour moi... Je vais dire à Sabre de t'envoyer Kira.*

— *Ta voix...* bredouilla Élias. *Elle semble si... si faible ! Tu es blessée ?*

— *Fatiguée*, rectifia-t-elle. *C'est ma faute. Quand l'obus a éclaté, j'ai paniqué. J'ai ouvert une brèche avant l'aube, ce qui m'a considérablement épuisée. Je n'avais pas le choix, il fallait quitter la France. Je vais devoir récupérer un peu avant de redécoller.*

— *De toute façon, je ne suis pas en état de voyager*, grommela Élias. *J'ai l'impression qu'une fanfare joue dans ma tête et qu'on m'a badigeonné les yeux de peinture jaune.*

Peu à peu, le vertige diminua. Le jeune homme essaya d'ouvrir les paupières. Il y renonça aussitôt.

— *Neema est allée chercher le médecin du village*, reprit Aurore. *C'est un homme très réputé. On le dit faiseur de miracles.*

Le dragon de l'aube était avare en compliments. Son aveu redonna confiance à Élias.

— *Qui est Neema ?* voulut-il savoir.

— *Une cavalière de l'aube. Elle vit ici, dans l'enclave. Quartz, son dragon, est très séduisant. Ses écailles sont magnifiques.*

— *Séduisant ?* rétorqua le jeune homme, moqueur. *J'ignorais que les dragons pouvaient être séduisants.*

— *C'est le plus beau dragon que j'aie jamais vu*, insista Auri le plus sérieusement du monde. *Quand tu auras recouvré la vue, tu comprendras. Tous les dragons femelles du jour, de l'aube et du crépuscule veulent devenir sa compagne. Radieuse a été la première à obtenir satisfaction. En ce moment, elle couve ses œufs dans l'aire d'éclosion.*

— *Qu'entends-tu par « obtenir satisfaction » ?*

— *Nous vivons une longue vie solitaire*, se justifia Aurore. *Le moment venu, la nature nous pousse à choisir un compagnon... ou plusieurs, selon nos besoins. Pour ma part, je...*

— *Ça va, j'ai compris l'idée*, l'interrompit Élias, rouge jusqu'aux oreilles.

Le jeune homme n'aimait pas ce genre de discussion. Cela le rendait mal à l'aise. Il n'avait aucune envie de découvrir la vie intime des dragons.

— *Tu n'as aucune gêne à avoir*, se récria Auri. *Toute créature est vouée à s'accoupler. Cela fait partie de l'ordre des choses.*

Élias se tortilla. Chercha une échappatoire. N'en trouva pas.

— *As-tu déjà... Enfin... Est-ce que tu t'es déjà...*

— *... accouplée ?* acheva Aurore d'une voix neutre. *Pas encore. Les femelles s'accouplent moins souvent que les mâles.*

— *Pourquoi ?* s'étonna Élias, qui regrettait de s'être engagé sur ce terrain glissant.

— *Parce que nous produisons beaucoup d'œufs. Radieuse en a pondu plus de quarante. Seul un tiers d'entre eux écloront, et à peine cinq ou six dragonnets atteindront l'âge adulte. N'empêche... Imagine à quoi ressemblerait Treer si les dragons s'accouplaient aussi souvent que les humains !*

Aussitôt, une image stupéfiante se forma dans l'esprit du cavalier : un monde rempli de dragons bleus, gris, noirs et dorés. Pour un peu, Élias en aurait oublié la douleur qui lui cisaillait la cuisse et lui transperçait les yeux.

Tout à coup, il entendit un bruit étrange. Une voix. Il mit plusieurs minutes avant de comprendre que Kira lui parlait. Il entrouvrit les paupières. À travers la brume jaunâtre, il distingua trois formes mouvantes. L'une d'entre elles le contourna et vint se placer à sa gauche.

— Et là, tu m'entends ? demanda-t-elle.

— Oui, mais que de l'oreille gauche, croassa Élias.

Il ne reconnut pas sa propre voix.

— Je perçois un bruit continu, poursuivit-il. Mi-craquement, mi-tintement. C'est très perturbant. En plus, je n'y vois presque rien.

— La personne qui m'accompagne devrait résoudre tes problèmes, dit Kira en détachant chaque syllabe.

La deuxième forme floue se pencha sur lui. Élias sentit des mains froides et fortes lui toucher les joues et la nuque. Elles prirent soin d'éviter ses oreilles.

— Salut, Élias, je m'appelle Haithan, fit une voix grave et masculine.

Tout ce que voyait le jeune homme, c'était une crinière blonde. Il sentit les mains de Haithan lui palper le torse, le dos et le haut de la cuisse. Il se raidit.

— Ne crains rien, le tranquillisa le guérisseur sur un ton presque hypnotique. Je ne toucherai pas la blessure. Je veux juste m'assurer qu'aucun autre éclat d'obus ne s'est enfoncé dans ta chair.

Élias se détendit un peu ; son dos, ses épaules et ses jambes restèrent contractés.

— On m'a dit que tu avais été victime d'une arme explosive, déclara Haithan.

— Oui, souffla Élias.

— Tu as essayé de bouger ?

— J'ai été pris de vertiges et de nausées quand j'ai voulu m'asseoir. J'y vois trouble et mes yeux me brûlent lorsque je cligne des paupières. J'ai les oreilles qui bourdonnent et j'ai l'impression d'avoir été fouetté par une queue de dragon... Je suis en pleine forme, quoi.

Élias plaisantait pour atténuer sa gêne.

— Pouvez-vous le guérir, Haithan ? interrogea Kira.

— Oui, répliqua le médecin. Ce jeune homme a eu beaucoup de chance.

— Pas d'accord, grommela Élias.

— S'il s'était logé dans ta poitrine plutôt que dans ta cuisse, l'éclat d'obus t'aurait tué, expliqua Haithan. Tes yeux ont été légèrement brûlés. Heureusement, la nature fait bien les choses : le fluide qui protège les globes oculaires agit comme un baume réparateur. Tu recouvreras la vue d'ici à quelques jours. En revanche, ton ouïe et tes vertiges m'inquiètent. De quelle oreille entends-tu le moins ?

— La droite, murmura Élias, la gorge serrée.

Il se demandait pourquoi Kira n'avait pas retiré l'éclat d'obus.

— Je vais effectuer une manipulation délicate, le prévint le guérisseur. Laisse-toi aller et suis le mouvement de mes mains. Nous allons compter tous les deux lentement jusqu'à vingt. Tu te sens d'attaque ?

— Je vais essayer.

Haithan se tourna vers les deux autres silhouettes. Le jeune homme comprit qu'il s'adressait à Kira et à Neema.

— À mon signal, vous allongerez Élias sur le flanc gauche. Ne touchez surtout pas sa cuisse.

— Où devons-nous nous mettre ? interrogea Kira.

— À sa droite, je vous prie... Tu es prêt, Élias ?

— Oui.

Le guérisseur posa les mains de chaque côté de la tête du blessé et la fit pivoter de quarante-cinq degrés sur la droite. En douceur. Puis, il commença à compter :

— Un... deux... trois...

Élias l'imita, un peu inquiet.

À vingt, Haithan tourna la tête d'Élias de quatre-vingt-dix degrés sur la gauche et se remit à compter. Élias fit de même, dubitatif, cette fois.

— Dix-huit... Dix-neuf... Vingt. Allez-y, ordonna le guérisseur aux deux jeunes filles.

Quatre mains saisirent le blessé au niveau des épaules et de la taille et le tirèrent vers la gauche. En même temps, Haithan continua de tourner la tête d'Élias vers la gauche. Les yeux collés au matelas, le jeune homme murmura :

— Un... deux...

Le guérisseur lui maintenait fermement la tête. Élias ne pouvait plus la bouger.

Quand il arriva à vingt, Haithan relâcha son étreinte et déclara :

— Tu peux t'asseoir.

On dut aider le blessé. Des mains le redressèrent. Élias serra les lèvres et contracta les abdominaux, prêt à combattre l'envie de vomir. Il attendit. Deux secondes. Trois secondes. Rien. La nausée et le vertige avaient disparu.

— Incroyable ! souffla-t-il. Je n'ai plus la tête qui tourne ! Comment avez-vous fait ?

— Un chasseur de mon village souffrait de vertiges, répondit le guérisseur. J'avais tout essayé, tisanes, potions, cataplasmes... J'ai fini par utiliser cette manœuvre – sans trop savoir ce que je faisais, je l'avoue –, et le malade a retrouvé l'équilibre. À l'époque, on pensait que c'était une coïncidence. Plus maintenant. À l'intérieur de l'oreille se trouvent des cristaux minuscules qui contrôlent l'équilibre. Parfois, ces cristaux bougent, entraînant d'horribles vertiges. Je me suis contenté de les remettre en place.

— Vous êtes à la hauteur de votre réputation, le félicita Kira. Savez-vous qu'on vous surnomme « le faiseur de miracles » ?

Haithan éclata d'un rire profond et rétorqua :

— Oui, quand on ne m'accuse pas de sorcellerie ! Peu importe. J'utilise mes dons parce que j'aime aider les autres.

Élias suivait la conversation d'une oreille distraite. Les carillons tintaient toujours dans sa tête.

— Pourriez-vous faire quelque chose pour mon tympan ? demanda-t-il. La douleur est vraiment insoutenable.

— Je vais te préparer des gouttes à base de plantes, lui promit Haithan. La forêt des environs en regorge, et le mélange n'est pas compliqué. Je pense que l'explosion a un peu endommagé ton tympan. Je ne suis même pas sûr qu'un dragon du jour arriverait à te soigner – et de toute façon, il n'y en a pas, ici. Mes gouttes devraient te rendre une partie de ton ouïe ; le temps fera le reste... enfin, je l'espère.

— Autrement dit, j'ai de grandes chances de rester sourd d'une oreille, marmonna Élias.

— Pas forcément. Les gens atteints de lésions identiques réagissent différemment au traitement. J'ignore pourquoi. En général, mes gouttes sont efficaces, mais je préfère ne pas te donner de faux espoirs.

En médecine, il existe une part de risque et d'incertitude non négligeable. Ce n'est ni tout blanc ni tout noir. Souvent, la guérison dépend de la volonté du patient.

— Parce que certaines personnes refusent de guérir ? s'étonna Kira.

— Si étrange que cela puisse paraître, oui, affirma Haithan. J'ai vu des hommes à l'article de la mort danser à la fête du village un mois après avoir été blessés. À l'inverse, j'ai eu des patients atteints de maladies bénignes qui se sont éteints à petit feu sans raison apparente. Croyez-moi, la soif de vivre est le meilleur des remèdes.

Kira décida de changer de sujet. À l'évidence, elle n'aimait pas aborder des sujets qu'elle ne maîtrisait pas.

— Pouvez-vous soigner la jambe d'Élias ? s'enquit-elle.

Élias vit la silhouette floue se pencher sur sa cuisse. Il grimaça, serra les dents, mais Haithan ne l'effleura même pas. Il examina la blessure et dit à Kira :

— Je vais devoir pratiquer une incision pour sortir l'éclat d'obus. Sinon, ce jeune homme risque d'attraper la gangrène. Un jour, un chasseur est revenu avec une écharde dans le mollet. Le morceau de bois n'était pas propre. La plaie s'est infectée et a empoisonné son sang. Le chasseur est mort quelques jours plus tard... J'ai apporté plusieurs potions, notamment une pour insensibiliser la chair autour de la blessure, et une pour nettoyer la plaie avant de la refermer. Je ne serai pas long.

— Pourquoi Aurore n'essaierait-elle pas de me guérir ? demanda Élias.

— J'ignorais que les dragons de l'aube crachaient un feu curatif, répliqua Haithan.

— Leur pouvoir n'a rien de comparable avec celui des dragons du jour, corrigea le jeune homme. Pourtant, il existe. Aurore a soigné un autre dragon, il y a quelques jours.

Une voix étrangère s'éleva dans la pièce :

— Comment a-t-elle fait ?

C'était une voix de fille. Celle de Neema, sans doute.

— Je ne l'ai pas vue à l'œuvre, confessa Élias. Mais le résultat était spectaculaire.

— *Je suis trop fatiguée pour te soigner, cavalier*, intervint Aurore. *Si tu veux, je peux demander à Quartz d'essayer. Je lui expliquerai la marche à suivre.*

Élias n'eut pas le temps de réfléchir à la proposition.

— Quoi qu'il en soit, il faut retirer ce morceau de métal, décréta Haithan. Je n'ai pas envie que cela te tue dans plusieurs années.

Un poids glacé s'abattit sur la poitrine du jeune homme. Il appréhendait l'opération.

— *J'ai lu dans le cœur d'Haithan*, lui révéla Auri. *C'est un homme bon. Il souhaite ardemment que tu te rétablisses.*

Élias prit une profonde inspiration et lâcha :

— Mon dragon a confiance en vous, Haithan. Je n'accepte pas vos services de gaieté de cœur, mais si Aurore affirme qu'il n'y a pas de danger, je la crois sur parole. Ouvrez-moi la jambe, et qu'on en finisse.

Chapitre neuf

Déception

— *Alerte. Vulcain montre des signes de faiblesse*, annonça Ombre.

Poll se retourna d'un bloc. Le dragon bleu se laissait distancer. D'après la position du soleil, les dragons volaient depuis plus de trois heures. Le cavalier ressentait la fatigue de sa partenaire, qui était bâtie pour les courses d'endurance. Pas étonnant que le dragon du jour, bien plus petit qu'Ombre, commence à s'épuiser.

— *Il m'a épatée*, reconnut le dragon femelle. *Je ne pensais pas qu'il tiendrait si longtemps. Il n'en peut plus. Il faut trouver un moyen de fausser compagnie à L'Empaleur et à ses deux acolytes.*

— *Des suggestions ?* demanda Poll.

— *Je pourrais les attaquer pendant que Vulcain prendrait de l'avance*, fit Ombre sur un ton qui se voulait optimiste.

L'Iséen n'était pas dupe. Il avait appris à interpréter les inflexions subtiles de la voix de sa partenaire. Cette tactique était vouée à l'échec.

— *Et si Cain nous aidait à combattre ?* proposa-t-il. *À deux contre trois, nous aurons plus de chances de l'emporter.*

— *Vulcain est au bord de l'évanouissement*, objecta Ombre. *Il m'a avoué avoir du mal à coordonner ses mouvements. Il ne sait même pas s'il parviendra à cracher du feu.*

Poll observa les montagnes qui se dressaient derrière lui. Ombre s'en était approchée imperceptiblement. Plus loin, les trois dragons noirs se dessinaient dans le ciel clair. Ils gagnaient du terrain.

— *Nous devons les semer avant qu'ils ne soient sur nous*, décréta l'Iséen. *Pourquoi ne pas tenter de les égarer dans la montagne ?*

— *Je connais très mal cette région d'Orupée*, répondit le dragon femelle. *Les dragons noirs sont rapides et endurants, mais en survolant les vallées et en passant par les défilés, nous devrions réussir à nous débarrasser d'eux. Et en cas de combat, cela restreindra leur champ de manœuvre. Avec un peu d'astuce, je pourrais aussi faire en sorte qu'ils ne poursuivent que moi. Ainsi, Vulcain pourrait trouver une cachette et attendre que je l'y rejoigne.*

Poll devina qu'Ombre exposait son plan au dragon du jour. Elle s'apprêtait à passer à l'action. Première étape : dénicher une vallée assez encaissée pour entrer dans les montagnes sans prendre de l'altitude, afin que Vulcain économise ses forces.

Ombre repéra le passage idéal. Il se situait après un pic en forme de bec d'aigle. Elle tourna à gauche, frôlant presque la paroi rocheuse, descendit de plusieurs dizaines de mètres et laissa Vulcain passer devant.

Les poursuivants s'élancèrent dans le sillage de leur proie. Penchés sur la gauche, ils donnaient l'illusion de se rapprocher à vitesse grand V. Poll savait que plus ils réduiraient leur écart, plus ils paraîtraient aller vite. Pour l'instant, les dragons noirs ne ressemblaient encore qu'à des jouets. D'ici à quelques minutes, ils redeviendraient des monstres énormes et terrifiants.

L'adrénaline alluma sa brûlure familière dans l'estomac de Poll, aiguisant ses sens et affûtant son esprit. L'Iséen réfléchissait vite. Il fallait prendre l'avantage. Trouver un élément de surprise qui ferait la différence. Mais le jeune homme avait beau se creuser la cervelle, il n'avait aucune idée lumineuse. Ombre était son seul atout. La plus forte de tous les dragons de la nuit, après Aile-de-Titan. Les trois poursuivants ne la battraient ni à la course ni en combat singulier. En revanche, face à trois dragons très énervés, Poll doutait de sa victoire.

À gauche, la montagne dressait son flanc tapissé de verdure vers le ciel. Plus Ombre s'en approchait, plus l'impression de vitesse augmentait. Le cavalier commençait à en distinguer le relief. Les rochers gris paraissaient surgir de terre telles des verrues de pierre. Poll repéra des crevasses, des grottes, ainsi que des parterres de fleurs jaunes et rouges évoquant des taches de peinture mélangées.

Le jeune homme adorait voler en rase-mottes. Cela lui donnait une sensation de toute-puissance. Il en éprouvait un bonheur immense. Rien ne remplaçait un vol à dos de dragon. Pas même une chevauchée sauvage sur un étalon lancé au triple galop.

Lorsque Ombre s'inclina pour se faufiler dans la vallée, Poll crut que son aile allait toucher le sol. Il leva les yeux vers Vulcain. Le dragon bleu volait à une hauteur raisonnable. Encore une fois, le jeune homme était victime d'une illusion d'optique. Ombre n'était pas suicidaire. Sa vitesse vertigineuse faisait paraître la terre bien plus proche qu'elle ne l'était.

L'Iséen jeta un nouveau regard derrière lui. Un dragon noir faisait du zèle. Il se trouvait maintenant à moins de huit cents mètres. Les deux autres n'étaient pas loin derrière. Le combat semblait inévitable.

Une idée. Vite. La vallée qu'ils survolaient n'était pas assez encaissée. Elle s'élargissait à la base. Un plan commençait à germer dans le cerveau de Poll. Un plan qui allait donner du fil à retordre à ses ennemis.

— *Essaie de t'engager dans un défilé plus étroit*, demanda-t-il à Ombre. *La suite promet d'être intéressante.*

— *Accroche-toi, Nolita,* intima Vulcain à sa cavalière. *Les dragons de la nuit nous rattrapent. Ça va secouer.*

Le dragon du jour avait la voix éteinte. La course-poursuite l'avait épuisé.

Il n'avait pas achevé sa phrase que les sombres murs de terreur se dressaient autour de Nolita. Jusqu'à présent, la jeune fille dominait sa peur. Cain volait plus rapidement que d'habitude, mais les dragons noirs restaient à bonne distance. Pas de quoi fouetter un chat. Pendant trois heures, la jeune fille avait géré la situation avec brio. En trois phrases, Vulcain avait anéanti tous ses espoirs et l'avait réduite à l'impuissance. Transformée en une créature minuscule et vulnérable. Nolita n'était pas prête à livrer bataille. Le simple fait d'envisager un combat en plein vol la paralysait.

Elle sentait la fatigue de Cain dans chaque fibre de son corps. Le dragon bleu avait donné tout ce qu'il avait. Face à trois dragons qui faisaient le double de sa taille et le triple de son poids, il n'avait aucune chance. Même avec Ombre à ses côtés.

— Que dois-je faire ? s'enquit-elle.

Parler à voix haute lui donnait un peu de courage. Cela l'ancrait dans la réalité.

— *Enlève tes pieds des étriers, pose les étriers sur la selle, passe tes mains dedans et allonge-toi sur mon dos,* lui conseilla Vulcain. *Serre bien les lanières autour de tes poignets. Comme ça, si tu glisses, tu ne tomberas pas. Je dois absolument semer ces dragons noirs. Je risque de changer souvent de direction sans prévenir.*

— Je ne te décevrai pas, affirma la jeune fille.

— *Je sais. À nous deux, nous y arriverons.*

Les paroles du dragon manquaient de conviction. Plus le temps passait, plus Nolita trouvait que Vulcain se comportait comme un être humain. Il lui rappelait sa mère. Quand celle-ci avait des problèmes, elle faisait la fière, mais Nolita avait toujours vu clair dans son jeu.

Elle décida de suivre les instructions de son partenaire. D'abord, enlever le pied droit de l'étrier. Bon. Et ensuite ? Comment allait-elle faire remonter l'étrier ? Il battait les côtes du dragon, presque au niveau de son ventre. Beaucoup trop bas. Nolita allait dégringoler la tête la première.

— *Dépêche-toi !* s'écria Vulcain. *Tu n'as rien à craindre, je vole en ligne droite. Agrippe-toi au pommeau de la selle de la main gauche et attrape l'étrier de la droite. Fais-moi confiance.*

Faire confiance à Vulcain. Pourquoi pas ? Le dragon avait toujours voulu protéger sa cavalière. Oui, mais si elle lui obéissait, elle serait obligée d'ouvrir les yeux. Elle verrait le sol, des centaines de mètres plus bas. Elle aurait le vertige et envie de vomir.

Tant pis. Nolita décida de tenter le tout pour le tout. Les mâchoires serrées, elle décolla les fesses de la selle, saisit le pommeau de la main gauche et tendit la droite vers le flanc de Vulcain. Surtout ne pas regarder la vallée. Ne pas quitter l'étrier des yeux. Centimètre par centimètre, son bras s'abaissa. Elle y était presque ! Ses doigts frôlaient la courroie de cuir ! Plus bas... Encore un peu... L'étrier était trop loin. Nolita se redressa et s'obligea à respirer calmement. Son cœur battait trop vite.

Deuxième essai. Sans lâcher le pommeau, la jeune fille fit déraper ses fesses de quelques centimètres sur la gauche, s'aplatit contre le dos de Vulcain et se pencha sur le côté. Ses efforts payèrent. Elle crocheta la sangle avec son majeur et remonta l'étrier vers elle. Enfin, sa main se referma sur la barre en métal. Nolita se releva, passa la main dans la boucle et entoura deux fois la bande de cuir autour de son poignet.

Attraper le second étrier fut un jeu d'enfant. La jeune fille se sentait plus en sécurité. Elle se hâta de s'attacher le bras gauche. Comme les courroies étaient trop courtes pour qu'elle puisse agripper le pommeau, elle s'accrocha au devant de la selle. Ses jambes pendaient dans le vide. C'était bizarre. En même temps, ainsi arrimée, la cavalière abordait le vol avec une confiance nouvelle. Il lui était impossible de tomber.

Elle complimenta Vulcain :

— *Bravo pour ton ingéniosité. L'idéal serait d'avoir ces lanières* et *des étriers. La prochaine fois que nous nous poserons, je tâcherai de trouver un tanneur qui fixera des sangles de cuir au pommeau de la selle.*

— *Excellente idée*, commenta le dragon du jour.

Qui sait ? Peut-être que d'autres cavaliers-dragons adopteront ton système ?

Il contourna un énorme bloc de roche et pénétra dans une vaste vallée.

C'est alors que Nolita remarqua qu'Ombre avait disparu.

— *Où est-elle ? haleta la jeune fille.*

— *Elle couvre nos arrières*, lui apprit Vulcain. *Nos ennemis nous auront bientôt rejoints. Ce n'est qu'une question de minutes. Ombre leur tiendra tête avec courage. Si je n'étais pas si fatigué, j'aurais montré à ces pots de colle de quel bois je me chauffe. Je donnerais n'importe quoi pour qu'Aurore et Sabre soient là...*

— *Et moi, donc ! s'exclama Nolita.*

Élias croyait rêver. Il oscillait entre veille et sommeil, comme s'il flottait dans un bain d'eau tiède. Il ouvrit les yeux. Dix secondes plus tard, il se souvint qu'il était blessé. Que la brume qu'il voyait n'était pas due à son état semi-comateux. Puis, il remarqua que les couleurs avaient plus d'intensité, que les détails étaient plus précis.

— Comment te sens-tu ? s'enquit une voix féminine.

Élias reconnut Kira sur-le-champ. Il retourna quelques instants la question dans sa tête. En fait, il se sentait... bizarre. Autour de lui, tout paraissait irréel. Confus. Ses oreilles ne bourdonnaient presque plus. Il percevait un vrombissement lointain, agaçant plus que douloureux. Il lui semblait même entendre de l'oreille gauche.

— Pas trop mal, finit-il par répondre. Quelle heure est-il ?

— Une heure de l'après-midi. Tu as fait le tour du cadran.

— Pas étonnant que j'aie des courbatures dans le dos, grogna Élias. D'habitude, huit heures de sommeil me suffisent. Pourtant, j'ai encore envie de dormir.

Peu à peu, le jeune homme discerna d'autres détails. Kira était assise sur une chaise à côté de son lit. Il ne voyait pas bien son visage, mais il avait perçu un intense soulagement dans sa voix. L'avait-elle veillé jusqu'à l'aube ?

— Haithan t'a fait boire un soporifique, précisa la Fiquarienne. Tu es resté inconscient pendant qu'il enlevait l'éclat d'obus logé dans ta cuisse. Tu te souviens de quelque chose ?

Le ton de la jeune fille trahissait un profond respect pour le guérisseur. Apparemment, elle avait revu sa position.

— Non, avoua Élias. Où est Haithan ?

— Quartz et Neema l'ont reconduit au village. Il a fait tout ce qui était humainement possible pour te guérir. Aurore a parlé à Quartz. Dès que tu pourras te lever, il essaiera de te soigner. Quartz et Radieuse ignoraient que les dragons de l'aube possédaient un pouvoir de guérison. Ils disent que les archives ne le mentionnent pas.

— Et les autres ? voulut savoir Élias.

— Quels autres ?

— Les autres dragons de l'aube ?

— Il n'y a pas d'autres dragons de l'aube, Élias. Radieuse, Quartz et Aurore sont les seuls de leur espèce à avoir trouvé leur cavalier. La plupart du temps, l'enclave est déserte. Une chance que Radieuse ait pondu des œufs.

Élias n'en revenait pas :

— Je savais que les dragons de l'aube n'étaient pas nombreux, mais j'étais loin de me douter que... Combien reste-t-il de dragons de l'aube solitaires ?

— Aucune idée, confessa Kira.

Soudain, Élias écarquilla les yeux et se souleva sur les coudes. Il se rappelait la raison de son voyage.

— Tu as trouvé l'orbe ? demanda-t-il. Ou des indices ?

— Non, soupira la jeune fille noire. J'ai fouillé l'enclave de fond en comble, sans succès. J'ai eu vite fait, l'endroit n'est pas grand. Quartz, Neema, Radieuse et son cavalier, Tarl, n'ont pas pu m'aider. Je pense que l'orbe n'est pas ici.

Coup dur. Élias se renfrogna. Jusqu'à présent, les quatre cavaliers n'avaient jamais rencontré d'impasse. Ils avaient ramassé les orbes comme on récolte des pommes. Sauf que maintenant, ils n'avaient plus le temps de se tromper, plus le temps de glaner des indications ici et là. Élias espérait que les cavaliers de l'enclave des dragons de l'aube le mettraient sur la voie. Il les avait surestimés.

— Tu as essayé d'utiliser l'orbe de la vision ? s'enquit-il.

— Oui, murmura Kira d'une voix distante. J'ai même risqué un œil dans l'aire d'éclosion, mais Radieuse a détecté ma présence. Elle est devenue très nerveuse. Je n'ai pas insisté, pour ne pas la froisser. De toute manière, hormis Radieuse et ses œufs, la grotte était vide.

— Peut-être y a-t-il des passages secrets ?

— Ça m'étonnerait, grommela la jeune fille. Avec l'orbe de la vision, je les aurais repérés.

Le jeune homme retomba sur son oreiller. Il n'y avait rien à faire. Tant qu'il n'aurait pas recouvré la vue, il était coincé ici.

Chapitre dix

Manœuvres périlleuses

— *À nous de jouer !* s'exclama Ombre.

Elle tourna brusquement à droite tout en s'élevant dans les airs. Devant elle, Vulcain poursuivait sa course. Sa queue bleu roi oscillait dans le ciel nuageux. Poll se retourna. La tactique d'Ombre n'avait pas fonctionné : L'Empaleur les talonnait, la gueule grande ouverte. Soudain, le dragon noir allongea le cou, prêt à refermer ses crocs sur la queue d'Ombre.

— ATTENTION ! hurla Poll.

La réaction fut instantanée : le dragon violet fouetta l'air de sa queue. L'Empaleur la reçut en pleine face et poussa un cri de fureur. L'Iséen était impressionné. Ombre avait-elle agi d'instinct, ou avait-elle délibérément attendu le dernier moment pour frapper ?

Déséquilibré, L'Empaleur revint à la charge et encaissa un nouveau coup de queue. Sonné, il cessa de battre des ailes une fraction de seconde et perdit un peu d'altitude. Ce qui permit à Poll de voir que les deux autres dragons s'étaient séparés. L'un avait pris Vulcain en chasse, l'autre se lançait à la poursuite d'Ombre. Le cavalier resserra ses doigts sur le pommeau de la selle. Une boule de braise se logea dans sa poitrine.

— *Ténébreuse a jeté son dévolu sur Vulcain*, annonça Ombre. *L'Empaleur et Cobra ont prévu de s'occuper de nous.*

— *Tu crois que Vulcain va s'en sortir ?* interrogea Poll.

— *Je l'espère. En tout cas, nous aurons plus de chances de l'emporter chacun de notre côté.*

Pas terrible, comme plan, finalement. Vulcain n'avait pas eu l'occasion de souffler. Contre Ténébreuse, son combat était perdu d'avance. Ombre n'aurait pas le temps de vaincre L'Empaleur et Cobra, puis de voler au secours du dragon du jour. La situation s'annonçait mal. En fin de compte, Poll était heureux que ce soient Vulcain et Ombre qui aient décidé de se séparer. S'il arrivait malheur à Nolita, il se sentirait moins coupable. Élias ne pourrait lui adresser aucun reproche.

Ombre fusait vers la vallée qui se dessinait sur leur droite. Il fallait changer de tactique. Ombre était plus forte et plus endurante que ses deux poursuivants – et elle le savait. Elle comptait les épuiser. Les contraindre à l'abandon. Au pire, les affaiblir au maximum avant de leur porter le coup de grâce. Les dragons noirs n'étaient plus que deux, à présent. Ombre avait ses chances.

Poll observa le val qui s'étendait devant lui. Il formait un V étroit. De part et d'autre se dressaient deux parois de roche très escarpées.

— *Tu es sûre de pouvoir grimper assez haut pour franchir cette crête ?* s'inquiéta-t-il.

— *Il n'y a qu'un moyen de le savoir*, déclara Ombre d'une voix ferme. *Je battrai ces deux gêneurs sur la terre ferme, foi de Souffle d'Ombre. Je suis bien décidée à réussir.*

Poll n'en doutait pas. Quand Ombre voulait quelque chose, elle l'obtenait. Il lui restait de l'énergie à revendre. Elle battait des ailes avec une puissance décuplée par la rage. Le jeune homme avait l'impression de monter des escaliers quatre à quatre. Il risqua un œil derrière lui. L'Empaleur commençait à fatiguer. En revanche, Cobra avait anticipé la manœuvre d'Ombre. Elle prenait doucement de l'altitude depuis plusieurs minutes. Ainsi, elle économisait ses forces.

Poll regardait devant. Derrière. Devant. Derrière. La tête lui tournait. D'où viendrait d'abord le danger ? Du défilé aux parois hérissées de rocs, ou des deux dragons fous furieux lancés à leur poursuite ? Ombre grimpait toujours. La température chutait. L'air se raréfiait. Bientôt, Poll aurait du mal à respirer. Plus que quelques dizaines de mètres avant de franchir la crête. Une fois de l'autre côté, Ombre descendrait dans la vallée. Mais en altitude, l'Iséen n'était pas très à l'aise. Il n'arrivait pas à réfléchir.

Les parois du défilé se resserraient. Et toujours, Ombre grimpait. De toutes ses forces. De toute son âme. Ses ailes frôlaient les dents de pierre en saillie. Poll sentit sa gorge se serrer. Son dragon envisageait de se poser. Où ? À flanc de montagne ? Elle avait déjà tenté un tel atterrissage, et cela s'était terminé en catastrophe. Sauf qu'ici il n'y avait pas de bruyère pour amortir la chute.

— *La dernière fois, je me suis écrasée parce que j'étais blessée*, précisa Ombre. *Je te promets un atterrissage parfait.*

— *Si tu le dis...*

Les rochers se rapprochaient dangereusement. Le dragon filait vers les hauteurs à toute allure. Poll allongea le cou. Le défilé s'orientait vers la gauche. Impossible de voir le paysage qui s'étendait au-delà.

À présent, les dragons étaient coincés dans la passe – entre le sol rocailleux, cinquante mètres plus bas, et les deux à-pics, qui mesuraient plus de cent mètres de hauteur.

Soudain, un crissement retentit. Poll se retint de regarder derrière lui. Il fixait le sol, qui se rapprochait à vitesse grand V.

— *L'Empaleur s'est posé*, déclara Ombre sur un ton suffisant. *Sa cavalière et lui sont indemnes, mais furibonds.*

— *Comment a-t-il fait pour atterrir sans dommage ?* s'étonna l'Iséen.

— *En faisant attention*, rétorqua son dragon. *Avec un peu de doigté, un dragon peut se poser dans un mouchoir de poche... Regarde ! Dans cent mètres, nous serons au sommet.*

Poll soupira, soulagé. Depuis plusieurs minutes, Ombre frôlait les crocs de pierre. À quinze mètres du sol, menaçant de se faire éventrer à tout instant. Maintenant, le défilé descendait en pente douce. Il n'y avait plus de danger. L'Iséen regarda en arrière. L'Empaleur était hors de vue, mais Cobra tenait le rythme. Ombre n'avait pas réussi à la distancer. Ce dragon femelle était plus coriace qu'une sangsue. Elle fouettait l'air de ses ailes noires. Malgré sa fatigue, elle allait franchir la crête sans encombre.

Dès qu'Ombre eut dépassé la cime, elle plongea vers la vaste vallée. Poll eut l'impression de flotter comme dans une bulle de savon. De ce côté-ci, le relief était moins traître. Le cavalier scruta le paysage et intima :

— *Longe la vallée et tourne à gauche dès que tu pourras. Nous aurons plus de chances de semer Cobra dans la montagne.*

— *Reçu cinq sur cinq*, acquiesça Ombre.

Et elle s'élança au-dessus du val. Concentration maximale. Prendre de l'avance, coûte que coûte. Battre des ailes, accélérer, frôler le sol pierreux. Poll vérifia la réaction de Cobra. C'était une petite maligne : elle les suivait depuis les hauteurs pour garder l'avantage et ne pas les perdre de vue.

Voilà qui compliquait les choses. Changement de plan. Ombre piqua à gauche et, sans ralentir, reprit de l'altitude.

— *Cobra anticipe chacun de mes mouvements*, commenta le dragon violet. *Il va falloir jouer serré.*

— *J'ai peut-être une idée*, murmura Poll. *Tâche de te faufiler dans un canyon assez étroit pour qu'on ne puisse pas faire demi-tour en plein vol.*

Le jeune homme avait piqué la curiosité du dragon femelle.

— *Tu m'expliques ?* demanda-t-elle.

Poll s'exécuta.

Ombre réfléchit un long moment. Sa réponse surprit l'Iséen :

— *C'est extrêmement risqué. Si Cobra nous suit de trop près, nous signons notre arrêt de mort à tous.*

— *Le risque...* répliqua Poll. *C'est l'histoire de notre vie, non ? Nous sommes deux. Nos poursuivants sont quatre. Ils ne s'attendront pas qu'on leur joue un tel tour. Profitons-en !*

Aurore était convaincue. Cependant, elle ne put s'empêcher d'ajouter :

— *J'ai le cavalier le plus fou et le plus courageux de tout le Royaume de Treer. Et le pire, c'est que j'en suis fière !*

Plaquée sur le dos de Vulcain, les mains liées aux étriers, Nolita surveillait ses poursuivants en regardant par-dessous son aisselle.

— *Ombre a disparu !* haleta-t-elle. *Et il y a un dragon de la nuit à dix mètres de nous !*

— *Bien*, conclut le dragon bleu. *Cette promenade était un peu trop fade à mon goût. Cramponne-toi. Je vais tenter quelques virages serrés. Tu ne vas pas aimer.*

— *Où est passée Ombre ?*

— *Elle a entraîné les deux autres dragons noirs dans le défilé que tu vois sur ta droite. À présent, nous sommes seuls avec notre invitée... Nolita, je te présente Ténébreuse.*

Mais Nolita n'écoutait pas. Poll l'avait abandonnée. Elle se fichait de combattre ce gros dragon charbonneux. Elle se fichait d'effectuer des virages serrés. Tout ce qui comptait, c'était qu'elle se retrouvait à nouveau seule avec Vulcain. La terreur referma son poing noir autour de la jeune fille. Son souffle s'accéléra. Son cœur battit plus vite. Plus fort. Son dragon était à bout de forces. Nolita le sentait dans chaque muscle de son corps. Où puisait-il l'énergie qui lui permettait de continuer ?

— *À droite toute !* s'exclama-t-il en amorçant un virage à angle droit.

La jeune fille eut l'impression qu'il plantait la pointe de son aile dans le sol et qu'il pivotait autour de l'axe. Un poids immense l'écrasa contre l'échine du dragon et lui arracha un hurlement de douleur. Sous son ventre, elle sentit Vulcain gonfler les poumons. Le dragon du jour tourna la tête et cracha un jet de flammes en direction de Ténébreuse. Juste de quoi l'agacer. Vulcain n'était pas au mieux de sa forme. Le dragon noir poussa un cri. De rage, ou de douleur ? Nolita n'aurait su le dire.

— *Virage à gauche !*

Celui-ci fut si rapide que la Riquaméenne vit le sol tournoyer. Elle eut la sensation d'être catapultée dans les airs, pour se retrouver collée contre le dos de Cain la seconde d'après. Le dragon s'éleva brusquement dans le ciel, comme aspiré dans un trou d'air, puis se remit à battre des ailes en rythme.

— *Ouf ! C'était moins une !* s'écria-t-il. *Ténébreuse n'a pas son pareil pour négocier les virages ! Elle est rapide. Je vais avoir du mal à la mettre hors d'état de nuire. Je dois agir, sinon nous irons nous écraser au fond de ce ravin. Je vais tenter une manœuvre que j'ai vue dans l'autre monde.*

Nolita n'entendait que des bribes de phrases. Elle n'avait pas compris ce qui venait de se passer. Ni ce que Cain envisageait de faire. Et elle avait trop peur pour le lui demander. Elle s'agrippait aux sangles de cuir avec l'énergie du désespoir. Ses ongles lui rentraient dans la chair. Elle ferma les yeux, se mordit la lèvre pour éviter de hurler et serra les dents – avec tant de force qu'elle crut s'être déboîté la mâchoire. Du sommet du crâne à la base du cou, elle n'était qu'une boule de muscles tendus à se rompre.

Vulcain prit un autre virage à droite. Il tourna... tourna... tourna... Le virage n'en finissait pas. Cette fois, Nolita eut l'impression qu'un géant lui enfonçait doucement le talon dans le dos et relâchait la pression peu à peu. La pression disparut d'un seul coup. Le vent cessa de siffler aux oreilles de Nolita. La jeune fille crut qu'elle décollait de la selle. Et toujours, Vulcain continuait de tourner.

Et la pression revint. Écrasante. De plus en plus forte. Nolita était désorientée. Surtout, ne pas ouvrir les yeux. Laisser Vulcain effectuer sa manœuvre. Sentir les flancs du dragon enfler sous ses cuisses. Entendre le rugissement tonitruant qui accompagne chaque salve de flammes. Percevoir le cri strident de Ténébreuse – un feulement de rage qui venait de devant, et non plus de derrière.

Aussitôt, Nolita reçut de plein fouet une palette d'émotions de la part de son dragon. D'abord, un sentiment de triomphe. Si intense, qu'elle craignit de s'évanouir. Ensuite, une demi-seconde plus tard, une impression de panique totale. Le géant invisible qui plaquait Nolita sur le dos de Vulcain sauta à pieds joints sur les reins de la jeune fille et se volatilisa l'instant d'après. Enfin, Cain fit partager une dernière émotion à sa cavalière : un profond soulagement.

— *C'est fini*, annonça-t-il d'une voix éteinte. *Ténébreuse ne nous ennuiera plus.*

Avec une prudence exagérée, Nolita entrouvrit les yeux. Cain volait en rase-mottes au-dessus de la vallée. La jeune fille se retourna. Le dragon de la nuit gisait sur le sol. Mort ?

— *Qu'est-ce que tu as fait ?* siffla-t-elle, horrifiée.

Elle aperçut Ténébreuse remuer. Elle était encore en vie.

— *Je lui ai brûlé une aile*, avoua Vulcain. *Je n'avais pas le choix. Elle revolera peut-être un jour. Je ne l'ai pas tuée, et j'en suis heureux.*

— *Et son cavalier ?* s'enquit Nolita d'une voix blanche.

— *Il est indemne, et c'est tant mieux. J'aurais eu mauvaise conscience de faire de Ténébreuse un dragon solitaire.*

Nolita cligna des yeux. Un détail lui échappait.

— *Comment as-tu réussi à la vaincre aussi vite ? Elle était juste derrière nous !*

— *J'ai effectué une manœuvre inédite chez les dragons*, expliqua Vulcain. *Un looping.*

— *Un looping ? Qu'est-ce que c'est ?*

— *Un tour complet, à la verticale.*

— Impossible ! s'exclama Nolita. Si je m'étais retrouvée la tête en bas, je serais tombée ! Ou je serais restée pendue par les bras !

— *Pas avec ma technique*, déclara Vulcain avec fierté. *Quand nous étions dans l'autre monde, j'ai bien observé les machines volantes. Elles tournaient tout en redressant le nez. C'est la force du mouvement qui t'a empêchée de tomber. Je n'ai pas exécuté une manœuvre parfaite, cependant. Je t'ai sentie décoller pendant que je me replaçais à l'horizontale.*

— *Mais... Comment t'es-tu retrouvé derrière Ténébreuse ?* s'entêta Nolita.

— *Elle a essayé de m'imiter*, ricana le dragon bleu.

Elle a paniqué et s'est vite remise d'aplomb. Mais elle avait perdu de la vitesse. Elle a dû accélérer pour ne pas s'écraser... et du coup, elle nous a doublés. J'ai sauté sur l'occasion. En revanche, j'ai mal évalué la deuxième partie du looping et j'ai dégringolé en chute libre pendant quelques secondes. La prochaine fois, je prendrai plus de hauteur.

Nolita faillit s'étrangler de fureur.

— *LA PROCHAINE FOIS ?* beugla-t-elle. *Il n'y aura pas de prochaine fois ! Je t'in-ter-dis de recommencer ! Tu m'entends ? Hors de question de rejouer les cascadeurs de l'air !*

Elle frissonna.

— *Pourrions-nous rejoindre Ombre et Poll, maintenant ?*

Vulcain ne répondit pas tout de suite.

— *Non*, finit-il par dire.

— *Et pourquoi ça ?*

— *Ils sont partis dans les montagnes. À moins de trouver un passage ou d'attendre qu'ils reviennent, nous sommes à nouveau livrés à nous-mêmes. Je suis beaucoup trop fatigué pour passer par les crêtes. Je vais tenter de m'éloigner le plus possible de Ténébreuse, mais je ne tiendrai pas longtemps.*

La peur vint aussitôt remplacer la colère. La boule de terreur froide s'installa au creux du ventre de Nolita, et n'en bougea plus. La jeune fille se mit à trembler. En Iséa, elle avait passé une poignée d'heures seule avec Vulcain. Elle avait tenu le coup, uniquement parce qu'elle savait que c'était provisoire.

Or, cette fois, elle ignorait combien de temps son cauchemar allait durer.

En définitive, elle préférait voler la tête en bas.

Et de loin.

Chapitre onze

L'éclosion

— Il faut partir, Élias ! s'écria Kira, tendue. Nous avons déjà perdu une semaine ! Aurore pense que tu es rétabli, Sabre me l'a dit. Je propose de retourner dans l'autre monde. Sabre et moi sommes persuadés que nous y trouverons un indice important. Je sais que tu appréhendes, mais j'insiste. Décollons à l'aube.

— Les bébés de Radieuse vont naître d'un jour à l'autre, répliqua Élias. Tu n'as pas envie d'assister à une éclosion ?

La jeune fille lui lança un regard noir.

— Si, mais nous n'avons pas le temps de pouponner. On tourne en rond. Notre quête s'enlise.

Depuis quelques jours, Tarl et Neema ne savaient plus où donner de la tête. La naissance était imminente. Il fallait stocker une grande quantité de nourriture pour les dragonnets et préparer les grottes-pouponnières. Les petits y resteraient jusqu'à ce qu'ils soient autonomes. Ensuite, ils quitteraient l'enclave pour vivre leur vie d'adulte.

Kira prenait son mal en patience. Elle attendait qu'Élias guérisse. Quartz n'avait pas réussi à soigner le jeune homme. Cruelle déception. Il avait pourtant suivi les instructions d'Aurore à la lettre. En vain.

Auri avait essayé à son tour – sans plus de succès. Apparemment, les dragons de l'aube ne pouvaient guérir que leurs congénères. Pas les êtres humains.

Pour tromper l'ennui, Élias s'était intéressé aux œufs de Radieuse. La vue lui revenait peu à peu. Il y voyait encore flou, mais il sentait que cette gêne disparaîtrait bientôt. En revanche, il n'entendait toujours rien de l'oreille droite, même si l'horrible sifflement s'était tu.

Sa cuisse le faisait toujours souffrir. Il boitait bas. Il fallait changer ses pansements deux fois par jour. D'après Haithan, la cicatrisation prendrait du temps.

Incapable de rester allongé, le jeune homme avait demandé des béquilles en bois. Il avait visité l'enclave en clopinant. Trois jours plus tard, il avait abandonné une béquille, mais il n'arrivait pas à marcher sans. À moins de trouver un dragon du jour conciliant, Élias devrait attendre que la nature accomplisse son œuvre.

Malgré tout, il était en état de voler. Rien ne le retenait dans l'enclave des dragons de l'aube.

— Est-ce que tu sais où chercher, au moins ? s'informa-t-il auprès de Kira. Je refuse de revenir en

France sans but précis. Pour être honnête, je n'ai pas envie d'y retourner.

Rien qu'en repensant à l'explosion, Élias sentit sa poitrine se serrer. L'espace d'un instant, il se revit au cœur de la bataille. La pénombre. Les coups de feu. Les obus qui fendaient le ciel. Et lui, Élias, coincé au milieu. Aveugle. Sourd. Pétrifié de terreur.

Le flashback ne dura pas longtemps. Il chassa les bribes de panique d'une grimace et prit deux lentes inspirations.

— Nous devons retrouver Jack Miller, affirma Kira. Cet homme détient la clé de l'énigme. Si j'ignore pourquoi il est mêlé à notre aventure, je suis sûre qu'il peut nous aider à trouver l'orbe de l'aube. Aurore et Sabre partagent mon opinion. Auri n'a pas voulu te brusquer parce qu'elle éprouve la même réticence que toi, mais elle est convaincue que Jack Miller connaît les réponses à nos questions. Demande-le-lui, si tu ne me crois pas.

Demander à Auri ? Pas besoin. Élias savait que Kira disait juste. Ce n'était pas ça, le problème. Au début, l'aventure le galvanisait. Chevaucher un dragon, se voir confier une quête apportaient du piment à sa vie. Et puis, il avait découvert l'horreur de la guerre. Il ne comprenait pas comment on pouvait tuer tant de gens. L'autre monde le terrorisait. Il en éprouvait des frissons glacés au creux des reins.

— Nous n'apprendrons rien en restant ici, s'obstina Kira en lui lançant un regard appuyé. Quand un chasseur ne trouve pas de gibier dans un bois, il en explore un autre.

Élias se sentit rougir. Il passait pour un lâche. Kira dissimulait à peine son mépris. Son épreuve avait-elle commencé ? Élias devrait-il surmonter sa peur pour continuer ? Maintenant, il comprenait ce que Nolita avait ressenti dans la Grotte des Marches du Soleil. Et cela ne lui plaisait pas du tout.

— *Tu n'es pas un lâche*, intervint Aurore dans son esprit. *Tu appréhendes, c'est tout. Rien de plus normal. J'éprouve exactement la même chose.*

Le jeune homme se détourna et fit mine de ranger ses affaires. Il ne voulait pas que Kira remarque son embarras.

— Tu devrais dormir un peu, lui conseilla-t-il. Pendant ce temps, je bouclerai mes bagages. Peux-tu demander à Tarl et à Neema de venir ? J'aimerais leur dire au revoir avant de partir, et je n'ai pas envie de les réveiller aux aurores.

— Bien sûr, s'empressa de répondre la Fiquarienne.

Elle avait perçu la gêne d'Élias. Pour ne pas remuer le couteau dans la plaie, elle quitta la chambre sans rien ajouter. Son ami avait subi un grave traumatisme qui mettrait du temps à guérir. C'était justement ça, le problème : le temps leur faisait défaut. Il fallait passer la vitesse supérieure. En une semaine, Ségun avait pu rassembler ses troupes. Les dragons de la nuit devaient se masser par centaines devant la caverne de l'Oracle. De plus, Kira s'inquiétait pour Poll et Nolita. Elle espérait qu'ils avaient rejoint l'enclave des dragons du jour. Que Poll avait su mettre son arrogance de côté. Que Barnabas avait accepté de les aider. Sinon, le succès de la quête reposerait entièrement sur ses épaules et sur celles de Sabre. D'habitude, la jeune fille aimait les défis. Le danger lui donnait le frisson. Sauf que seule, Kira n'avait aucune chance. Ségun maîtrisait la situation. Il ne la laisserait jamais entrer dans la grotte du Maître des Dragons.

Kira trouva Tarl et Neema devant l'entrée de l'aire d'éclosion. Radieuse faisait les cent pas dans la grotte. La Fiquarienne entendait ses griffes cliqueter et crisser sur le sol de pierre. Les deux cavaliers de l'aube abandonnèrent leur poste à regret. Tarl jeta un regard anxieux vers la caverne où étaient entreposés les œufs. Kira se mordit la lèvre pour ne pas sourire. Tarl n'avait pas dormi la nuit précédente, et une nouvelle nuit blanche s'annonçait.

La Fiquarienne alla dans sa chambre, fit ses bagages et se mit au lit. Le sommeil tarda à venir. À l'aube, l'aventure reprendrait de plus belle.

Quand Sabre la réveilla, Kira s'étira en grognant :

— *Déjà ? J'ai l'impression d'avoir dormi un quart d'heure !*

— *C'est parce que tu* as *dormi un quart d'heure*, railla son dragon. *Lève-toi. Il fait encore nuit, mais il faut que tu viennes voir ça.*

La jeune fille se redressa d'un bond :

— *Les œufs sont en train d'éclore ?*

— *Le premier, oui*, confirma Dent-de-Sabre, surexcité.

Kira sauta dans ses vêtements. Sa soif d'aventures fondit comme neige au soleil. Une éclosion ! Quelle aubaine ! Elle parcourut les couloirs de l'enclave au triple galop. Quand elle arriva, pantelante, devant l'aire d'éclosion, Tarl et Neema étaient déjà là. Ils rayonnaient.

— Je m'attendais bien à te voir rappliquer... murmura Neema. Non ! N'entre pas ! Un dragonnet qui vient de naître mange la première chose qu'il voit.

— L'un d'eux est-il déjà sorti de sa coquille ? interrogea Kira, qui s'était figée sur place.

— Pas encore, mais ça ne saurait tarder, annonça fièrement Tarl. L'œuf est fissuré. Ce n'est plus qu'une question de secondes...

— Ce qui signifie que le premier dragon sera un dragon de la nuit, compléta Kira avec un frisson.

— Pas tout de suite, corrigea Neema. À en croire les archives, les premiers jours, tous les dragons se ressemblent.

Les archives. Tarl et Neema n'avaient que ce mot-là à la bouche. Dans la Grande Bibliothèque d'Harkésis, Kira avait eu son content de livres – qu'elle ne savait d'ailleurs pas lire.

— Je l'ignorais, confessa-t-elle. Tous les œufs vont-ils éclore en même temps ?

Les deux cavaliers se regardèrent et haussèrent les épaules.

— Rien n'est écrit à ce sujet, déclara Tarl. À mon avis, tout sera terminé dans quelques heures... Tiens ! Regarde ! À droite ! Le dragonnet soulève la coquille !

Kira, Neema et Tarl se penchèrent par-dessus le seuil en prenant garde de ne pas entrer dans la grotte. Les écailles du dragon femelle scintillaient, baignant l'immense tas d'œufs d'une chaude lueur dorée. Le reste de la caverne était plongé dans l'ombre. Radieuse s'était allongée autour de sa progéniture, lui faisant un rempart de son corps. Elle couvait ses œufs d'un regard de braise.

Soudain, il y eut un craquement sec. Puis un deuxième. Puis un troisième. L'œuf situé à droite de la pile se balança d'avant en arrière. Une fissure apparut le long de sa coquille. L'œuf s'ouvrit d'un seul coup, expulsant une créature laide et dégingandée. Le mini-monstre émit un crissement indigné. Il tenta de se lever. Tomba le menton par terre. Fit un autre essai. S'affala comme un sac de pommes de terre.

Kira eut un pincement au cœur. Elle eut envie de se précipiter vers le malheureux dragonnet.

— *Non !* l'en empêcha Sabre. *Il te tuerait aussitôt ! N'aie pas peur, il va vite trouver son équilibre.*

Le seconde d'après, le bébé dragon se tenait debout. Sa tête démesurée oscillait au bout de son long cou sinueux. Ses pattes flageolaient. Ses yeux incolores semblaient dénués d'intelligence. Il avait un regard froid et morne. Un regard que Kira connaissait bien. Un regard de prédateur.

Ses écailles avaient la couleur d'un escargot un soir de pluie. D'un gris blanchâtre, presque translucides, elles cachaient un corps souple et fragile.

— *Pourquoi Radieuse ne l'aide-t-elle pas ?* s'indigna la Fiquarienne.

— *Parce que les dragonnets doivent se débrouiller dès leur éclosion*, expliqua Dent-de-Sabre. *La vie des dragons est émaillée de quêtes. La première, pour ce bébé, sera de trouver la nourriture que sa mère lui a préparée. Les dragonnets sont pleins de ressources. Tu n'es pas au bout de tes surprises.*

Comme pour illustrer les propos de son aîné, le bébé esquissa quelques pas maladroits. Il souleva sa tête triangulaire et embrassa la grotte du regard. Dès qu'il aperçut le tas de viande crue, il se remit à marcher droit dessus.

— Qu'est-ce que j'ai manqué ? chuchota une voix.

Kira sursauta. Elle n'avait pas entendu Élias arriver.

— Le premier bébé vient juste de naître, soufflat-elle en s'écartant sur le côté. Regarde !

Le jeune homme s'appuya contre le chambranle de la porte et jeta un œil dans la caverne. Pile au bon moment. Un deuxième dragonnet surgit de son œuf, un bout de coquille sur le crâne. Kira réprima une subite envie de rire. La petite créature avait l'air complètement ridicule. Elle se mordit l'intérieur de la joue. Elle n'avait pas envie de froisser Tarl.

Le premier bébé s'attaqua à la viande avec une férocité surprenante. Bouchée après bouchée, il l'engloutit consciencieusement. Mordre, relever la tête, avaler tout rond, et recommencer. Sa voracité était presque amusante. Il manqua même de s'étouffer. Tenace, il toussa, déglutit plusieurs fois, et parvint à bout de l'énorme morceau.

— Celui-là, quand il a une idée dans la tête... commença Kira à voix basse.

— Oui, il me rappelle quelqu'un, commenta Élias sur le même ton.

— Qui donc ?

— Toi.

— Ah-ah. Très drôle, ricana la Fiquarienne.

Les dragons avalaient leurs aliments sans les mâcher. Kira avait souvent observé Sabre manger. Parfois, le dragon du crépuscule gardait un morceau de viande dans la bouche et le faisait rouler sous sa langue, mais il ne mastiquait pas. Ses crocs ne servaient qu'à déchiqueter ses proies, qu'il gobait sans prendre la peine de les désosser. Radieuse avait coupé la nourriture en petites parts, afin de faciliter la tâche à ses nouveau-nés.

Le second bébé se débarrassa de sa coquille d'un coup d'épaule et se dandina sur le sol de pierre. Il tourna la tête et fixa son regard sur le seuil de la porte. Il avait repéré son dîner. Quatre cavaliers-dragons bien portants. Il ouvrit grand la gueule, lâcha un cri strident et se rua en avant.

Kira croisa les yeux de la créature et se glaça d'effroi. De la même taille qu'elle, le bébé dragon était un tueur déterminé, semblable à ceux qu'elle traquait dans la savane. Il était lent et maladroit, mais il ne fallait pas s'y fier : le dragonnet ne ferait qu'une bouchée de Kira et de ses amis.

Heureusement, Radieuse ne lui en laissa pas le loisir. D'un grondement sourd, elle le stoppa net dans son élan. Le bébé se retourna d'un bloc et poussa un cri de défi. Radieuse grogna un nouvel avertissement – un peu plus prononcé. Le dragonnet protesta, pour la forme, puis, sans insister, il se dirigea vers le tas de viande dont se délectait son frère aîné.

Kira laissa échapper un long soupir de soulagement.

Elle se tourna vers Tarl et Neema et annonça :

— Nous allons vous laisser. Nous voudrions prendre un peu de repos avant de partir. Un voyage difficile nous attend. Félicitations pour cette magnifique éclosion.

— Merci, répondit Neema. Ce fut un plaisir de vous rencontrer. Quand votre quête sera finie, repassez nous voir. Tarl et moi resterons ici jusqu'à la fin de l'année.

— Nous ne dormirons pas avant l'aube, renchérit Tarl. Ne partez pas sans nous dire au revoir !

— Promis, murmura Kira.

Chapitre douze

Haute voltige

— Il y a un passage sur la gauche ! s'exclama soudain Poll. Prenons-le, c'est le seul moyen d'échapper à nos poursuivants !

Ombre s'engouffra dans l'étroit défilé et fusa entre les parois rocheuses. Figé par la vitesse, Poll gardait son regard braqué droit devant. Impossible de tourner la tête pour vérifier si Cobra les talonnait toujours. À peine assez large pour que trois dragons aux ailes déployées s'y engagent, le canyon ressemblait plus à une faille. Et cette faille allait en se rétrécissant.

Un torrent déferlait en contrebas, creusant les rochers telle une balafre noire. Ses eaux projetaient des gerbes d'écume blanche dans un bruit fracassant. Le vent hurlait aux oreilles de Poll. Avec les à-pics qui défilaient à toute allure, le jeune homme avait la sensation d'avoir basculé dans un autre monde.

— *Cobra est toujours derrière nous ?* demanda-t-il à Ombre.

— *Oui, mais elle hésite à s'engager dans la faille. Sa hauteur lui donne l'avantage.*

— *Où débouche ce canyon ?* voulut savoir l'Iséen.

— *Nulle part. C'est un cul-de-sac.*

— *Meeerveilleux*, grinça Poll.

La situation avait un affreux goût de déjà-vu. Ombre et Poll s'étaient retrouvés piégés une fois, en Iséa, dans la Lame – une gorge qui se terminait en impasse. Ils avaient bien failli y laisser la vie.

— *Nous n'avons pas le choix*, annonça le dragon violet en zigzaguant dans le goulet sinueux. *Tiens bon le pommeau de la selle.*

La seconde d'après, elle redressait le corps à la verticale et fila, toujours plus haut. Elle comptait faire un quart de tour en l'air, prendre appui sur la paroi à l'aide de ses serres et se propulser hors du défilé.

Sauf que cette fois, elle n'avait pas pris assez d'élan. Elle avait mal évalué la distance. Poll avait oublié combien il avait eu peur, dans la Lame. Un voyage à la verticale, terrifiant, à couper le souffle. Les fesses décollaient de la selle, on flottait dans les airs et on se sentait brusquement vidé de ses forces. Poll était terrorisé. Quand il sentit son dragon perdre le contrôle, il crut qu'il allait céder à la panique.

Et ce qu'il redoutait arriva : Ombre tomba comme une pierre, la queue la première. Emportée par son poids, elle bascula cul par-dessus tête. Poll fut violemment projeté en avant. Son front heurta un piquant de corne. Le cavalier vit trente-six chandelles et lâcha le pommeau de la selle.

Ombre dégringolait vers le torrent. Risquant le tout pour le tout, elle déplia une aile et, d'un seul battement, se retourna, se remit en position verticale et repartit dans le défilé en sens inverse. Déséquilibré, Poll glissa...

... et se retrouva pendu la tête en bas, les deux pieds coincés dans les étriers.

À moitié assommé, il entendit Ombre hurler :

— *NON !!!*

Le cri l'empêcha de sombrer dans l'inconscience.

Le dragon pilonna l'air de ses ailes. Reprendre de la hauteur. Lutter contre la force de gravité. Reprendre le contrôle. Poll ne dut son salut qu'à la solidité des étriers. Ses deux pieds étaient fermement maintenus par l'anneau de métal en forme de D.

Avec le recul, Poll se dit qu'il avait eu de la chance. Parce que s'il avait été assis à califourchon sur son dragon, il aurait percuté Cobra de plein fouet.

Le dragon noir avait fini par s'engager dans la gorge. Il arrivait, lancé à plein régime, droit sur Ombre. Vue d'en bas, la manœuvre de cette dernière avait dû lui paraître insensée. Un demi-tour à la verticale pour prendre l'avantage et contre-attaquer, voilà qui n'était pas banal ! Même si Ombre ne l'avait pas fait exprès. Toujours pendu par les pieds, encore un peu sonné, Poll vit Cobra se rapprocher. Les ailes noires semblèrent l'envelopper. Cobra évita la collision *in extremis*. Elle passa au-dessus d'Ombre au dernier moment dans un grand souffle d'air. Le cœur battant, Poll regarda ses immenses griffes frôler la selle vide et s'éloigner vers le ciel.

Le jeune homme grogna. Il avait le sang à la tête, et une grosse bosse lui poussait au milieu du front.

— *Poll ! Tu es toujours avec moi ?*

— *Toujours*, ronchonna-t-il. *Et je te signale que je ne suis pas cascadeur.*

— *Tu peux remonter en selle ?* interrogea Ombre, à la fois inquiète et soulagée. *Si tu sens que tu glisses, avertis-moi assez tôt pour que je puisse atterrir.*

— *Pour l'instant, je tiens en place*, grommela Poll. *Je vais essayer de reprendre la situation en main.*

L'effort télépathique lui vrilla le crâne. Les mots résonnaient dans sa tête comme un orgue d'église.

Au fond du ravin, le torrent hérissé de rocs filait à une allure folle. Voler la tête en bas à quelques mètres du sol lui donnait l'illusion de fendre les cieux à la vitesse de la lumière. À moins qu'Ombre n'ait encore accéléré ? Poll contracta les abdominaux, se redressa et attrapa la courroie de l'étrier gauche. D'un puissant coup de reins, il se hissa sur le dos de son dragon.

À l'intérieur de son crâne, la pression sanguine diminua. En quelques secondes, l'Iséen retrouva un monde aux proportions normales. Il aperçut la sortie du défilé. Aucun signe de Cobra. Poll sourit, malgré la douleur : le temps que le dragon noir fasse demi-tour, Ombre et son cavalier seraient loin. Cobra ne pourrait pas les rattraper, même si elle s'était posée pour repartir en sens inverse. La gorge était trop étroite. Le torrent, trop large. Il n'y avait pas assez de place pour décoller.

— *Poll ! Parle-moi !* supplia Ombre.

— *Je vais bien*, lui assura le jeune homme. *J'en suis quitte pour une belle bosse et une solide migraine.*

Ses doigts palpèrent la protubérance sur son front.

— *C'est décidé... j'arrête la haute voltige !* plaisanta Ombre pour diminuer la tension.

Son cavalier n'était pas dupe. Il avait capté la frayeur de sa partenaire, tout à l'heure, dans la gorge. Ombre en frémissait encore.

— *Cette fois, j'ai cru te perdre pour de bon...* ajouta-t-elle.

Poll soupira :

— *Ce qui compte, c'est que nous ayons réussi, non ?*

— *Je préfère un combat à ce genre d'acrobatie*, confessa le dragon violacé. *Je n'avais jamais perdu le contrôle en vol. Jamais. Même quand j'étais petite.*

Les mots de Poll restèrent bloqués dans sa gorge. L'incident qu'il venait de vivre avait changé sa relation avec Ombre. Jusqu'à présent, il l'avait suivie les yeux fermés, sans jamais contester ses décisions. Or, il venait de découvrir que sa partenaire n'était pas infaillible. Il ne la reconnaissait plus. Quelle était cette créature lasse, affaiblie, qui n'avait plus confiance en elle ?

La sortie du canyon se profilait à quelques mètres. Poll repéra L'Empaleur dès qu'il émergea au-dessus de la vallée. Le dragon de la nuit longeait la chaîne de montagnes par la droite. Il n'avait pas aperçu ses ennemis.

— *Il est temps de lancer l'offensive*, déclara Ombre, qui avait activé son bouclier mental pour garder l'effet de surprise. *J'en ai assez de jouer au chat et à la souris.*

Et c'était reparti. Vers les hauteurs. L'estomac de Poll se serra. En quelques coups d'ailes, Ombre rattrapa son adversaire et vint se placer au-dessus de lui. Surpris, L'Empaleur se précipita vers elle, puis se ravisa. Il regarda à gauche et à droite, cherchant l'appui de Cobra – qu'il ne trouva pas.

Ombre choisit cet instant pour attaquer. Repliant les ailes, elle fondit sur son ennemi. Tout à coup, Poll eut la bouche sèche. Il n'avait jamais vu de dragon se battre en plein ciel. Il sentit les muscles d'Ombre se contracter sous ses fesses. L'Empaleur surgit devant elle tel un diable hors de sa boîte. Les deux dragons se cabrèrent, prêts à frapper.

Le combat fut d'une violence et d'une rapidité inouïes. Poll eut l'impression de danser dans les airs. Étroitement enlacés, les dragons tournoyèrent dans le ciel en battant des ailes pour freiner leur chute. Les corps se heurtèrent. Les crocs mordirent. Les griffes déchirèrent. Des cris suraigus jaillirent des gueules noires. Malgré leurs efforts, les adversaires perdaient vite de l'altitude. Très vite, même. Poll voyait les arbres de la vallée grossir à vue d'œil.

Ombre eut tôt fait de prendre l'avantage. Elle était la plus lourde, la plus grande et la plus forte. Ses mâchoires se refermèrent sur le cou de L'Empaleur. Puis elle lui enfonça ses serres dans la nuque. Elle se contorsionna et poussa son ennemi vers le sol. Le dragon noir s'écrasa dans la forêt dans un fracas de bois brisé.

Ombre rasa la cime des arbres, déséquilibrée, s'efforçant de reprendre de l'altitude. Le cœur jouant des cymbales, Poll adressa une prière muette au Créateur. Si Ombre ne se ressaisissait pas, elle se ferait embrocher par les pins. Mètre après mètre, le dragon femelle parvint à regagner de la hauteur. Une fois hors de danger, elle fit demi-tour pour s'assurer que ses ennemis avaient survécu. Ombre et Poll n'étaient pas des meurtriers. Tout ce qu'ils voulaient, c'était semer leurs poursuivants. Pas les tuer.

Poll embrassa la forêt du regard. Pas de trace de L'Empaleur. C'était comme si les arbres l'avaient avalé.

— *Il est en vie et son cavalier aussi*, l'informa Ombre. *Je crois qu'ils ont compris la leçon. Nous sommes tranquilles pour un bon bout de temps.*

— *Ravi de l'apprendre*, commenta l'Iséen. *Filons d'ici avant que Cobra ne nous rattrape.*

Ombre repartit dans les montagnes et repassa devant le défilé. Cobra en surgit quelques secondes après. Poll grimaça : il s'en doutait. Les ennuis continuaient.

— *Rassure-toi, Cobra n'a plus l'intention de nous poursuivre*, lui apprit son dragon. *L'Empaleur le lui déconseille.*

Poll aurait aimé en avoir le cœur net, mais aujourd'hui, il se contenterait de cette double victoire. Une douleur sourde lui martelait la tête. Il s'était certainement déchiré plusieurs muscles dans les bras et dans le dos. Il avait besoin de repos. Pourtant, il savait qu'il n'arriverait pas à dormir tant qu'il n'aurait pas retrouvé Nolita. Poll avait fait une promesse à Élias. Et Poll était un homme de parole.

La vallée s'orientait légèrement vers la gauche. Au bout de quelques minutes, les dragons de la nuit furent hors de vue.

— *Nous devons rejoindre Vulcain et Nolita*, intima l'Iséen. *Sans repasser par la crête, si possible.*

— *À tes ordres*, répliqua Ombre sur un ton sinistre.

Poll et son dragon pensaient la même chose : face à Ténébreuse, Vulcain n'avait quasiment aucune chance.

Ce qui signifiait qu'Ombre allait devoir livrer un nouveau combat.

Chapitre treize

À la recherche de Jack Miller

Avec l'aide de Kira, Élias parvint à grimper sur le dos d'Aurore sans trop de difficultés. Une fois en selle, il éprouva un soulagement intense. C'était comme s'il revenait chez lui après une longue absence. Il se tortilla jusqu'à ce qu'il trouve une position confortable. Sa douleur à la cuisse en fut un peu atténuée.

Il remercia la Fiquarienne et ordonna :

— En selle ! L'aube approche.

Kira courut jusqu'à Sabre et, d'un bond agile, sauta sur son dos.

Les adieux à Tarl et à Neema avaient été brefs. Douze dragonnets avaient déjà éclos – et ce n'était pas fini. Les deux cavaliers de l'aube avaient du pain sur la planche.

— *Ça va, Élias ?* s'enquit Aurore. *Je ne te sens pas à l'aise.*

— *Ce voyage ne va pas être une partie de plaisir*, admit le jeune homme. *Cela étant, je survivrai.*

En vérité, il tremblait de peur. L'idée de retourner dans l'autre monde lui glaçait le sang. Là-bas, les soldats possédaient des armes capables de mutiler un homme à vie. Qu'allait-il lui arriver, cette fois ?

Auri soupira. Elle aussi était inquiète.

— *Je n'arrête pas de penser à ce qu'il adviendrait si l'Oracle mourait*, confessa-t-elle. *J'ai des images d'apocalypse plein la tête. Il faut à tout prix trouver l'orbe de l'aube. Essaie de te détendre. Je vais faire mon possible pour te protéger. Je te le promets. Nous allons triompher. Ensemble.*

— *Allons retrouver Jack Miller*, décida Élias. *J'espère qu'il aura une idée.*

Sans à-coups, Aurore se mit en position. À l'extérieur de la caverne, un plan incliné permettait aux dragons de décoller. Pour plus de sécurité, on avait enlevé les gros rochers.

Élias contracta les adducteurs en grimaçant. Sa cuisse le faisait beaucoup souffrir. Auri ne lui laissa pas le temps de se poser des questions. Elle s'élança vers la sortie de la grotte. Élias était prêt. Son esprit était connecté à celui de son dragon. Il sentit les muscles puissants rouler sous les écailles dorées. Ses griffes cliquetaient sur le sol, de plus en plus vite, de plus en plus fort. *Clic-clic. Clic-clic.* *CLIC-CLIC.* Dès qu'elle franchit l'ouverture, elle déploya ses ailes, poussa sur ses pattes arrière et se jeta dans le vide.

Élias, pris de vertiges, tangua sur la selle et lutta pour ne pas tomber. L'envie de vomir revint aussitôt.

Il avait perdu tous ses repères, comme lorsqu'il entrait dans la brèche. Il inspira et expira longuement à plusieurs reprises. Faire entrer l'air par le nez. Le faire ressortir par la bouche. Peu à peu, la nausée reflua. Le paysage cessa de tournoyer.

Il pleuviotait. Avec l'altitude, les fines gouttelettes semblaient tomber au ralenti. L'air était lourd. Un voile de nuages sales s'enroulait autour des montagnes. L'enclave des dragons de l'aube s'estompait dans la grisaille.

Élias réprima un grognement. Depuis le début de sa quête, il ne quittait pas les montagnes. En un mois, il avait visité les djebels de Fiquare, les crêtes volcaniques d'Orupée et les contreforts glacés d'Iséa. Ici, dans la cordillère de Riquamée du Sud, il faisait bien plus chaud et les odeurs étaient différentes, mais pour Élias, une montagne restait une montagne. De toute manière, il n'avait pas le temps de jouer les explorateurs. Le soleil se levait.

Aurore puisa sa force dans la lumière de l'aube et en fit une boule d'énergie pure. Toute trace de fatigue avait disparu. Élias sentait la puissance de son dragon couler dans ses veines. Le passage s'ouvrit d'un seul coup. Invisible dans le ciel gris, le cavalier devinait exactement où il se trouvait. Auri ralentit pour laisser Dent-de-Sabre passer devant. La brèche engloutit le dragon anthracite. Soudain, Élias éprouva une vague de bonheur intense. Aurore exultait. Il voulut lui demander ce qui se passait, puis le tourbillon l'avala à son tour.

Et les sensations familières revinrent : apesanteur, torsion, désorientation. Ni peur ni douleur. Juste un vide gris, aussi léger que de la cendre. Mais dès que le tourbillon se rouvrit, Élias sentit son estomac se contracter.

Il déboucha au cœur de la nuit. Les souvenirs de son incursion précédente s'abattirent sur lui comme un typhon. Il banda les muscles. Une douleur fulgurante lui vrilla la cuisse. Il resserra les doigts autour du pommeau de la selle et essaya de se détendre.

— *Tu tiens le coup ?* interrogea Auri.

— *Il faudra bien. Où sommes-nous ?*

Pas au-dessus du champ de bataille, en tout cas. Élias apercevait des éclairs dans le lointain, sur sa droite.

— *Près du petit bois où Jack nous a conduits la dernière fois*, annonça Aurore. *Veux-tu que je m'y pose ?*

Le Fiquarien prit le temps de réfléchir. Jack était malin. Il avait sûrement caché à ses supérieurs que des dragons s'étaient dissimulés dans ce bois. C'était lui qui le leur avait indiqué, d'ailleurs, pour éviter qu'Élias et ses amis ne tombent dans un piège.

— *Est-ce que tu sens la présence de Jack ?* s'informa le jeune homme.

Il n'avait presque plus besoin de poser ce genre de question. En de tels moments, son esprit et celui de son dragon ne faisaient qu'un. Quand Aurore explorait mentalement les environs, Élias l'accompagnait et décelait la même chose qu'elle. Il ne détecta aucune trace du pilote.

— *Peut-être est-il en bas*, supposa Auri. *Les bâtiments où sont entreposées les machines volantes ne sont pas très loin. Je propose d'atterrir et de poursuivre nos recherches depuis les bois.*

— *Bonne idée.*

Aurore amorça une descente en spirale. Élias chercha Dent-de-Sabre des yeux, sans succès. Le dragon gris foncé s'était sans doute camouflé. En temps normal, on avait du mal à le repérer dans la nuit, mais quand il se fondait dans le décor, il était complètement invisible.

Une grosse lune argentée brillait dans le ciel. Malgré les nuages d'altitude épars, elle dispensait une lumière suffisante. Une fois que les yeux d'Élias se furent habitués à l'obscurité, il distingua le petit bois qui s'étendait en contrebas, tache sombre se découpant sur une zone légèrement plus claire. Aurore fouilla le périmètre avec son esprit. Personne. Aucun être humain, du moins.

Élias attendit qu'elle gagne le couvert des arbres pour mettre pied à terre. Kira se précipita pour l'aider. Comme d'habitude, le jeune homme ne l'avait pas entendue arriver. Comme d'habitude, il sursauta. Et comme d'habitude, la Fiquarienne lui lança un sourire radieux. Élias s'abstint de protester. Il était heureux d'avoir une amie sur qui s'appuyer.

Aurore conduisit la petite troupe jusqu'à la clairière où Poll, Jack et Élias avaient bivouaqué.

— *J'ai trouvé Jack*, annonça soudain le dragon de l'aube.

— *C'est vrai ?* s'enthousiasma Élias. *Où est-il ?*

— *Dans un des bâtiments construits à l'est du bois. Prends garde : notre ami n'est pas seul. En plus, tu devras traverser un champ. Je te guiderai pour que tu ne te fasses pas repérer.*

— *On est au beau milieu de la nuit*, fit remarquer le Fiquarien.

— *Il n'est pas si tard*, répliqua Aurore. *La seule chose qui m'inquiète, c'est ta jambe. Tu devrais envoyer Kira chercher Jack.*

— *Pas question*, s'entêta Élias.

Il était bien décidé à affronter sa peur. De plus, il ignorait comment les hommes de ce monde réagiraient face à une fille à la peau noire et au visage peint de signes étranges.

— *Kira est beaucoup plus discrète*, protesta Auri.

— *J'insiste*, rétorqua son cavalier. *Je ferai bien attention.*

Contre toute attente, Kira n'émit aucune objection. La logique du Fiquarien était imparable. La jeune fille le regarda s'enfoncer clopin-clopant dans les ténèbres. Ses yeux trahissaient une inquiétude mêlée de colère contenue. Kira détestait rester les bras croisés, mais elle avait accepté de n'intervenir qu'en cas de danger. Aurore avertirait Sabre, qui transmettrait l'information à Kira. Pour tuer le temps, la jeune fille entreprit de construire un abri.

Élias traversa bruyamment le bois, faisant craquer brindilles et branches mortes. Dès qu'il en eut atteint la lisière, il perçut dans le lointain une musique et des chants. Le bruit provenait de la maison qu'avait indiquée Aurore. Élias sourit. Personne ne l'entendrait approcher. Il franchit le champ en boitillant aussi vite qu'il put et se cacha derrière la haie qui bordait les bâtisses.

Des gens parlaient et riaient très fort. Élias s'accroupit dans l'ombre. Comment ces inconnus allaient-ils réagir en le voyant ? Si seulement il avait eu les dons de Kira !

— *Ne bouge pas. Quelque chose vient vers toi à vive allure*, l'avertit Aurore qui paraissait plus intriguée qu'anxieuse.

Élias, lui, sentit ses cheveux se hérisser sur sa nuque et la chair de poule lui couvrir les bras. Auri n'avait pas dit « quelqu'un », mais « quelque chose ».

Tout à coup, un grondement sourd se fit entendre. La chose approchait. Elle était rapide. Très rapide. Et gigantesque. Le grondement se mua en rugissement. Quel animal pouvait bien produire un tel vacarme ?

Tant pis pour la prudence. Élias se releva et regarda par-dessus la haie. De l'autre côté, il y avait un petit chemin de terre. Et dessus, une créature énorme, lancée au triple galop. Deux faisceaux de lumière sortaient de ses yeux. Élias retint un hurlement de terreur. La peur et l'obscurité accentuaient les dimensions de la créature. Elle semblait enfler, enfler jusqu'à éclater. Et soudain, elle braqua ses grands yeux jaunes sur Élias, qui en resta paralysé.

— *Baisse-toi !* feula Auri.

Le jeune homme réagit d'instinct. Il tomba à genoux et se protégea la tête des bras. Le mastodonte passa devant lui dans un fracas de tonnerre. À cet instant, Élias distingua deux autres bruits : la créature grinçait et cliquetait, comme une armure de métal. Piqué par la curiosité, le Fiquarien se redressa et regarda de nouveau par-dessus la haie.

Juste à temps pour voir le « monstre » cracher une fumée huileuse par le derrière.

— *C'est un chariot !* souffla-t-il à Auri. *Un chariot qui avance tout seul ! Décidément, les habitants de ce monde sont des inventeurs hors pair !*

— *Et regarde où ça les a menés*, marmonna Aurore. *À quoi bon fabriquer des machines volantes et des chariots magiques pour les détruire ensuite ? Je ne serais pas surprise d'apprendre que leur guerre est liée à toutes ces inventions. Les gens de la Terre ont déclenché bien des conflits, mais celui-ci dépasse tous les autres en termes de destruction et de cruauté.*

— *Tu m'en parleras plus tard*, l'interrompit Élias. *Seul m'importe de trouver mon orbe et de partir d'ici.*

Le chariot métallique s'arrêta à cent mètres d'Élias avec force couinements. Le jeune homme sauta la haie et courut en silence jusqu'à lui, en prenant soin de rester dans l'ombre. Il vit une porte s'ouvrir sur le flanc du chariot. Quatre hommes en descendirent et se dirigèrent vers une des maisons en bavardant. Aucun n'avait deviné qu'on les épiait.

— *Est-ce que Jack est là-dedans ?* demanda le cavalier en désignant mentalement la bâtisse.

— *Non, à cent mètres, dans la ferme juste derrière*, répondit Auri. *Tu dois encore franchir une haie et un champ.*

— *Cent mètres ?* s'angoissa Élias. *Je vais perdre le contact ! Je ne t'entends déjà presque plus !*

— *Tout ira bien. Ne crains rien.*

La haie était plus épaisse que la première. Élias eut du mal à en venir à bout. Des épines s'accrochaient à ses vêtements. Il avait l'impression de faire un raffut terrible, mais le halètement du chariot métallique devait le couvrir. Une fois de l'autre côté, il se hâta vers la deuxième maison entourée d'une clôture. Un portail permettait d'accéder à une cour. Élias y courut le plus silencieusement qu'il put.

Il s'accroupit près de la barrière et balaya la cour du regard. Rien ne bougeait. Il n'y avait pas de lumière aux fenêtres de la maison. À l'intérieur, la fête battait son plein. Les chants, la musique et les rires filtraient sous la porte. Élias fit la moue. Comment pouvait-on rire et chanter alors que la guerre faisait rage ?

Il se glissa entre les barreaux du portail et clopina jusque sur le côté de la maison. On avait calfeutré les fenêtres de l'intérieur. Élias colla son nez au carreau, mais il ne vit rien du tout.

Déçu, le jeune homme s'avança sous le porche et écouta à la porte. Il perçut un brouhaha de voix sous la musique. Il plaqua l'oreille contre le panneau de bois et tenta de les isoler. Jack se trouvait-il parmi les fêtards ?

Soudain, une grosse main s'abattit sur son épaule. Des doigts d'acier se resserrèrent autour de sa clavicule. Et un homme gronda :

— Où tu vas comme ça, p'tit ?

Chapitre quatorze

Les hommes de l'autre monde

Le soldat avait parlé sur un ton bourru. Il semblait en colère. Les ombres créées par la lune allongeaient sa silhouette, le faisant ressembler à un géant.

Les mots se bousculèrent dans la bouche d'Élias :

— Je... Je... J'aimerais parler à Jack Miller, si c'est... heu... si possible.

Cet homme lui avait fait la peur de sa vie.

— *Jack* Miller ? releva le soldat. C'est un ami à toi ?

— Pas exactement, reconnut Élias. Mais nous nous sommes déjà rencontrés. Pourriez-vous lui dire qu'Élias est là ? Il faut à tout prix que je le voie.

Le cavalier scruta le visage de l'homme, dissimulé par son casque d'acier. Indécis, le soldat resta quelques secondes sans bouger.

— O.K., p'tit. Je vais voir si le *capitaine* Miller veut te recevoir, finit-il par lâcher. Mais fais gaffe : si tu t'es fichu de moi, tu vas passer un sale quart d'heure.

Une nuit dans la cave, plus une visite chez le chef. Tu lui diras pourquoi tu rôdais autour du Q.G. Tu sais c'qu'on fait aux espions ? Hein ? T'as intérêt à avoir une bonne raison d'êt' là.

Élias ignorait si l'homme plaisantait. Avec l'écho du porche, sa voix prenait des accents diaboliques et menaçants. Le cœur battant la chamade, il maudit son ouïe déplorable. Kira aurait entendu ce soldat approcher, elle.

— *Pourquoi ne m'as-tu pas averti ?* accusa-t-il Auri.

— *J'ai senti sa présence avec une demi-seconde de retard*, s'excusa le dragon doré. *Désolée. Ne panique pas. Si Jack refuse de te voir, j'enverrai Kira à la rescousse. Elle trouvera un moyen de te sortir de ce guêpier. Tu ne passeras pas la nuit à la cave.*

Élias ne put retenir un sarcasme :

— *Il ne manquerait plus que ça.*

Il en avait assez que Kira soit la femme de la situation. Élias se mettait dans de sales draps, et Kira volait à son secours. Le jeune homme espérait inverser la tendance.

Le soldat le saisit fermement par le col de sa chemise et frappa à la porte avec la crosse de son arme. Élias ne songea même pas à se débattre. Il ne quittait pas l'arme des yeux. Au début, il l'avait prise pour un gourdin. Il s'était trompé. Elle avait une forme très étrange. Une large base en bois, et une lame en métal, sans pointe. Qu'est-ce que c'était ? Une lance ? Un bâton ? Une massue ?

La porte s'ouvrit. Une lumière dorée et une bouffée de chaleur s'échappèrent de la maison.

— Un problème, soldat ? demanda l'homme qui se tenait sur le seuil.

Élias écarquilla les yeux. L'homme portait des habits bizarres. Une veste près du corps avec quatre grandes poches rectangulaires et une rangée de boutons brillants. Au-dessus de la poche supérieure gauche était brodé un écusson ailé, ce qui ajoutait une touche très chic.

— Ce gamin veut voir le capitaine Miller, mon lieutenant.

Élias regarda le « lieutenant » dans les yeux. Il lui donnait à peine dix-huit ans. L'homme au casque en avait au moins dix de plus. Pourquoi l'avait-il appelé « mon lieutenant » ? Appartenait-il à une famille noble ?

Le lieutenant considéra Élias avec un mélange d'amusement et de curiosité.

— Qu'est-ce que tu lui veux, à Jack, mon gars ? railla-t-il.

Élias hésita. Comment convaincre cet homme de le prendre au sérieux ? Hors de question de lui avouer qu'il était cavalier-dragon. Il décida de jouer la carte de la prudence :

— Notre conversation doit rester privée, monsieur. Jack a clairement insisté sur ce point. Je m'appelle Élias. Pourriez-vous l'informer que je suis là, s'il vous plaît ? Ma mission est très urgente.

Du bout de l'index, le lieutenant lissa sa moustache soigneusement taillée.

— Drôle d'accent, commenta-t-il. D'où est-ce que tu viens ?

— Je ne peux pas vous le dire, répliqua Élias.

— Ah, vraiment ? (Il se tourna vers le soldat et ordonna :) Surveillez-le bien, soldat. Je vais voir si le capitaine Miller peut recevoir ce jeune homme. J'en ai pour une minute.

Et il referma la porte. Aussitôt, les ombres envahirent le porche. Élias cligna des yeux pour dissiper les ténèbres. Le soldat relâcha un peu son étreinte, mais garda les doigts serrés sur sa chemise.

— Qui était-ce ? demanda le cavalier. Un seigneur ?

L'homme éclata d'un rire bref et rocailleux :

— Tous les officiers se comportent comme des seigneurs, p'tit. Ça m'étonne que tu sois pas au courant. Et Miller est à mettre dans le même sac. Si tu nous as menti, tu verras qu' j'ai raison. On se moque pas impunément du capitaine Miller.

Élias voulut répliquer, puis il se mordit la langue. Quoi qu'il dise, le soldat ne le croirait pas.

La porte se rouvrit à la volée. Jack apparut sur le seuil, vêtu comme le lieutenant, manifestement au comble de l'excitation.

— Élias ! s'exclama-t-il. Ça alors, c'est bien toi !

Il braqua un regard grave sur le soldat et déclara :

— Ce sera tout, soldat. Lâchez-le. Je vais m'occuper de ce jeune homme.

— À vos ordres, mon capitaine, claironna l'homme au casque.

À en juger par son ton, le soldat désapprouvait la décision de son chef. Néanmoins, il lui obéit et, droit comme un i, il porta la main à sa tempe. Jack l'imita. L'instant d'après, le soldat tourna les talons d'un mouvement saccadé et partit à grandes enjambées.

Jack entraîna Élias à l'intérieur. Il faisait bon, dans la maison.

— Je t'attends depuis si longtemps ! murmura-t-il. J'ai cru que tu ne reviendrais jamais !

Jack repéra le lieutenant, qui les observait.

— Ah ! Peter ! s'écria-t-il. Voudriez-vous me rendre un service ?

— Ça dépend lequel, répondit le lieutenant.

— Pouvez-vous demander au chef de lâcher son piano deux minutes et de me rejoindre dans l'arrière-salle ? Je dois lui parler. C'est très urgent.

— Tout est très urgent, ce soir, rétorqua Peter en haussant un sourcil. Ça ne va pas lui plaire. Vous savez comment il est quand on interrompt son récital.

— J'insiste.

— Je vous aurai prévenu, grommela Peter en inclinant poliment la tête.

Élias fut très étonné par ce geste de respect. Ces hommes avaient un curieux sens de la hiérarchie. Il observa le lieutenant disparaître dans la pièce attenante, d'où provenaient la musique et les rires.

— J'ai été blessé par une de ces armes qui explosent dans le ciel, confessa Élias à mi-voix. J'ai dû rester à terre pendant une semaine.

— Blessé ? Gravement ? s'inquiéta Jack.

— Plutôt. Un bout de métal s'est logé dans ma cuisse. Je n'entendais plus d'une oreille et je voyais flou.

Le pilote grimaça.

— Ravi de voir que tu as survécu, fit-il en hochant la tête. Plusieurs mois se sont écoulés depuis notre dernière rencontre. Je n'ai bousillé aucun autre coucou, mais j'ai eu de la chance. J'en ai bavé. Je suis surpris d'être encore en un seul morceau. Nous avons perdu beaucoup d'hommes... Beaucoup trop. Même les meilleurs.

Les yeux de Jack trahissaient une vive douleur. Il paraissait plus vieux que dans le souvenir d'Élias. La guerre commençait à laisser des traces sur son visage.

— Te souviens-tu de la Grande Quête ? chuchota le jeune homme.

— Bien sûr ! s'exclama Jack, le regard soudain plus vif. Les quatre orbes ! L'Oracle ! Les dragons de la nuit, qui s'acharnent à faire échouer votre mission !

— Auri et moi pensons que tu es le seul à pouvoir nous aider. Nous croyons que tu sais où se trouve le dernier orbe.

— Et vous avez raison ! s'écria Jack, les yeux pétillant de malice.

Élias en resta bouche bée. Était-ce aussi simple ? Jack détenait-il vraiment la clé de l'énigme ?

Le pilote poursuivit sur un ton de comploteur :

— Le premier orbe aspirait le sang. Un cœur formait le deuxième.

— C'est ce que nous t'avons dit, confirma Élias.

— Oui, mais vous ne m'avez pas dit ce qu'était le troisième. Et moi, je le sais : c'était un œil. Correct ?

— Correct... souffla le Fiquarien. Comment astu... ?

— Je t'avais dit que j'adorais les énigmes, éluda Jack avec un sourire jusqu'aux oreilles. Il suffisait de lire le poème de l'Oracle... Et de regarder au bon endroit.

Le souffle court, Élias demanda :

— Alors tu sais où se trouve l'orbe de l'aube ?

— Parfaitement. Et je vais te le dire. Mais d'abord, je dois savoir où se cache ton dragon, et s'il est seul.

— *Elle* se cache dans le bois que tu nous as indiqué la dernière fois. Avec Kira et Dent-de-Sabre. Je t'en prie, dis-moi où se trouve l'orbe. Le temps presse.

Jack fit semblant de ne pas entendre :

— Kira ? C'est la fille au dragon invisible ?

— Oui.

— Excellent ! commenta le pilote. On ne pouvait pas rêver mieux !

Soudain, il fronça les sourcils :

— Et Poll ?

— Il est parti avec Nolita chercher de l'aide dans l'enclave des dragons du jour, expliqua Élias sur un ton circonspect. Les dragons de la nuit ont bloqué l'entrée de la caverne de l'Oracle. Il nous faut des renforts, si nous voulons y entrer.

— Intéressant... Ah ! Voilà le chef ! Suis-moi. Il faut qu'on parle.

Le jeune homme ne comprenait pas. Parler ? De quoi ? Pourquoi Jack tardait-il à lui révéler la solution de l'énigme ? Il connaissait l'urgence de la situation. Pourquoi perdre son temps avec ce « chef » ?

Le pilote prit Élias par le bras, l'entraîna dans le vestibule et pénétra dans une autre pièce. Un homme leur emboîta le pas et referma la porte derrière lui. La salle était remplie d'objets étranges : machines qui tictaquaient, peintures aux décors et aux personnages fascinants et autres bizarreries. Bibelots ? Armes ? Ustensiles de guerre ? Élias n'aurait su le dire. Tout intrigué qu'il était, il ne quittait pas Jack des yeux.

Il voulait des réponses.

— *Tu es toujours là ?* demanda-t-il à Aurore.

— *Évidemment*, rétorqua le dragon femelle.

— *Tu y comprends quelque chose ?*

— *Non, mais je t'assure que les intentions de Jack sont pacifiques. Je te suggère de l'écouter. Je sens qu'il dit vrai. Il sait où est l'orbe. Il avait deviné, pour l'œil. Sois patient.*

Dès qu'il croisa le regard de l'autre homme, Élias vit qu'il était tout aussi perplexe. Un peu plus âgé que Jack – peut-être de quatre ou cinq ans –, il avait coiffé ses cheveux en arrière avec une sorte d'huile. Ses yeux marron luisaient d'intelligence.

— Qu'est-ce que c'est que ce cirque, Jack ? tempêta-t-il. Qui est ce gosse ? Qu'est-ce qu'il nous veut ?

Sans se départir de son calme, Jack répondit :

— Chef, je vous présente Élias. Élias, voici le commandant White. On le surnomme « le Renard ». Chef, ce garçon m'a sauvé la vie à plusieurs reprises. C'est lui qui chevauche le dragon doré dont je vous ai parlé l'an dernier.

White fronça les sourcils et détailla Élias avec soin.

— Lui ? s'étonna-t-il. *Le* cavalier-dragon de cette histoire à dormir debout ?

Le jeune homme eut une moue vexée. Manifestement, le commandant White s'attendait à voir quelqu'un de plus... fort ? mûr ? héroïque ?

Le chef de Jack eut un sourire moqueur :

— Et je présume que ton dragon t'attend bien sagement dehors ?

Élias interrogea Jack du regard. Le pilote acquiesça.

— Oui. Dans le bois, à environ quatre cents mètres de cette maison, monsieur, révéla le jeune homme.

White se frappa la paume du poing.

— Dans le bois ! J'aurais dû m'en douter ! Quelqu'un t'a vu arriver ? Un témoin clé, peut-être ?

Élias ignorait où le commandant voulait en venir. Pourquoi se montrait-il si sarcastique ? Jack lui avait pourtant dit clairement de quoi il retournait !

— Un homme m'a surpris en train d'écouter à la porte, confessa-t-il, penaud.

— Un soldat en patrouille, précisa Jack. Il ne sait rien. Sinon, il aurait ameuté toute la compagnie.

Le commandant White secoua la tête, agacé :

— Je veux savoir si quelqu'un t'a vu arriver sur ton *dragon*.

— Non, monsieur, pas que nous sachions, fit Élias.

— Nous ? souligna l'officier.

— Mon dragon et moi.

— Ah ! grinça White. J'oubliais le dragon !

Il garda le silence quelques secondes avant de poursuivre :

— Jack t'a parlé de son plan ?

— Pas encore, intervint l'intéressé. J'ai préféré vous attendre.

— De quel plan voulais-tu me parler, Jack ? interrogea Élias.

La conversation prenait une tournure qui ne lui plaisait pas. Il décida de mettre les points sur les i :

— Je te le répète, je refuse de m'impliquer dans cette guerre. Les dragons ne se battront pas à tes côtés, si c'est ce que tu as prévu.

Jack prit une profonde inspiration et se lança :

— Je te propose un marché. Si tu m'aides à mener

à bien une mission très spéciale, je te dirai ce que tu veux savoir.

— Je ne te dois rien, protesta Élias. Toi, si. Je te rappelle que je t'ai sauvé la vie. Plusieurs fois. Je suppose que ta mission n'est pas sans danger ? Pourquoi devrais-je prendre les risques à ta place ? Dis-moi où est l'orbe. Je t'en prie.

— Je me fiche de mourir, admit le pilote en haussant les épaules. Je ne suis pas indispensable à cette guerre. En revanche, je sais combien l'orbe t'est précieux. Si tu ne le trouves pas à temps, l'Oracle disparaîtra, et ton monde sombrera dans le chaos. Les enjeux sont très importants. L'orbe vaut plus cher que ma vie.

— Auri refusera de t'aider, s'obstina Élias. Elle m'a dit un jour qu'elle n'était pas une arme mise à ma disposition.

— Je ne veux pas me servir d'elle comme arme, protesta Jack. Je veux qu'elle m'aide à capturer un ennemi. Un pilote qui nous pourrit la vie depuis des mois. Sa capture redonnerait le moral à nos troupes. Un kidnapping contre une information. C'est donnant-donnant.

— J'hésite... murmura Élias.

— Personne ne mourra, se justifia Jack. Et cela ne prendra pas beaucoup de temps. Ce pilote sera facile à trouver. Il sillonne le ciel à bord d'un avion rouge vif. Il s'appelle Manfred von Richthofen.

Chapitre quinze

La victoire de Nolita

Nolita détacha ses poignets, jeta ses sacoches par terre et glissa au sol avant même que Vulcain ne se soit arrêté. Les jambes flageolantes, elle tituba jusqu'à la forêt de pins. Les branches lui égratignaient la figure et les bras. Nolita s'en fichait. Elle devait s'éloigner du dragon bleu. Et ces jambes, qui n'allaient pas assez vite !

La pinède était dense. La jeune fille se faufila entre les troncs jusqu'à ce que Vulcain soit hors de vue. Enfin, elle tomba à genoux, se recroquevilla sur le tapis d'aiguilles et, la tête enfouie entre ses bras, elle éclata en sanglots.

Nolita savait qu'elle était idiote d'agir ainsi. Vulcain l'adorait. Il lui offrait sa protection. Il lui avait ouvert son cœur et son esprit. Pourquoi avait-elle toujours aussi peur de lui ? C'était complètement irrationnel.

Nolita repoussait les ombres de la terreur depuis plusieurs semaines. Et elle y arrivait plutôt bien. La peur était toujours là, tapie dans un coin de sa tête, mais la jeune fille l'empêchait de passer. De l'envahir. De lui faire perdre ses moyens. Sauf qu'aujourd'hui ses amis n'étaient plus là. La peur en avait profité pour trouver le défaut de sa cuirasse. Et elle était revenue en force.

Nolita tenta de se rassurer :

— Vulcain est toujours le même, fit-elle entre deux hoquets. Rien n'a changé.

Elle aurait voulu y croire. Pourtant, les mots sonnaient faux. Vulcain était peut-être le même, mais les circonstances avaient changé. Nolita était seule. Le dragon bleu incarnait le cauchemar qui la hantait depuis l'enfance : crocs aiguisés comme des rasoirs, cornes effilées, masse imposante, menaçante. Elle rêvait toujours de monstres ailés. Chaque fois, elle s'éveillait avec la sensation qu'on lui écrasait la trachée. Elle frémit rien que d'y penser.

Malgré les propos réconfortants de sa mère, la jeune fille avait toujours su qu'un jour un dragon viendrait la chercher. Elle avait essayé d'échapper à son destin, mais celui-ci l'avait rattrapée. Il connaissait toutes les cachettes. Il était venu la chercher par la peau du cou.

Nolita avait surmonté avec bravoure l'épreuve des Marches du Soleil. Aujourd'hui, le destin lui en imposait une nouvelle. Sauf qu'il n'y avait personne pour l'encourager.

L'estomac retourné, elle cherchait une échappatoire. D'un côté. De l'autre. Elle avait mal partout. Elle avait besoin de repos. Enfin... elle *pensait* en avoir besoin. Qui était fatigué, en réalité ? Elle, ou Vulcain ? L'esprit du dragon et celui de sa cavalière étaient tellement liés depuis le combat contre Ténébreuse, que Nolita ne parvenait plus à dissocier ses pensées de celles du monstre bleu.

Elle conclut qu'ils étaient épuisés tous les deux.

Sur ses joues, les larmes continuaient de couler. Que la vie était injuste ! La Grande Quête était à deux doigts d'aboutir. Et voilà que le destin lui mettait des bâtons dans les roues. En une seule journée, il avait séparé toute l'équipe. Poll n'aurait jamais dû la laisser. En dépit de son arrogance et de ses sourires narquois, il lui offrait une épaule solide sur laquelle s'appuyer.

Soudain, Nolita eut peur. Pas pour elle. Pour Poll, et pour Ombre. Et s'ils n'avaient pas survécu ? Si les deux autres dragons de la nuit les avaient vaincus ? Ombre avait beau être forte, elle ignorait les tactiques de l'autre monde qu'avait employées Vulcain pour mettre Ténébreuse hors d'état de nuire. De plus, Ombre et Poll étaient des hors-la-loi. Ceux de leur enclave se montreraient sans pitié.

— Ils sont sûrement morts, murmura-t-elle.

— *Je t'interdis de penser une chose pareille*, dit Vulcain d'une voix lasse. *Ombre est pleine de ressources. Elle trouvera le moyen d'échapper à nos ennemis.*

Nolita se planta les ongles dans le cuir chevelu. Elle détestait que son dragon s'immisce dans son esprit. Elle voulait l'oublier. Ne plus penser à lui. Néanmoins, Vulcain avait raison. Elle n'avait pas le droit de se montrer aussi pessimiste.

Cela dit, comment Cain savait-il qu'Ombre était encore en vie ? Il prenait ses désirs pour des réalités...

Bien sûr, elle avait ses chances. À l'exception d'Aile-de-Titan, c'était le plus gros dragon que Nolita ait jamais vu. Le plus effrayant, aussi. En combat singulier, elle aurait terrassé n'importe lequel de ses congénères. Mais *deux* ? Et d'abord, si elle avait triomphé, pourquoi n'avait-elle pas rejoint Vulcain ?

Après son combat acharné, le dragon du jour avait refusé de se poser. Il voulait mettre le plus de distance possible entre Ténébreuse et lui. Il avait survolé les vallons les uns après les autres, jusqu'aux confins des montagnes occidentales. Nolita enrageait. Comment Ombre allait-elle le retrouver, maintenant ?

— *Le mieux, c'est de gagner l'enclave des dragons du jour*, intervint Vulcain, qui ne perdait pas une miette du monologue intérieur de sa cavalière. *Ombre et Poll auront sans doute la même idée. Sans renforts, nous ne pourrons pas approcher l'Oracle, et Ségun deviendra le maître de Treer. Même si Poll se moque de savoir si l'Oracle va vivre ou mourir, il fera tout pour empêcher Ségun d'arriver à ses fins.*

Nolita aurait voulu hurler : « Tais-toi ! Sors de ma tête ! » Mais une fois encore, le dragon marquait un point. Poll détestait Ségun. Et la haine était un excellent stimulant. Bon. Admettons qu'Ombre et Poll soient encore en vie. Cela ne changeait rien au problème : Nolita se retrouvait en tête à tête avec Vulcain. Le voile noir de l'épouvante l'enveloppait comme un suaire. Elle tremblait de tous ses membres, luttait contre la nausée, serrait les poings à s'en faire blanchir les phalanges. Elle devait trouver un moyen d'aller de l'avant. De surmonter sa peur.

— *Tu t'en sors plutôt bien*, lui assura le dragon bleu. *Tâche de penser à autre chose. Fabrique-toi une cabane. Allume un feu. On focalise moins sur ses angoisses quand on a l'esprit occupé. Demain matin, tu te prépareras comme si Poll était là. De toute façon, il ne t'adresse jamais la parole quand vous prenez votre petit déjeuner. Tu n'auras qu'à imaginer qu'il mange en silence à côté de toi. Va te reposer. Je te réveillerai de bonne heure. Cela sera long de rassembler tous les cavaliers de l'enclave. Et le temps presse.*

Nolita se mordit la langue jusqu'au sang. Vulcain avait toujours réponse à tout. Vulcain tentait toujours de la réconforter. Vulcain trouvait toujours des solutions. La jeune fille voulait le remercier, mais c'était au-dessus de ses forces. Le lien représentait son pire cauchemar. Parfois, elle parvenait à surmonter sa répulsion – pas maintenant. Vulcain, compréhensif, n'insista pas.

Lentement, la jeune fille déplia ses bras et ses jambes et essuya ses larmes. Vulcain avait cerné sa partenaire. Les rituels et la routine étaient ses meilleurs alliés.

Difficile de construire un abri dans cette forêt touffue, mais les arbres rapprochés la rassuraient. Nolita se sentait en sécurité comme dans un cocon. Elle prit une profonde inspiration et se leva.

Elle chercha d'abord de quoi fabriquer un toit étanche.

— *Nous avons sous-estimé Vulcain*, reconnut Ombre à contrecœur.

Il y avait du respect dans la voix du dragon de la nuit. En général, Ombre n'éprouvait du respect que pour elle-même.

— *Pourquoi dis-tu ça ?* s'étonna Poll.

— *Regarde à gauche.*

L'Iséen obéit. Il repéra Ténébreuse sur-le-champ, accroupie, la tête posée sur son aile déployée. Un trou béait dans la membrane épaisse. Poll sut aussitôt que c'était l'œuvre de Vulcain. Les bords de la blessure fumaient encore. Cela éveilla de mauvais souvenirs : le feu du dragon du jour léchant l'entaille d'Ombre, dans la vallée des Griffons. Il grimaça.

— *Comment a-t-il réussi un coup pareil ?*

— *Aucune idée*, répliqua le dragon violet. *La chance était du côté des bons. Ce qui compte maintenant, c'est de savoir où il est. Si j'avais été à sa place, j'aurais fui le plus loin possible.*

— *Il tombait de fatigue quand nous nous sommes séparés*, fit remarquer Poll. *Il n'a pas dû aller bien loin. Nous allons le rattraper sans problème.*

— *Je n'en suis pas si sûre*, objecta sa partenaire. *Je croyais Vulcain incapable de vaincre un dragon de la nuit – surtout pas dans son état. Il m'a bluffée. Et, à mon avis, nous ne sommes pas au bout de nos surprises.*

— *Tu penses pouvoir le retrouver ?*

— *Non. Il pourrait être n'importe où. Le mieux, c'est de mettre le cap à l'ouest et de rester vigilants. Nous le rattraperons peut-être. Sinon, nous devrons nous rendre seuls dans l'enclave des dragons de jour.*

— *J'ai juré à Élias de veiller sur Nolita*, marmonna Poll. *Je n'aime pas manquer à ma parole.*

— *Tu ne t'es pas enfui*, objecta son dragon d'un ton ferme. *Tu ne l'as pas trahie. Nous avons été séparés. Nuance. Je vais essayer de retrouver Vulcain et Nolita, mais je ne te garantis rien. Et si tu veux mon opinion, Nolita n'a pas besoin qu'on veille sur elle.*

À première vue, oui. Poll s'attendait à découvrir les cadavres du dragon bleu et de sa cavalière. Il était soulagé qu'ils en aient réchappé, mais les paroles d'Élias résonnaient encore dans son esprit. Vulcain était sans doute en pleine forme – pas Nolita. Poll la savait fragile, instable, à bout de nerfs. Les événements de la journée l'avaient sûrement anéantie. Et Vulcain ne lui serait d'aucune aide.

— *Cap à l'ouest*, confirma-t-il à Ombre. *Quand comptes-tu te poser ? Je suis épuisé... et toi aussi.*

— *Dès que nous serons sortis de la vallée*, lui promit sa partenaire. *Nous sommes tirés d'affaire. Nous repartirons dès les premières lueurs de l'aube.*

Le jour se levait, tiède et sans nuages. Nolita s'était réveillée seule, bien avant l'aurore. Le soleil n'avait pas encore montré le bout de son nez. Il grimpait paresseusement derrière la montagne.

Sitôt les yeux ouverts, la jeune fille s'était lancée à corps perdu dans son rituel du matin. Un : se récurer les mains jusqu'à s'en faire rougir la peau. Deux : se laver les cheveux, et sentir la fraîcheur rassurante sur sa nuque. Trois : déballer ses affaires, pour les ranger aussitôt. Une fois ses sacoches bouclées, elle s'était sentie un peu mieux... jusqu'au petit déjeuner. Elle n'avait rien pu avaler. L'odeur de la nourriture lui avait donné envie de vomir. Elle s'était contentée de quelques gorgées d'eau.

Règle numéro 1 : ne pas penser à Vulcain. Règle numéro 2 : ne pas penser au voyage qu'elle allait entreprendre. En fait, pour survivre, Nolita devait ne penser à rien. Elle éteignit le feu avec son talon, recouvrit les braises de terre, ramassa ses affaires et sortit de la forêt.

Cain l'attendait sans bouger. La jeune fille posa le pied sur la patte avant du dragon...

... et le mur de noirceur si familier se dressa devant ses yeux. Son cœur s'accéléra. Elle inspira un grand coup.

— Tu peux le faire, s'encouragea-t-elle à mi-voix. Allez ! Ce n'est plus nouveau, maintenant. Tu es montée sur son dos des dizaines de fois.

Immobile comme pétrifié, Vulcain ne disait rien. Comme chaque matin depuis plusieurs semaines, Nolita plaça la main sur les écailles du monstre bleu. Et, comme chaque matin, elle lutta pour ne pas s'enfuir en courant. Une bile amère lui emplit la gorge. Ses yeux s'embuèrent. Elle crut qu'une rafale glacée l'avait transformée en statue.

— Grimpe ! se fustigea-t-elle.

Au prix d'un effort colossal, elle se hissa sur la patte de Cain et enfourcha le dragon. Elle tremblait comme une feuille. L'installation dura plus longtemps que d'habitude. Ses doigts glissaient sur les boucles des sacoches. Ses pieds refusaient de se coincer dans les étriers. Enfin, Nolita fut prête à partir. Vulcain n'esquissa pas le moindre geste. Il n'avait pas osé faire intrusion dans sa tête.

Alors, Nolita ordonna :

— On décolle !

L'énorme dragon se leva, s'élança dans la plaine et étendit ses ailes. D'un coup, la jeune fille ressentit une bouffée d'allégresse. Comme dans la Grotte des Marches du Soleil, lorsqu'elle avait chevauché Vulcain pour la première fois. Elle avait l'impression de renaître. De redécouvrir son dragon. Elle venait de remporter une victoire déterminante : elle avait grimpé sur Vulcain sans l'aide de personne. Elle avait franchi une étape importante.

Nolita se sentait cavalière-dragon dans l'âme.

Enfin.

Chapitre seize

Le marché

Le commandant White affichait une expression indéchiffrable.

— Si je n'avais pas lu les communiqués top secret de Whitehall[1], je vous aurais plantés là depuis belle lurette, déclara-t-il. Je sais que l'armée ne plaisante pas avec les missions classées « Secret Défense », mais j'ai la nette impression qu'on me mène en bateau. Je ne lèverai pas le petit doigt tant que je n'aurai pas vu ce dragon.

— Excellente idée, répliqua Jack. Tu n'y vois pas d'objection, Élias ?

— Non, fut forcé de répondre le jeune homme.

Il ajouta à l'intention d'Aurore :

— *J'amène des visiteurs. Préviens Sabre et Kira. Je n'aime pas la tournure que prennent les événements.*

---

1. Siège des ministères et des administrations publiques, à Londres. *(N.d.T.)*

— *Jack nous propose un marché*, expliqua Auri. *Dans son monde, rien n'est gratuit. Notre ami ne pense pas à mal, mais je sens qu'il nous cache quelque chose. Fais attention. Ne lui promets rien. Pas encore. Quand il sera à côté de moi, je lirai plus facilement dans ses pensées... et je te dirai quoi faire.*

— *Merci, Auri.*

— *Une chose est sûre, il ne ment pas*, poursuivit le dragon de l'aube. *Il compte réellement capturer un homme. De plus, mes sens draconiques sont en alerte. Sa requête est importante. Nous sommes à un tournant déterminant. L'autre homme est plus mystérieux. Tout ce que je peux dire, c'est qu'il ne croit pas à l'existence des dragons. Je suis curieuse de voir la tête qu'il fera quand il nous verra. Ouvre bien tes oreilles, Élias. Nous n'avons pas droit à l'erreur.*

Les deux pilotes enfilèrent un manteau et coiffèrent un chapeau bizarre, aplati sur le dessus et doté d'une visière qui protégeait les yeux. Intrigué, Élias les examina de plus près. Un insigne était épinglé sur la bande de tissu qui les entourait. Celui de Jack représentait une couronne de feuilles au milieu de laquelle s'entremêlaient plusieurs symboles. Celui du commandant White avait la forme d'ailes d'oiseau surmontées d'une couronne de roi, avec autre chose en dessous.

Élias et les deux Britanniques sortirent de la maison, traversèrent la cour et la petite route. Il n'y avait pas un chat.

— Il faut couper à travers champs, dit Élias à Jack.

Il doutait que les deux hommes, avec leurs beaux habits, aient envie de passer par la haie.

Jack s'enfonça dans la pénombre et emprunta le sentier de terre, qui aboutissait au portail en bois. Il déverrouilla celui-ci, laissa passer ses deux compagnons et remit le loquet en place.

À cet instant, la lune fit une brève apparition. Ses rayons argentés éclairèrent le champ. Dès que les trois hommes eurent pénétré dans la forêt, les ténèbres se refermèrent autour d'eux. La lune formait des taches blanchâtres sur le sol inégal. On eût dit la robe d'un cheval pommelé.

L'obscurité rassura Élias. Il ne se sentait pas à l'aise dans ce monde inconnu. Il avait hâte de rejoindre Auri. Sa blessure à la cuisse le faisait atrocement souffrir. La douleur lui remontait jusque dans la hanche. Chaque pas était une torture.

Une fois dans les bois, le jeune homme passa devant. Il marchait au ralenti, en s'aidant des branches et des troncs d'arbres pour soulager sa jambe. Il faisait aussi beaucoup de bruit, pour prévenir Kira de son arrivée. Il décela la présence d'Aurore avant même d'apercevoir le petit point de lumière. La Fiquarienne avait allumé un feu et faisait chauffer de l'eau pour le thé. Elle se leva dès qu'elle vit les deux hommes qui accompagnaient Élias.

— Kira, je te présente Jack Miller, annonça Élias

en désignant l'homme à l'insigne en forme de couronne de feuilles.

— Bonsoir, Jack, lança la jeune fille. Contente de vous revoir ailleurs que dans un ciel rempli de dards.

Le pilote mit quelques secondes à comprendre.

— Nous appelons cela des balles, rectifia-t-il. J'admets que la dernière fois, nous n'avons pas eu le temps de faire les présentations. Et je n'ai pas eu l'occasion de vous remercier pour votre aide. Si votre dragon ne m'avait pas protégé, je ne serais plus de ce monde.

— Sabre est très touché par vos remerciements, traduisit Kira.

Élias continua les présentations :

— Et voici le commandant White. C'est le Suzerain de Jack.

White manqua de s'étrangler.

— Je ne suis pas un dictateur ! s'offusqua-t-il. Juste le supérieur de Jack... Son commandant.

— Si vous le dites, chef, ironisa Jack.

— Ravi de faire votre connaissance, mademoiselle, déclara White. J'aurais aimé vous rencontrer dans un endroit un peu mieux éclairé. Je ne distingue même pas votre visage... On m'a dit que vous chevauchiez un dragon... Où est-il ?

Élias sourit. Aurore avait vu juste : cet homme ne croyait pas à l'existence des dragons. Le cavalier décida de lui donner une bonne leçon.

— Pourrais-tu nous dispenser un peu de lumière,

Aurore ? demanda-t-il à haute voix. Pas trop, pour ne pas ameuter le voisinage...

Aussitôt, l'ombre que White avait prise pour un buisson s'illumina d'une faible lueur dorée. Le commandant pâlit, écarquilla les yeux et souffla :

— Pincez-moi, je rêve !

Aurore leva la tête, fit pivoter son long cou, braqua ses yeux orange vers le pilote incrédule et émit un grognement de mépris. White recula d'un pas.

— Cette créature est bien réelle ! s'écria-t-il. Et... vous dites qu'il y en a une autre ?

— Juste à côté de vous, répliqua Kira sur le ton de la conversation. Vous pouvez lui dire bonjour. Il s'appelle Dent-de-Sabre, mais il préfère Sabre.

White regarda autour de lui.

— Je ne vois ri... commença-t-il.

Sabre apparut à deux mètres de lui, comme par enchantement.

— Par toutes les escadrilles de la Royal Air Force ! s'exclama le pilote. D'où sort-il, celui-là ?

— Il était là depuis le début ! rétorqua Kira. Sabre peut se rendre invisible à volonté.

— Vous aviez raison, Miller ! balbutia le commandant en examinant l'énorme créature anthracite. J'ai envie de vous gifler, mais vous aviez mille fois raison !

— Il fallait que vous le constatiez de vos propres yeux, chef, fit observer Jack.

White s'éloigna lentement des deux dragons en secouant la tête. Il avait encore du mal à y croire.

— J'espère vivre assez vieux pour raconter ça à mes petits-enfants... murmura-t-il.

Aurore éteignit sa lumière intérieure et se fondit à nouveau dans les ombres. White se tourna vers Jack et déclara :

— Je dois vous faire un aveu. Quand j'ai lu votre rapport, j'ai cru que vous aviez perdu la boule. Est-ce que j'ai trop bu ? D'habitude, on voit des éléphants roses, quand on est saoul – pas des dragons !

— Vous n'êtes ni ivre ni dingue, lui affirma Jack.

— Dans ce cas, vous avez toutes les chances de réussir votre coup, conclut le commandant.

— De quoi parle-t-il ? demanda Kira en fronçant les sourcils.

— Jack nous propose un marché, révéla Élias. La cachette de l'orbe de l'aube contre notre aide...

— Et plus précisément la vôtre, Kira, l'interrompit Jack. Je veux capturer un pilote ennemi. On le surnomme le Baron rouge. Je sais que les dragons peuvent porter plusieurs personnes à la fois. Je voudrais que Sabre m'emmène...

— Hors de question ! s'insurgea Élias.

— Laisse-le finir, lui ordonna Kira. Je veux connaître son plan.

— Merci, Kira, répliqua Jack. Si je m'adresse à vous, c'est parce que Sabre est le seul dragon à pouvoir se rendre invisible. Je veux frapper dans le plus grand secret. Aurore ne passerait pas vraiment inaperçue, n'est-ce pas ? Si nos ennemis perçaient nos intentions à jour, ils protégeraient le Baron rouge ou l'enverraient sur un autre champ de bataille.

— Pourquoi prendre cet homme pour cible ? interrogea Kira. Pourquoi celui-là, et pas un autre ?

— C'est l'as des as, intervint le commandant White d'une voix vibrante. Un pilote chevronné. Le meilleur de tous les temps. Il faut l'éliminer ! Il a déjà abattu plus de soixante-dix avions alliés. Une douzaine, ces quinze derniers jours. Cette sale anguille ne cesse de nous glisser entre les doigts. Billy Bishop, l'un de nos pilotes les plus doués, a failli l'avoir, l'année dernière... seulement *failli*. La capture du Baron rouge saperait sérieusement le moral de nos adversaires et redonnerait espoir à nos hommes.

— Nous aiderez-vous ? enchaîna Jack.

— Vous n'avez pas le droit de demander ça à Kira ! explosa Élias, furieux. C'est *ma* mission ! Kira a déjà rempli la sienne ! C'est à moi et à Aurore de prendre les risques ! Sabre et Kira ont déjà assez souffert. Vous n'imaginez pas à quel point !

La cavalière du crépuscule fit comme si son ami n'était pas là.

— Je vais y réfléchir, déclara-t-elle. Laissez-moi d'abord en parler avec Sabre et Élias.

— Je comprends, concéda Jack. Cette mission est dangereuse. (Il se tourna vers son commandant et continua :) Il vaudrait mieux sécuriser le périmètre. Si quelqu'un aperçoit ces dragons, nous pourrons faire une croix sur nos projets.

— Exact, approuva White. Venez. Retournons au mess. Je vais télégraphier au Q.G. pour qu'on nous envoie des renforts sans tarder. Bonne nuit, Élias. Bonne nuit, Kira. Je ne vous verrai que demain après-midi, je pars en patrouille à l'aube. Jack vous rejoindra dès la première heure... Souhaitez-vous que nous vous trouvions un logement ?

— Ne vous dérangez pas, nous sommes habitués à camper, répondit Kira. Nous passerons la nuit avec nos dragons. De toute façon, nous devons discuter, tous les quatre.

— Parfait. Alors à demain.

Sur ces mots, les deux pilotes rebroussèrent chemin. White n'arrêtait pas de se retourner en secouant la tête. Il lui faudrait du temps pour accepter le fait que les dragons existaient.

Élias s'assit et entreprit de masser le pourtour de sa blessure. Lorsque Jack et son commandant furent assez loin, il se tourna vers Kira et cracha :

— Tu as perdu la tête, ou quoi ? Tu ne comptes quand même pas participer à cette chasse à l'homme ?

— Je n'ai pas le choix, répliqua la jeune fille. En plus, Sabre est d'accord. Aurore et lui pensent que Jack détient l'information qui nous mènera à l'orbe de l'aube. Tous ses sens draconiques sont en alerte.

— Auri affirme la même chose, reconnut Élias.

— Est-ce bon ou mauvais signe ?

— Je ne sais pas, répondit le jeune homme d'un ton lugubre. Les sens draconiques d'Auri sont en accord avec la raison de vivre des dragons. Ils peuvent annoncer une fin heureuse, ou apocalyptique.

— Et moi, je suis sûre que c'est un signe, insista Kira. C'est comme si le destin m'ordonnait d'aider ces deux hommes.

— Tu as déjà rempli ta part du contrat. Je dois prendre le relais.

— Je ne vais pas chercher l'orbe de l'aube, précisa la jeune fille. Je vais juste échanger l'information qui te permettra de le trouver. En plus, je n'ai pas l'intention de m'emparer d'un autre orbe. Celui de la vision me suffit amplement. J'ignore la signification du dernier quatrain, mais la fin de notre quête risque de ne pas nous plaire. Si quelqu'un doit se sacrifier, je préfère que ce soit toi.

— Trop aimable, grinça le Fiquarien.

— À chacun son destin, renchérit Kira en se frottant l'œil gauche.

Élias se radoucit :

— Je sais... J'apprécie ton aide. Tu es tout indiquée pour cette chasse à l'homme. Je n'ai ni tes aptitudes, ni ton expérience, ni ton instinct. Jack a raison : vous aurez plus de chances de réussir avec Sabre qu'avec Aurore.

Il changea de position et étouffa un halètement. La douleur irradia de la cuisse jusqu'au bas du dos. Kira s'agenouilla près de lui et lui posa la main sur l'épaule.

— Ça ne va pas ? demanda-t-elle.

— Je ne pensais pas que la blessure s'enflammerait

au bout de quelques minutes de marche, avoua le jeune homme. J'ai besoin de repos.

— Allonge-toi, intima la Fiquarienne d'une voix ferme. Je vais chercher tes couvertures. Il ne devrait pas pleuvoir, cette nuit. Nous allons dormir contre nos dragons. Nous construirons une cabane demain, si besoin est.

— Tu penses pouvoir débusquer ce Baron rouge en une journée ? s'enquit Élias en élevant la voix, comme Kira s'éloignait.

La jeune fille revint dix secondes plus tard avec les sacs de cuir. Ses doigts agiles débouclèrent les attaches et fouillèrent les sacoches. Elle sortit les couvertures avec précaution. Dans l'obscurité, il était facile de perdre un objet.

— Je ferai mon possible, dit-elle. Je n'ai pas envie de m'éterniser dans ce monde.

— Je ne vais pas te contredire, grommela Élias.

Le bruit sourd des combats lui paraissait beaucoup plus proche, tout à coup.

— J'ai toujours désapprouvé les guerres, continua-t-il, mais celle-ci me dépasse. Comment peut-on inventer des armes capables de tuer en masse et de détruire à distance ? Peut-être que si ces soldats regardaient leurs ennemis dans les yeux, ils réfléchiraient à deux fois avant d'agir.

— Ce n'est pas si sûr, objecta Kira en étendant les couvertures sur les jambes de son ami. L'être humain se bat pour défendre ses convictions, quelles qu'en soient les conséquences. Dans une guerre aussi vaste, seuls les dirigeants peuvent déclarer la paix. Les soldats ne voient pas leurs ennemis ; qu'en est-il de leurs chefs ? Où sont-ils ? À combien de lieues les uns des autres ? Je suis contente que, sur Treer, les Suzerains ne disposent pas d'assez d'hommes pour déclencher une guerre à l'échelle mondiale.

Élias ne trouva rien à redire. Il n'avait jamais pensé à ça. Une guerre mondiale ! Sur Treer ! Des images de carnage se formèrent dans son esprit et refusèrent d'en bouger. Il se pelotonna sous ses couvertures et fixa la cime des arbres. Aurore s'allongea près de lui et le couvrit de son aile.

Plusieurs heures après, Élias contemplait toujours les arbres.

Il s'endormit peu avant l'aube.

Chapitre dix-sept

Chasse à l'homme

Élias croyait qu'il dormait depuis cinq minutes quand Kira le réveilla. Ce n'était pas encore le matin. Dans la pénombre, il distinguait à peine le contour de la silhouette de son amie.

— Jack arrive, annonça-t-elle en se tournant vers le petit feu qu'elle venait de raviver. Sabre et moi avons décidé de l'aider.

— Je peux donner mon avis ? demanda le jeune homme.

— Non.

— Comme tu voudras, ronchonna-t-il.

Il voulut s'asseoir et lâcha un grognement de douleur. Son bandage était trop serré. Il effleura la blessure et retira aussitôt les doigts, comme s'il s'était brûlé.

— Aïe !

— Tu as encore très mal ? s'inquiéta Kira.

— C'est le moins qu'on puisse dire, grommela le Fiquarien.

Il rapprocha les fesses des talons, se releva en faisant porter tout son poids sur sa jambe gauche, et sautilla pour retrouver l'équilibre. Dès qu'il posa le pied droit par terre, une douleur fulgurante lui vrilla la cuisse. Il en eut les larmes aux yeux.

— C'est à ce point-là ? s'étonna Kira. Appuie-toi sur mon épaule.

Élias ne se fit pas prier. Avec l'aide de son amie, il clopina jusqu'à un arbre mort, posa les mains sur le tronc et s'y assit avec précaution. Kira retourna s'occuper du feu.

— Je n'aurais pas dû marcher si longtemps, hier, commenta le jeune homme, la voix tremblante. Je vais refaire mon pansement. Sinon, ma jambe va exploser.

— Tu veux un coup de main ?

Élias piqua un fard :

— Je me débrouillerai.

— Chez moi, on ne fait pas tant de manières, rétorqua la jeune fille en jetant des bouts de bois dans les flammes. Les garçons se promènent entièrement nus jusqu'à leur dixième anniversaire. Et ensuite, ils ne portent pas grand-chose. La nudité n'est pas inconvenante, dans mon village. C'est juste une question de mœurs.

Toujours écarlate, Élias chercha une réplique qui ne vint pas. Puis il entendit des pas froisser les feuilles mortes. Jack arrivait. Sauvé par le gong. Le jeune homme espérait que le pilote n'avait pas surpris la conversation.

— Bonjour, vous deux ! s'exclama le Britannique. Vous avez arrêté votre décision ?

— Je vais vous prendre en croupe, à condition que vous me disiez comment vous comptez capturer le Baron rouge, déclara Kira. Tous les pilotes sont attachés, dans leurs machines volantes. Sabre ne va pas pouvoir l'enlever aussi facilement.

— Je comptais demander à Sabre d'intercepter son avion en plein vol et de le forcer à atterrir en territoire allié, avoua Jack.

— *Tu t'en sens capable ?* demanda la cavalière à son dragon.

— *Ces machines sont fragiles*, souligna Dent-de-Sabre. *Si celle du Baron rouge se brise entre mes griffes, l'homme mourra.*

— Sabre pense que c'est trop risqué, traduisit Kira. Il craint que la machine ne vole en miettes.

— Zut ! siffla le pilote. Tant pis. Tentons le coup. Je veux capturer von Richthofen vivant, mais si je n'ai pas le choix, je préfère le tuer que de le laisser continuer à abattre nos hommes.

— Je ne suis pas d'accord, répliqua la jeune fille d'une voix polaire. Sabre n'est pas un mercenaire ni un assassin. Il faut trouver autre chose. Pourquoi ne pas s'emparer de lui une fois qu'il sera au sol ?

Jack se gratta le menton.

— Ça peut marcher... finit-il par admettre. En plus,

nos services de renseignements nous ont fourni des indications capitales. Tenez. Regardez la carte.

Il sortit de sa poche un bout de parchemin très bizarre – plus blanc et plus fin que celui qu'on trouvait sur Treer. Quand il le déplia, Élias et Kira en restèrent bouche bée : chaque détail était dessiné à l'encre noire, avec une précision incomparable.

Jack expliqua :

— Richthofen et sa Jasta[1] – euh... pardon, son escadrille – sont basés quelque part entre ces deux villes, Péronne et Cerisy. Cette ligne représente la Somme. Toute la zone est occupée par les Allemands. Aucun Allié ne s'y aventurerait, à moins de vouloir en finir avec la vie. Mais un dragon invisible pourrait y pénétrer facilement...

— Je n'aime pas ça... grommela Élias.

Kira l'ignora.

— Comment accéder à la zone depuis ces bois ? demanda-t-elle à Jack.

Jack posa l'index sur une région vierge de la carte :

— Nous sommes ici. Il suffit de se diriger vers le nord jusqu'au fleuve et de le suivre.

— Si ces points sont bien des villes, cela signifie que cette zone est immense, fit remarquer Élias. Comment trouverez-vous le Baron rouge ? Sais-tu au moins à quoi il ressemble, Jack ?

---

1. Abréviation de *Jagdstaffel*, escadrille d'avions de chasse de l'armée allemande. *(N.d.T.)*

Le pilote sortit une image de sa poche et la tendit aux deux jeunes gens. Élias et Kira roulèrent des yeux ébahis. Les traits de l'homme étaient reproduits à la perfection.

— Un de nos espions a rapporté ce portrait d'Allemagne, expliqua-t-il. Là-bas, le Baron rouge est un héros national. Tout le monde le connaît.

— Incroyable ! souffla Kira en scrutant l'image en noir et blanc. Comment l'artiste a-t-il fait pour capturer son expression ? On dirait presque que cet homme va sortir du tableau !

— C'est une photographie, rectifia le pilote. Pas une peinture. J'essaierai de vous expliquer comment ça marche, à l'occasion.

— Même avec cette... photographie, nous aurons du mal à repérer von Richthofen depuis le ciel, observa Kira.

— Un point pour vous, reconnut Jack. Je suggère donc de nous concentrer sur son appareil. Un avion rouge vif se verra comme le nez au milieu de la figure.

La jeune fille grava le visage de sa proie dans sa mémoire, se redressa et pointa le doigt vers Sabre.

— En selle, Jack ! ordonna-t-elle. Allons faire un vol de reconnaissance !

Elle boutonna sa veste en cuir et enfila ses mitaines. Le pilote l'imita et coiffa une casquette de cuir souple à oreillettes qui s'attachait sous le menton. Il chaussa une paires de lunettes transparentes, fixées derrière la tête grâce à une bande de tissu élastique.

— Ces protections pour les yeux sont vraiment une bonne idée ! s'émerveilla Élias.

— Tu l'as dit ! approuva le Britannique. Je ne sais pas comment vous faites pour voler sans lunettes. Je vous en donnerai une paire à chacun ; vous y verrez beaucoup mieux.

Le jeune homme se tourna vers Kira et murmura :

— Sois prudente.

— Prudence est mon deuxième prénom, rétorqua la Fiquarienne avec un sourire.

Sabre redevint visible le temps que Jack et Kira grimpent sur son dos. Puis, il revêtit à nouveau sa tenue de camouflage. Les arbres et les buissons lui firent un manteau vert et brun. Élias secoua la tête. Kira et Jack paraissaient planer dans les airs et chevaucher le vide. Le jeune homme ne s'habituerait jamais à cette vision fantastique.

— Bonne chance, marmonna-t-il dans sa barbe.

Ils allaient en avoir besoin.

Sabre sortit du bois et s'immobilisa en bordure de champ.

— Où dois-je me tenir pour ne pas tomber ? s'enquit Jack.

— Passez les bras autour de ma taille, proposa Kira. Si nous revenons bredouilles, vous vous procurerez des rênes que je coudrai à l'arrière de la selle, ainsi qu'une couverture. Un cavalier-dragon a très vite mal aux fesses, au début. Vous risquez d'avoir quelques courbatures si nos recherches n'aboutissent pas rapidement.

— J'en prends bonne note.

— Vous êtes prêt ? C'est parti !

Sabre prit son élan. Dix longues enjambées, et il s'élançait dans les airs. Jack haleta et resserra les bras autour de la taille de Kira. L'amusement de la jeune fille fit aussitôt place à de la stupeur : dès les premiers battements d'ailes, Jack relâcha la pression. Cet homme apprenait très vite. Ce n'était pas facile de chevaucher un dragon invisible.

— Où allons-nous ? cria-t-elle.

— Prenez à droite, jusqu'à ce que nous ayons le soleil dans le dos, un peu sur notre droite, répliqua le pilote. Puis, tout droit jusqu'au fleuve.

Sabre se dirigea donc vers le nord, à une altitude moyenne. Bientôt, les cavaliers aperçurent le ruban d'eau boueuse de la Somme. Ils croisèrent une patrouille aérienne alliée. Et rien d'autre pendant trois heures.

Le dragon ne cessait de franchir les lignes de combat. D'un côté, puis de l'autre. Par endroits, la limite n'était pas nette. Parfois, Sabre survolait des villes ou des villages. Certains, expliquait Jack, étaient tombés depuis peu aux mains des Allemands. Jack et Kira entrevirent des soldats livrer bataille au sol. Dans les airs, c'était plutôt calme. Quelques appareils ennemis sillonnaient le ciel. Aucun d'eux n'était peint en rouge.

Vers onze heures, ils repérèrent un combat aérien. Deux patrouilles s'affrontaient avec fougue. Kira sentit Jack se raidir.

— *Il meurt d'envie d'aller aider ses amis*, commenta Dent-de-Sabre.

— *Pas question*, contra la Fiquarienne. *Nous n'interviendrons que si le Baron rouge se trouve parmi eux. Tu vois une machine rouge ?*

Le dragon tourna la tête à gauche pour observer le combat avec son œil valide.

— *Non*, affirma-t-il. *Quelques-unes ont une bande rouge sur le devant, mais j'ai reconnu le signe des Alliés sur leurs ailes.*

Quand ils revinrent au campement, il était midi passé. Aurore dormait sous les arbres, le corps lové autour de plusieurs troncs. Élias rongeait son frein. Il vint aux nouvelles en clopinant. Pour tromper l'attente, il s'était fabriqué des béquilles. Kira en fut agréablement surprise.

— La blessure d'Élias m'a l'air plus sérieuse que ce qu'il prétendait, chuchota Jack en mettant pied à terre.

— Un éclat de métal s'est logé profondément dans sa cuisse, lui révéla Kira. On a réussi à le lui enlever, mais il lui faudrait plusieurs jours de repos. Sa promenade d'hier a réveillé la douleur.

— Les shrapnels peuvent causer des dégâts irréparables, déclara Jack à voix basse. J'avais bien vu qu'Élias boitait, mais je ne pensais pas qu'il était si gravement blessé. Il y a plusieurs médecins, au mess. Ils sauront le guérir.

— Il a seulement besoin de repos, s'obstina la Fiquarienne. J'aurais dû aller vous chercher à sa place, hier soir, mais Élias est têtu comme une mule.

— J'avais remarqué, souffla le pilote.

Élias s'approcha d'eux et demanda :

— Vous avez trouvé le Baron rouge ?

Kira fit « non » de la tête et étira sa colonne vertébrale. Elle avait les muscles du dos en charpie. Elle n'avait plus l'habitude de voler aussi longtemps. Elle lança un regard à Jack et se mordit la langue pour ne pas éclater de rire. Le pilote se tenait les jambes écartées, une grimace figée sur le visage.

— Nous allons préparer le déjeuner, annonça la jeune fille. Voulez-vous vous joindre à nous, Jack ? À moins que vous n'ayez trop mal aux fesses pour vous asseoir ?...

La grimace du Britannique s'élargit.

— J'ai besoin de me dégourdir les jambes, avoua-t-il. Pourquoi ne viendriez-vous pas manger au mess ?

Kira répondit du tac au tac :

— Non, merci. Nous serons très bien, dans les bois.

Jack posa la main sur l'épaule d'Élias et planta son regard dans celui du jeune homme.

— Kira m'a raconté comment tu avais été blessé, fit-il. Si tu veux, je t'appelle une voiture, qui t'attendra à l'orée du bois. Dans ton état, tu seras mieux dans un vrai lit... et la nourriture des officiers n'est pas mauvaise.

— Si tu le suis, je t'accompagne, dit très vite Kira. Tu devrais accepter. Un bon lit et une soupe chaude... ça ne te tente pas ? Aurore ne risque rien, dans ces bois, le commandant White a posté des gardes tout autour. De plus, le mess n'est pas très loin. Tu pourras parler à ton dragon à ta guise.

Élias regarda Kira, puis Jack. Il n'aimait pas qu'on lui mette la pression. Pourtant, dès qu'il repensa aux objets fascinants qu'il avait vus la veille, ses yeux étincelèrent.

— D'accord, soupira-t-il. À condition de ne pas prendre goût au confort. Le retour à la normale n'en serait que plus difficile.

Chapitre dix-huit

Les renforts

Poll scrutait le volcan, à la recherche d'un dragon bleu.

— *Tu es sûre que l'enclave des dragons du jour est ici ? Je ne détecte aucune sentinelle.*

— *Moi non plus*, avoua Ombre, les nerfs tendus. *La zone est déserte. Tous les dragons sont à l'intérieur.*

— *Tu en es sûre ?* répéta Poll, sidéré.

— *Apparemment, les dragons du jour estiment qu'il est superflu de monter la garde...*

— *Avec un ennemi aussi retors que Ségun, c'est de l'inconscience !* s'exclama l'Iséen. *À leur place, je transformerais cette enclave en forteresse ! Si l'Oracle meurt, cet endroit sera le premier à tomber sous la coupe du tyran... Ségun commande une armée de plusieurs centaines de dragons de la nuit...*

Il poursuivit, les lèvres pincées :

— *Des nouvelles de Vulcain ?*

— *Aucune*, grommela Ombre. *À moins qu'il n'ait*

gagné les souterrains de l'enclave et que je ne puisse pas déceler sa présence, je pense que nous sommes les premiers.

Poll retroussa les lèvres. Pour lui, Nolita était incapable de chevaucher un dragon sans aide. Elle manquait de s'évanouir chaque fois qu'elle en approchait un. Lorsqu'ils avaient dû se séparer, Poll croyait Vulcain et Nolita condamnés. Il était persuadé que la Riquaméenne avait pris la fuite. Élias n'allait pas être content.

Les yeux fixés sur l'entrée de l'enclave qui se découpait dans le flanc de la montagne, il demanda avec appréhension :

— *Qu'est-ce qu'on fait ?*

— *Entrons*, décréta Ombre. *Mais avant, je vais hisser le drapeau blanc, histoire de ne pas nous faire griller dès notre arrivée.*

— *Bonne idée*, approuva l'Iséen. *J'aime les accueils chaleureux, mais il y a des limites.*

Le dragon femelle descendit vers la forêt luxuriante qui recouvrait la pente ouest du volcan. Au-dessus des arbres, l'air, saturé d'humidité, ondulait comme dans le désert. Il n'y avait pas un nuage dans le ciel. Une chaleur surprenante régnait autour de la montagne. Poll avait déjà enlevé ses gants et son pantalon fourré. Il déboutonna sa veste.

L'entrée de l'enclave ressemblait à la bouche d'un ogre qui bâille à s'en décrocher la mâchoire. Le jeune homme s'imagina des dents gigantesques, prêtes à le broyer dès qu'il aurait franchi le seuil de la grotte sombre.

Un vieil homme aux cheveux blancs se tenait dans la caverne immense qui servait de vestibule. Un dédale de tunnels – très larges ou très étroits – s'enfonçait vers le cœur du volcan.

— Bienvenue, jeune homme, déclara le vieillard. Poll, je présume ? Et... ce beau dragon femelle a pour nom Souffle d'Ombre ?

— C'est exact, monsieur, répondit l'Iséen. Puis-je mettre pied à terre ?

— Je t'en prie, fit l'homme en tendant la main. Je t'attendais. Où sont les trois autres cavaliers-dragons ? N'avez-vous donc pas retenu la leçon ? Vous ne deviez plus vous séparer...

Poll glissa le long des côtes d'Ombre et atterrit avec légèreté. Il prit son temps pour répondre. Il regarda à gauche, puis à droite. Il n'était pas tranquille. L'impression qu'une cohorte de dragons bleus allait l'attaquer ne le quittait pas.

— C'est une longue histoire, monsieur, confessa-t-il en détachant ses syllabes. Nous avons été pris en chasse il y a quelques jours. Nous avons été obligés de nous séparer. J'espérais retrouver Vulcain et Nolita ici.

— Eh bien, Ombre et toi avez été plus rapides, lui apprit le vieillard. Prions pour qu'ils arrivent sans tarder. Je m'appelle Barnabas. Je suis le doyen de l'enclave des dragons du jour. Ne crains rien. Je sais qui tu es : l'Oracle t'a choisi pour accomplir la Grande Quête. Lui as-tu apporté l'orbe noir ?

— Oui, monsieur Barnabas.

— Inutile de m'appeler « monsieur », lâcha l'intéressé avec un sourire. Les cavaliers du jour ne s'embarrassent pas de titres de noblesse.

Quand le vieil homme souriait, ses yeux bleus étincelaient sous ses sourcils aussi blancs que la neige, et sa grosse moustache semblait s'animer d'une vie propre.

— Ainsi donc, vous avez trouvé la vallée des Griffons, enchaîna-t-il. Parfait. Quel dragon a donné son cœur qui constitue l'orbe de la mort ?

— Dépeceur, répondit Poll. Le dragon d'un doyen du Conseil de Ségun.

Barnabas laissa échapper un ricanement :

— Oooh... J'imagine que ce cher Ségun n'a pas dû apprécier... Parle-moi de l'orbe de la vision.

L'Iséen considéra le vieillard avec suspicion.

— Que savez-vous sur la Grande Quête, au juste ? demanda-t-il dans un souffle.

Surtout, ne pas se fier aux apparences. Sous ses airs de grand-père aimable, Barnabas ne lui inspirait pas confiance. Il avait les cheveux trop blancs, les yeux trop pétillants, la barbe trop soignée. Poll plissa le front et renchérit :

— Comment saviez-vous que le troisième orbe était celui de la vision ?

Le vieil homme haussa les épaules.

— J'ai résolu l'énigme de l'Oracle quelques jours après le départ de tes trois amis. J'ai vécu au service de la Grande Quête la majeure partie de ma vie. Tu n'étais pas encore né que j'avais lu toutes les archives la concernant. Rien d'étonnant à ce que j'aie trouvé la solution à tous les quatrains.

— Ce qui signifie que vous savez ce qui doit constituer l'orbe de l'aube, compléta Poll.

— En effet. C'est un œuf, ou un embryon. Je pencherais pour un œuf de dragon. Cela me semble plus logique, si l'on en croit le premier vers du dernier quatrain : *La vie après la mort, la mort avant la vie...* La vie ne commence-t-elle pas quand on naît ? Ou, dans le cas des dragons, quand on éclot ?

Poll n'était pas convaincu :

— Un dragonnet vit déjà dans son œuf. Je ne vois pas le rapport avec la mort avant la vie.

— Bien observé, opina l'ancien. L'énigme est un peu tirée par les cheveux... comme le reste du poème, d'ailleurs. Chaque orbe exige un sacrifice. Quoi de plus difficile que de détruire une vie qui n'a pas encore commencé ? Le « plus grand des orbes », le « symbole des dragons » ne pourrait-il pas être un œuf ? Le « sacrifice » requis pour faire renaître l'Oracle, lui donner « la vie après la mort », ne pourrait-il pas être un dragon mort-né ?

— Dans ce cas, nous avons perdu d'avance, grommela Poll. Où pourrions-nous dénicher un œuf de dragon ? Les femelles ne pondent pas très souvent...

Nouveau sourire éblouissant. Nouvelles étincelles dans les yeux du vieil homme.

— Ne t'inquiète pas. L'Oracle ne demanderait pas l'impossible. S'il y a un œuf à trouver, tes amis et toi le découvrirez... Suis-moi. Tu as fait un long voyage. Tu dois avoir soif.

— *Je peux lui faire confiance ?* demanda Poll à Ombre. *Je n'aime pas son sourire, ni ses manières affables.*

— *En tout cas, il dit la vérité*, affirma le dragon violet. *Soit il est sincère, soit il dissimule ses pensées à la perfection. Pour moi, cet homme est la franchise personnifiée.*

Barnabas désigna un immense tunnel et déclara :

— Que Souffle d'Ombre emprunte ce passage. Âprecorne, mon dragon, va lui indiquer où se reposer.

— Merci, répondit Poll. *Âprecorne !* ajouta-t-il à l'intention d'Ombre. *Non, mais dis-moi que je rêve ! Quel nom prétentieux ! Ces deux-là se sont bien trouvés !*

— *Au fil du temps, un dragon peut « déteindre » sur son cavalier,* expliqua Ombre. *On dit que l'inverse est parfois vrai ; je ne suis pas d'accord. Va avec Barnabas, je ne détecte aucune menace en lui. À plus tard.*

— *J'ai l'impression de foncer tête baissée dans un piège*, gémit le cavalier de la nuit.

— *Enlève-toi cette idée ridicule du crâne*, lui intima son dragon. *La générosité est le trait de caractère principal des cavaliers du jour. Barnabas t'a invité à sa table. Selon sa coutume, il te considère comme un frère... jusqu'au coucher du soleil.*

— *Et ensuite ?*

Ombre choisit de ne pas répondre.

Avec une moue dubitative, Poll emboîta le pas au doyen de l'enclave. Il ne tarda pas à perdre le sens de l'orientation. Les tunnels se ressemblaient tous.

« J'espère que tu ne te trompes pas, Ombre », songea-t-il, la gorge serrée.

Barnabas le précéda dans une vaste salle à manger remplie de tables interminables. La pièce était vide. Le doyen et son hôte prirent place, et une servante apparut avec une jarre de bière et une miche de pain. Barnabas lui souffla deux mots à l'oreille. La jeune fille s'éclipsa aussitôt.

Le vieillard posa les coudes sur la table, joignit le bout des doigts et regarda son invité droit dans les yeux.

— Alors, jeune cavalier, que puis-je faire pour toi ?

Poll détailla le visage ridé avec attention. Il n'y décela aucune fourberie.

— Les dragons du jour et de la nuit sont ennemis depuis des siècles, fit-il remarquer. Pourquoi voulez-vous m'aider ?

— Parce que tu es différent, répliqua Barnabas.

— Ah oui ? Et en quoi ?

— L'Oracle t'a choisi pour accomplir la Grande Quête. Tu mérites donc mon intérêt. Qu'est-ce que tu veux ?

L'Iséen se lança :

— Je veux que tous les dragons du jour nous accompagnent jusqu'à la caverne de l'Oracle.

— Et pourquoi ferais-je cela, au nom de Treer ? gronda le vieil homme en fronçant les sourcils. Il y a déjà un dragon du jour, dans ton groupe... Ah ! J'y suis ! Ségun vous a mis des bâtons dans les roues, n'est-ce pas ?

— Il a assiégé la grotte de l'Oracle, confirma Poll. Quand nous avons quitté l'Orupée, il avait rassemblé plus de cinquante dragons de la nuit. Depuis, des dizaines ont dû venir grossir les rangs. À notre retour, ce sera l'enclave entière qui nous attendra de pied ferme. Je souhaite revenir à la tête de votre armée de dragons du jour, pour faire diversion le temps que Kira se faufile dans la caverne et remette les deux derniers orbes à l'Oracle.

Barnabas secoua la tête.

— Si nous débarquons en Orupée par centaines, la bataille sera inévitable, protesta-t-il. Treer est en paix depuis des millénaires. La guerre que tu me demandes de déclencher aura des conséquences désastreuses.

— Alors le Maître des Dragons mourra, conclut Poll d'un ton sec. Et Ségun vous attaquera quand même. Il rêve d'une nouvelle ère. L'Ère des Dragons. Celle-ci débutera dès que l'Oracle aura rendu son dernier soupir. Ségun compte devenir le maître de Treer avant la fin de l'année. Allez-vous le laisser faire ?

— Les dragons ne se sont pas affrontés depuis si

longtemps... geignit le vieil homme. Ton plan est trop risqué, jeune Poll. L'Oracle a désigné ses Élus en fonction de leurs aptitudes à résoudre les énigmes et à franchir les obstacles.

— C'est faux, contra l'Iséen, un trémolo dans la voix. Des dragons ont livré bataille, récemment. Ombre et moi avons été bannis de notre enclave pour avoir tué un dragon de la nuit. Il y a cinq jours, nous en avons combattu deux autres. L'un est gravement blessé – peut-être même les deux. Et Vulcain en a vaincu un troisième : il lui a brûlé une aile. La guerre est inévitable, Barnabas. Elle a déjà commencé. Nous avons besoin de votre aide. Je sais que c'est à cause de moi que Ségun a appris que la Grande Quête était en marche. C'est donc à moi de réparer cette erreur. Je suis un cavalier de la nuit. Je dois sauver l'Oracle. Pour l'honneur des dragons et l'avenir de Treer.

À cet instant, la servante revint avec un plateau de nourriture fumante, qu'elle posa devant Poll. Barnabas remercia la jeune fille d'un geste. Il réfléchissait. Malgré l'odeur alléchante du plat, Poll resta immobile, les yeux fixés sur le vieil homme.

Enfin, ce dernier se décida à parler. Il articula lentement, comme s'il s'adressait à un enfant de quatre ans :

— Il y a très exactement cent quarante-sept dragons du jour dans l'enclave, à l'heure actuelle. De combien de dragons noirs Ségun dispose-t-il ?

— Beaucoup plus ! s'exclama Poll. Grâce à l'orbe de la vision, Kira a vu les dragons de la nuit affluer de toutes parts. Or, le gros de la troupe n'est pas encore arrivé. Il faut s'attendre à en affronter plus de trois cents.

— À deux contre un, les dragons bleus partent avec un sérieux handicap, commenta le doyen de l'enclave.

Le regard perdu dans le vague, il pinça les lèvres avant d'ajouter :

— Ségun ira au bout de son projet. Il est aussi borné que son prédécesseur. S'il sent qu'il a le dessus, il nous écrasera jusqu'au dernier.

— Élias et Kira pensent pouvoir rallier à notre cause les dragons de l'aube et du crépuscule, ajouta Poll.

— Ce ne sont pas quinze ou vingt dragons de plus qui changeront les choses, souligna Barnabas.

— Et si on rassemblait d'autres dragons du jour au passage ? suggéra l'Iséen, à court d'idées.

Le vieil homme reposa son regard sur son invité.

— Je déteste avoir tort, mais j'admets que nous sommes dans une impasse, soupira-t-il. (Il inspira profondément, se redressa et poursuivit :) Nous devons tout mettre en œuvre pour empêcher Ségun de rayer trois races de dragons de la surface de Treer.

Il s'interrompit quelques secondes et reprit avec un sourire :

— Ah ! Nous voilà cent quarante-huit, à présent !

Corne vient de m'informer que Vulcain arrivait par le sud.

— Avec Nolita ? s'étonna Poll.

Barnabas transmit la question à son dragon et répondit avec assurance :

— Oui, avec Nolita... Pourquoi ? Tu en doutais ?

Chapitre dix-neuf

Surprises

— Tu es sûr que c'est un dragon solitaire ? demanda Tembo à mi-voix.

Husam secoua lentement la tête et murmura :

— Je ne suis plus sûr de rien. C'est ce que prétendent les villageois, et je ne vois pas de cavalier. Pourtant, une petite voix me dit que nous ne devrions pas le tuer. Il y a quelque chose qui cloche. Ou alors, j'ai laissé mon courage dans la cour du Château des ombres...

Les deux chasseurs de dragons s'accroupirent à nouveau derrière les buissons. Tembo lança à son ami un regard circonspect. Husam paraissait ne pas avoir peur, mais il avait toujours su cacher ce qu'il ressentait. Le géant examina ses yeux avec attention. Les iris étaient de la même couleur. La créature qui avait possédé Husam était partie. Où était-elle allée ? Les démons du Château des ombres l'avaient-ils tuée ?

L'angoisse qui nouait l'estomac de Tembo lui affirmait le contraire. La créature attendait, quelque part. Vivante. En quête d'un nouveau corps.

Il risqua un œil à travers les taillis. Le dragon que traquaient les deux hommes était un gros mâle. Un dragon de la nuit, pas très malin. Il s'était allongé dans une gorge étroite : l'idéal pour une embuscade. Les habitants du village voisin l'accusaient d'avoir dévoré leurs vaches et leurs moutons, mais Tembo était sceptique. Il n'y avait pas de témoin. Les villageois disaient que le bétail disparaissait n'importe quand. Le matin, le soir, l'après-midi... Or, les dragons noirs ne chassaient que la nuit, sauf quand leurs cavaliers le leur ordonnaient. Et des cavaliers, le géant n'en voyait pas.

— Veux-tu que nous partions ? chuchota-t-il.

— Oui... Non... Oh ! Je ne sais pas ! siffla Husam, une lueur hallucinée dans les yeux. À ton avis ?

Tembo haussa les épaules :

— Ce dragon est bizarre. Les témoignages des villageois ne concordent pas. Cela étant, je ne vois pas pourquoi nous ne le tuerions pas. Tous les gens du coin sont persuadés que c'est un solitaire. Autre argument de taille : nous sommes à court d'argent. Nous avons vendu les chevaux de nos compagnons morts pour acheter de nouvelles armes en os de dragon. Nous avons deux solutions – chasser ce dragon, ou nous reconvertir.

— Je ferais un piètre fermier, déclara Husam. Je t'écoute. Quel est ton plan ?

« Mon plan ? » s'étonna Tembo. D'habitude, c'était Husam, le cerveau. Le colosse se contentait de suivre. Mais depuis leur aventure au Château des ombres, le frêle chasseur de dragons n'était plus le même. Il hésitait, se posait mille questions, semblait incapable de prendre une décision. L'épreuve qu'il avait subie l'avait fragilisé au plus haut point.

Tembo réfléchit. Même armés de lances en os de dragon, Husam et lui n'arriveraient pas à percer l'armure d'écailles du monstre noir. Les dragons de la nuit n'avaient qu'un seul point faible, le muscle reliant l'aile au torse. Il fallait donc l'attaquer par le flanc. Une fois réduit à l'impuissance, il n'y aurait plus qu'à l'achever.

Soudain, le dragon poussa un hurlement suraigu qui obligea le géant à se boucher les oreilles. Tembo n'avait jamais entendu un cri pareil. Sans retirer les doigts des oreilles, il lança un regard vers le défilé. La créature ressemblait à un loup hurlant à la lune. Un loup à la voix évoquant un violon mal accordé. Un énorme loup noir et écailleux, qui levait la tête vers le ciel.

Le cœur battant, le colosse se tourna vers son ami :

— C'est le moment. Il est occupé. Vise la base de l'aile et mets-toi à couvert aussi vite que possible.

Husam hocha la tête, prit une brusque inspiration et se releva. Tembo l'imita. La lance à la main, les deux chasseurs contournèrent les buissons et se figèrent.

Le dragon avait cessé de hurler. Il les fixait d'un œil étincelant de... de *puissance*. Son regard irradiait un pouvoir pareil à celui qui avait possédé Husam. Le dragon avait les deux yeux de la même couleur, mais l'éclat qui les animait lui donnait un côté maléfique.

Et tout à coup, il ouvrit la gueule et cracha un jet de flammes orange – plus vives et plus brûlantes que celles d'un dragon du jour. Husam et Tembo se protégèrent le visage. L'onde de chaleur leur coupa le souffle. Ils lâchèrent leurs armes et, tournant les talons, s'enfuirent sans demander leur reste. Ils ne s'arrêtèrent de courir qu'une fois au cœur de la forêt qui bordait le défilé.

Husam leva des yeux effrayés vers son ami.

— Qu'est-ce que c'était ? interrogea-t-il, pantelant.

— Un signe du Créateur, répliqua Tembo. L'heure de notre retraite a sonné.

Sa grosse poitrine se levait et s'abaissait tel un soufflet de forge.

— Je refuse de chasser un dragon de la nuit capable de cracher du feu, haleta-t-il. D'où sort ce monstre ? Il m'a flanqué la peur de ma vie !

— Il me fait penser à Kasau ! s'exclama Husam. Tu crois que les dragons peuvent être possédés ?

— Je n'ai aucune envie de le savoir, rétorqua le

géant. Tu te rappelles ce qu'ont dit les villageois ? Le cavalier de ce dragon est mort dans un accident...

— ... et quand on leur a demandé des précisions, personne n'a voulu répondre... compléta son ami.

— ... et depuis, il terrorise la région, acheva Tembo. Je savais que ces fermiers nous cachaient quelque chose. J'aurais dû insister pour en savoir plus.

— Nous aurions surtout dû choisir un nouveau métier après l'épisode du château, corrigea Husam en se frappant la paume du poing. Les dragons sont en train de changer. Ils sont plus dangereux que jamais. Ils s'allient. Ils s'entraident. Et ils mutent. Imagine qu'ils arrivent à maîtriser les pouvoirs des quatre espèces !

— Nous pouvons nous estimer heureux d'être encore en vie, conclut le colosse.

Il se pencha en avant et, les mains sur les cuisses, il cracha.

— Si nous avions attaqué ce dragon, il nous aurait taillés en pièces, ajouta-t-il.

— Comment le sais-tu ? Il t'a parlé ?

— Non. Et à toi ?

— Non plus, dit Husam. Où allons-nous ?

— Le plus loin possible de cet endroit maudit ! s'écria Tembo.

— *Ouvre les yeux, Nolita,* souffla Vulcain. *Nous sommes presque arrivés.*

La cavalière entrouvrit les paupières. Éblouie par le soleil, elle distingua les deux volcans à travers ses cils. L'enclave des dragons du jour ! Enfin !

— Merci, Cain, soupira-t-elle.

La jeune fille avait passé les cinq derniers jours les yeux fermés, à compter les battements d'ailes de son dragon. Plus de vingt mille par jour. Cent mille, en tout. Une nécessité, pour surmonter le dégoût que lui inspirait la créature. Enfin son calvaire arrivait à son terme. Nolita avait presque du mal à y croire.

Vulcain amorça sa descente en vol plané. La cavalière repéra l'entrée de la grotte – si proche, et à la fois si lointaine. Barnabas l'attendrait-il sur le seuil ? Certainement pas. Comment aurait-il deviné son arrivée ?

— *Ombre et Poll nous ont devancés*, annonça le dragon bleu.

Une multitude d'émotions contradictoires submergèrent la jeune fille : joie, soulagement, colère... Elle était heureuse qu'Ombre et Poll aient échappé aux deux dragons de la nuit, mais furieuse qu'ils l'aient laissée se débrouiller seule. Quand Vulcain atterrit, elle avait la poitrine serrée dans un étau. La colère avait pris le dessus.

Barnabas l'attendait sur le seuil, en fin de compte. Poll se tenait à ses côtés. En dix secondes, Nolita avait mis pied à terre et franchi les quelques mètres qui la séparaient des deux hommes.

— Nolita ! s'exclama l'Iséen. Quel bonheur de te...

CLAC !

Le bruit de la gifle se répercuta sur les parois de la grotte.

— Ça, c'est pour m'avoir abandonnée, gronda la jeune fille. Et ça...

Poll lui saisit le poignet d'un mouvement vif et l'enlaça.

— Je te croyais morte, lui dit-il à l'oreille. Je suis content que tu t'en sois sortie. Vraiment.

Il relâcha son étreinte et recula de plusieurs pas. Nolita lui lança un regard étonné. Poll était-il sincère ?

— *Oui*, lui confirma Vulcain. *Et Ombre aussi. Elle dit qu'ils ont essayé de nous retrouver avant de choisir de gagner l'enclave des dragons du jour. Ils espéraient nous y rejoindre... ils nous ont devancés. C'était une décision très courageuse ; les dragons de la nuit ne sont pas les bienvenus, ici.*

La jeune fille regarda Barnabas. Le vieil homme affichait un large sourire. Apparemment, la scène l'avait beaucoup amusé.

— Bon retour parmi les tiens, Nolita, dit-il en l'embrassant sur la joue. Je suis ravi de te revoir. Poll t'a précédée de quelques heures ; il m'a raconté vos aventures. Viens. Tu dois être affamée. Nous étions sur le point de manger.

— Est-ce que Poll vous a dit que Ségun avait levé une armée de dragons de la nuit et qu'il bloquait l'accès à la caverne de l'Oracle ? demanda la jeune fille.

— En effet. Ne t'inquiète pas. Tu n'auras pas parcouru tout ce chemin pour rien. Les dragons du jour mettront tout en œuvre pour vous aider.

Chapitre vingt

Le retour du Baron rouge

Élias était de très mauvaise humeur. Il traversa la pièce en tapant du pied, s'affala sur une chaise en bois et regarda par la fenêtre. Dehors, un brouillard maussade colorait les champs en gris.

— Je n'en peux plus ! explosa-t-il. Voilà deux semaines que nous sommes coincés ici ! Combien de temps va prendre cette fichue mission ? Si Aurore ne maîtrisait pas l'espace-temps, l'Oracle serait déjà mort !

Heureusement, son dragon programmerait un retour très précis : quelques minutes après leur départ de Treer.

Kira lança à son ami un regard compatissant. Elle aussi bouillonnait de frustration. Sauf qu'elle passait son temps à explorer la région sur le dos de Sabre. Élias, lui, devait se contenter d'attendre. Pas à cause de sa jambe – elle était presque guérie –, mais parce que Sabre avait du mal à transporter trois cavaliers.

Avec Jack et Kira, le dragon du crépuscule peinait déjà beaucoup.

La Fiquarienne avait tenté l'impossible pour localiser leur cible. Elle avait même recouru à l'orbe de la vision. Mais elle éprouvait des difficultés à se concentrer. C'était comme si le globe draconique choisissait de lui montrer des lieux au hasard. Des lieux qui n'avaient aucun rapport avec ce que désirait Kira. Après la cinquième tentative, la jeune fille l'avait emmitouflé dans un morceau d'étoffe et l'avait laissé à Élias.

— Il va falloir que Jack se décide à accélérer, tempêtait ce dernier. Toi et Sabre en avez assez fait.

À cet instant, le pilote fit irruption dans la pièce.

— Il est de retour ! s'exclama-t-il en agitant un bout de parchemin. Le Baron rouge vient d'abattre deux de nos hommes : un au sud-ouest du bois du Hamel, et l'autre près de Villers-Bretonneux. Le chef pense que von Richthofen et son cirque volant ont décollé de Cappy. L'espion infiltré chez l'ennemi affirme la même chose. Tout concorde. Cette fois, on tient le bon bout !

— Pas question de voler dans cette purée de pois, marmonna Élias en désignant la fenêtre du pouce.

Jack refusait de laisser le mauvais temps miner son enthousiasme.

— Le brouillard va vite se dissiper, pronostiqua-t-il. Les hommes de la 209 se préparent à envoyer trois escadrilles au-dessus de la zone. Ils comptent attirer le Baron rouge et ses gars de l'autre côté des lignes antiaériennes. S'ils réussissent, nous avons de fortes chances de le capturer.

Kira vit les yeux d'Élias s'éclairer d'un espoir nouveau. L'entrain de Jack était communicatif. Le pilote avait déjà revêtu sa tenue de vol. Il trépignait d'impatience, casquette de cuir sous le bras et fusil en bandoulière. Kira soupira. Enfin une bonne nouvelle ! La jeune fille n'avait pas l'habitude de rentrer bredouille. Elle avait profité de ces quinze jours d'échec pour essayer d'imaginer un moyen de capturer le Baron rouge sans le tuer. Sabre refusait d'attraper la machine au vol. Selon lui, la construction était trop fragile. Jack avait suggéré d'accrocher une mitrailleuse sur le dos du dragon. Proposition rejetée. Trop compliqué. Trop risqué. À court d'idées, les trois amis avaient décidé d'obliger von Richthofen à se poser en endommageant son appareil.

Jack avait insisté pour emporter son fusil.

— Je suis un excellent tireur, s'était-il justifié. Je chassais le lapin avec le calibre 12 de mon père, étant gosse. En plus, les Lee-Enfield sont des armes très précises. Si Sabre arrive à s'approcher de l'avion de von Richthofen sans se faire voir et si le Baron rouge n'exécute aucune manœuvre délicate, je logerai une ou deux balles dans son fuselage.

— Votre arme me semble très lourde, avait fait remarquer Kira. Vous allez pouvoir viser en vol ?

Jack avait pensé à tout. Le fusil était pourvu d'une

bandoulière qui, une fois passée autour du bras, calait l'arme contre l'épaule du tireur.

Pendant les vols de reconnaissance, Kira, Sabre et Jack avaient testé leur tactique : le dragon camouflé s'était glissé derrière un appareil ennemi – un peu plus bas, sur la droite. Ainsi placé, Jack avait un angle de tir parfait. Le Britannique avait fait feu trois fois, et chaque fois il avait fait mouche. Jack n'avait pas menti : c'était un tireur émérite. Pour plus de sûreté, il avait envoyé deux autres balles dans le moteur qui fumait déjà. Malgré sa vision réduite, son dragon avait vu passer les minuscules projectiles. Kira, elle, s'était contentée de le croire sur parole.

La jeune fille avait sursauté à chaque détonation. Le hurlement du vent et son chapeau de cuir ne parvenaient pas à les étouffer. C'étaient des claquements secs, sonores et déchirants. Des bruits qui résonnaient à ses oreilles et qui faisaient reculer le tireur. Kira avait cru voir Jack basculer dans le vide à chaque coup de feu. Au sol, elle avait voulu essayer l'arme. La crosse lui avait violemment percuté l'épaule. Elle avait eu mal pendant plusieurs jours.

Aujourd'hui, ils étaient fin prêts et impatients d'en découdre. Le Baron rouge était à nouveau dans les parages. Il n'y avait plus une minute à perdre. Kira s'empara de sa veste pendue à la patère fixée derrière la porte et l'enfila. Elle n'osait pas regarder Élias. La jalousie du jeune homme était presque palpable. La Fiquarienne prit la casquette en cuir que Jack lui avait donnée, adressa un petit sourire à son ami et se dirigea vers la porte.

— Sois prudente ! lui lança Élias.

— Tu me connais, répliqua-t-elle sans se retourner. À tout à l'heure !

Kira et Jack rejoignirent les bois sans échanger un mot. Le brouillard enroulait ses volutes grises autour d'eux, ajoutant à leur angoisse. Aurore dormait, pelotonnée sur le sol moussu. Ses écailles dorées tranchaient la brume cendrée. Ces deux semaines de repos lui avaient fait le plus grand bien. Elle était plus resplendissante que jamais.

Une heure plus tard, le soleil du printemps se profila derrière la couche de brouillard. Sabre se prépara au décollage. Pour la énième fois, Kira vérifia les rênes et regarda la carte de Jack. À présent, elle connaissait les noms des lieux par cœur. Elle avait si souvent survolé la région qu'elle aurait pu dessiner le plan de mémoire.

La brume était tenace. La visibilité, médiocre. Le soleil, un disque jaune pâle dans le ciel lugubre. Sabre prit son élan dans le champ en friche.

— *Le brouillard va bientôt se lever,* assura-t-il à sa cavalière. *Nous ne risquons rien.*

Il fendit la couche grise tel un coupe-papier. Très vite, il n'y eut plus que quelques taches de brume ponctuant le ciel bleu. Il faisait frais. Kira laissa le soleil lui baigner le visage. Le dragon prit de l'altitude et se dirigea vers la Somme, qui disparaissait sous le brouillard comme un serpent coupé en morceaux. Sabre et ses passagers se mirent à scruter le ciel.

Soudain, Jack tapota l'épaule de Kira.

— Là-bas, au-dessus de Cerisy ! s'exclama-t-il, le doigt pointé vers le nord-est. Des avions ! Je crois que ce sont des Alliés.

— *Tu peux confirmer, Sabre ?* interrogea Kira.

— *Oui*, déclara le dragon. *Je vois deux engins que Jack appelle « RE8 ». Mais ils ne sont pas seuls. Neuf appareils filent droit vers eux, depuis l'est. Ce sont des avions à trois ailes. Et l'un d'entre eux est rouge vif.*

Kira sentit son estomac se nouer. Était-ce la peur ? Ou bien l'excitation ?

— *Les ennemis se mettent en position de combat*, la prévint Dent-de-Sabre. *Nous n'arriverons pas à temps.*

— *Mieux vaut tard que jamais*, lâcha la Fiquarienne. *De toute façon, nous ne sommes pas là pour défendre les amis de Jack. Laisse ces soldats s'entretuer, ce n'est pas notre problème. Remplissons notre mission et fichons le camp le plus vite possible.*

Elle se retourna et cria :

— Sabre a repéré le Baron rouge. Il se prépare à attaquer vos amis. Ça ne va pas être facile de viser son avion.

— Tout ce que je demande, c'est que vous me laissiez essayer, rétorqua le Britannique.

Sabre accéléra. D'abord petits points noirs, les appareils devinrent des avions miniatures. Et les pre miers tirs déchirèrent le ciel. Deux engins ennemis fondirent sur les RE8. Le Baron rouge pilotait l'un d'eux. Sabre en était sûr à deux cents pour cent.

Le souffle court, Kira observa les deux triplans plonger vers les Alliés. Vue de loin, la scène ressemblait à un ballet aérien. Une danse de mort étrange et silencieuse. Une valse dont les pas brûlants trouaient le métal.

Et d'un coup, les attaquants s'éloignèrent. Le premier rejoignit son escadrille ; le deuxième perdit de l'altitude et s'enfuit vers l'est.

— *Que s'est-il passé ?* demanda Kira.

— *Le deuxième avion a été touché*, expliqua le dragon. *Le pilote qui s'est replacé en formation est bien notre homme.*

— *Tu penses qu'il va revenir à la charge ?*

— *Ça m'étonnerait*, répliqua Sabre. *Regarde à droite.*

La jeune fille tourna la tête. D'autres avions arrivaient. Elle en informa Jack et interrogea :

— Des amis à vous ?

— Et comment ! s'enthousiasma le pilote. Ce sont les gars de la 209 ! On peut dire qu'ils tombent à pic ! Et là, droit devant, voilà des renforts ! Le Baron rouge est cerné. Le combat promet d'être intéressant...

Le ciel s'emplit d'avions en quelques secondes. Les engins tournoyaient, plongeaient, dégringolaient, affluaient de toutes parts. Kira ne savait plus où donner de la tête. Toutes les machines arboraient des bandes rouges, mais von Richthofen restait introuvable.

Et puis, Jack lui secoua l'épaule, désigna un point sur sa droite et s'écria :

— Là-haut ! C'est lui !

— Vu ! s'égosilla la jeune fille, au comble de l'excitation. Mais... qu'est-ce qu'il fabrique ?

— Il doit chercher ses hommes, supposa le Britannique.

— *En fait, il cherche un membre de sa famille*, intervint Sabre. *Le nom de Wolfram hante ses pensées. Dis à Jack de se tenir prêt. Nous serons à portée de tir dans une poignée de secondes.*

Le dragon vira à gauche pour se rapprocher du triplan écarlate. Jack épaula son fusil. Kira se raidit.

— Plus près... grogna-t-il. Encore... Encore...

PAN !

La détonation fit tressauter la jeune fille. L'avion rouge plongea en piqué.

— Touché ! s'exclama Kira.

— Non, répondirent Jack et Sabre à l'unisson.

— La balle est passée trop haut, précisa le Britannique. Je me suis précipité.

— *Il a manqué l'avion de dix centimètres*, ajouta le dragon.

— *Alors pourquoi le Baron rouge fonce-t-il vers le sol ?* voulut savoir Kira.

— *Un Allié a pris son parent pour cible. Von Richthofen vole à son secours. Je ne vais pas le lâcher. Accroche-toi.*

Et Dent-de-Sabre de s'élancer à la poursuite de l'as allemand.

— Il est devenu dingue, ou quoi ? s'époumona Jack.

— Il protège un membre de sa famille, expliqua la Fiquarienne.

— Je ne parlais pas du Baron rouge, mais du pilote qu'il a pris en chasse, rectifia l'Anglais. Regardez-le ! Il vole en zigzags ! S'il mettait les gaz et filait en ligne droite, il sèmerait son poursuivant en un clin d'œil. Son avion est plus rapide. Je ne comprends pas le but de la manœuvre.

« Sauf s'il sait qui le poursuit, se dit Kira. Difficile de garder les idées claires avec Manfred von Richthofen aux trousses. »

L'espace d'un instant, elle crut que le pilote allié allait se crasher. Il redressa à la toute dernière seconde. Il frôla la cime des arbres, louvoya entre les troncs et bondit par-dessus les haies.

Sabre descendit à son tour. Kira crut qu'elle était montée dans une machine à accélérer le temps. La perte d'altitude modifiait sa perception du paysage. Les champs et les forêts défilaient à toute allure. Le dragon gagnait du terrain.

— Pourquoi le Baron rouge ne l'achève-t-il pas ? demanda Jack. Il l'a dans sa ligne de mire !

— *Ses armes ne fonctionnent plus*, révéla Sabre à sa cavalière. *Il tente de les réparer. Il est furieux... et pas très poli. Tu n'aimerais pas ce que j'entends.*

Ils survolaient la Somme à une vitesse folle. Kira distingua les contours d'une ville, au bout du cours d'eau : Vaux-sur-Somme. Le cœur tambourinant, elle resserra ses doigts sur le pommeau de la selle. Sabre fit un bond dans les airs pour permettre à Jack de viser correctement.

— Le pilote du RE8 fonce droit vers le clocher de l'église ! beugla l'Anglais. Il ne regarde pas où il va !

— Tirez ! hurla Kira.

— Nous sommes trop loin !

— Tirez ! répéta la jeune fille, les yeux braqués sur leur cible.

PAN ! Jack qui fait feu. Clic-clac ! Jack qui recharge. PAN ! Jack qui tire à nouveau.

Le Baron rouge ne répliqua pas.

— Alors ? s'enquit le Britannique.

Kira transmit la question à Sabre.

— *Deux coups au but, mais à côté du moteur*, annonça le dragon.

— Recommencez ! ordonna la cavalière. Vous y êtes presque !

Soudain, un avion allié les dépassa par la gauche et cracha une pluie de balles sur le triplan rouge. Quelques-unes trouèrent la carlingue, sans causer trop de dégâts. Von Richthofen fit un virage serré à droite et repartit vers le nord-ouest, en direction des collines de Morlancourt. Emporté par son élan, le nouvel arrivant ne parvint pas à le suivre. Il reprit de l'altitude et fit demi-tour vers la ville. Il avait sauvé son collègue ; c'était tout ce qui importait.

— Ne laissez pas le Baron rouge s'échapper ! brailla Jack.

— *Je ne suis pas sourd*, commenta Sabre en effectuant un virage si serré que la pointe de son aile faillit toucher le sol.

Plaqués contre son dos, ses deux passagers se cramponnèrent avec énergie. Jack manqua lâcher son fusil.

Le dragon n'avait pas achevé sa courbe que des dizaines de balles sifflaient à ses oreilles. Cette fois, la menace venait du sol. Terrifiée, Kira s'aplatit contre l'échine de Sabre. Les projectiles mortels la frôlaient en hurlant. Plusieurs atteignirent le dragon au poitrail et aux pattes. D'autres lui traversèrent l'aile gauche. La jeune fille grimaça de douleur. Sabre grimpa le long de la colline. Von Richthofen comptait regagner son camp. C'était risqué. Il devait pour cela franchir les lignes antiaériennes. En bas, une véritable armée de fusils et de mitrailleuses l'attendait.

Toujours collée à l'échine de Sabre, Kira jeta un œil derrière elle. Raide comme un piquet, Jack s'apprêtait à tirer.

— Couchez-vous ! lui cria la cavalière. Vous allez vous faire toucher !

Le Britannique ne lui répondit même pas. Il caressa la détente du bout de l'index.

Sabre ne lâchait pas le Baron rouge d'une semelle. Ce dernier venait encore de changer de cap. Le dragon bifurqua vers l'est. Il était bien placé. Derrière sa cible, un peu en dessous, un peu à droite. Comme prévu. Mais trop loin. Beaucoup trop loin.

Jack tira.

PAN !

Aussitôt, l'engin du Baron rouge piqua du nez, dessina une courbe vers la droite et dégringola vers le sol. Il s'écrasa au sommet de la colline.

— Vous l'avez eu ! s'écria Kira. Je n'en crois pas mes yeux ! Et... Qui sont ces hommes, en bas ?

— Des Australiens, répondit Jack d'une voix blanche. Ils sont de notre côté.

— Alors nous avons capturé le Baron rouge ! conclut la Fiquarienne.

— *Erreur*, asséna Dent-de-Sabre en reprenant de la hauteur. *Von Richthofen a pris la balle en plein dans le dos. Il est mort.*

Chapitre vingt et un

L'explication de Jack

— Vous l'avez fait exprès ! fulmina Kira en se laissant glisser à terre. Vous aviez prévu de le tuer depuis le début, n'est-ce pas ?

Jack atterrit près d'elle avec souplesse :

— Je visais l'avion ; j'ai touché le pilote. À cette distance, rien n'était gagné. J'ai eu un coup de chance extraordinaire. Dès que j'ai vu l'appareil piquer du nez, j'ai su que le Baron rouge était blessé. Je ne suis peut-être pas fautif, d'ailleurs. Les mitrailleurs au sol étaient nombreux. Qui vous dit que c'est moi qui ai abattu von Richthofen ?

— Sabre, riposta Kira. Mon dragon est borgne, pas aveugle. Il voit des choses que l'œil humain ne peut pas détecter. Il a suivi la trajectoire de votre balle. Elle a traversé le cockpit du Baron rouge et s'est enfoncée dans son dos. Et ce n'est pas tout : Sabre lit dans les pensées. Il a senti von Richthofen s'éteindre doucement. Le Baron rouge est mort.

Jack leva le menton et contre-attaqua :

— Je ne vais pas pleurer. Il a tué un nombre incalculable d'Alliés – y compris mon équipier, l'an dernier. Il était une menace. Un aviateur hors pair, un adversaire digne de la Royal Air Force, mais une menace quand même. Il recevra les honneurs dus au vaillant adversaire qu'il a été. J'y veillerai personnellement. Personne n'oubliera le 21 avril 1918 – le jour où le Baron rouge est mort.

Kira n'en démordait pas.

— Vous lui avez tiré dans le dos, accusa-t-elle, les yeux lançant des éclairs. Vous avez abattu un homme sans défense !

— Von Richthofen ? Un homme sans défense ? ricana le Britannique. C'était un maître stratège. Aujourd'hui, il a eu un moment de faiblesse. Il a commis une erreur, et j'en ai profité. Point final. D'ailleurs, je ne sais pas ce qui lui est passé par la tête. Il a suivi sa proie à très basse altitude en territoire ennemi. Sans renforts, sans armes supplémentaires. C'était du suicide. Le Baron rouge est... *était* la prudence personnifiée. Si je ne l'avais pas tué, quelqu'un d'autre l'aurait fait.

Il s'interrompit, hors d'haleine. Les narines palpitantes, la cavalière de Sabre le dévisageait avec colère.

— Les choses ont mal tourné, admit Jack, un ton plus bas. Je suis navré. Venez. Allons rejoindre Élias. Vous avez tenu parole. À mon tour.

Kira secoua la tête et repartit vers la route en tapant du pied. Elle avait du mal à en croire ses oreilles. Elle était fatiguée. Au bord de la nausée. Elle avait participé à un meurtre. Elle, Kira, qui ne tuait que des animaux !

Une meurtrière. Voilà ce qu'elle était devenue. Prise de haut-le-cœur, elle vomit.

Quand Aurore apprit à Élias que Jack et Kira revenaient victorieux, le jeune homme eut envie de sauter de joie. Son enthousiasme ne dura pas.

— *Jack a tué le Baron rouge*, ajouta Auri, amère.

— *Kira et Sabre sont blessés ?* fit Élias, le cœur battant.

Une brève hésitation. Puis :

— *Sabre a reçu de nombreux projectiles – rien de sérieux. Quant à Kira, elle est gravement affectée par la mort du Baron rouge. Elle se sent responsable. Elle a les nerfs à fleur de peau. Fais attention.*

— *Je comprends,* répondit le jeune homme, par réflexe.

En fait, il ne comprenait pas. C'était Jack, qui avait appuyé sur la détente ! Jack, le soldat engagé dans une guerre qui durait depuis des années ! Jack, dont la balle avait atteint un homme au lieu d'une machine. Kira n'avait rien à se reprocher : la mission était un succès. Ce qui signifiait que le Britannique allait leur dévoiler la solution de l'énigme.

— *Il va tout vous dire,* lui confirma Aurore. *Jack est doué pour maintenir le suspense... Il arrive.*

Élias bondit de son siège et se rua dehors. Jack et Kira traversaient le champ, la Fiquarienne loin devant. Tous deux marchaient la tête baissée. Élias fronça les sourcils. Pourquoi Jack avait-il l'air abattu ? Il avait vaincu son pire ennemi.

Lorsque Kira pénétra dans la cour, son ami se précipita à sa rencontre et la prit dans ses bras.

— Aurore m'a tout raconté, lui chuchota-t-il à l'oreille. Ce n'est pas ta faute.

La jeune fille posa la tête sur son épaule et se mit à sangloter doucement. Élias en fut très surpris. Presque choqué. Il n'avait jamais vu Kira verser une larme. Les fiers chasseurs de Fiquare ne pleuraient jamais.

Jack poussa le portail de la cour. Il avait les yeux tristes et la voix éteinte.

— Je ne voulais pas la blesser, Élias, s'excusa-t-il. J'espère qu'elle pourra me pardonner... Entrons. Le chef doit envoyer au plus vite la nouvelle au Q.G. Dès que j'aurai fait mon rapport, je vous dirai ce que vous voulez savoir.

Il disparut à l'intérieur du bâtiment. Élias et Kira l'attendirent dans son bureau. Sitôt la porte refermée, le jeune homme se mit à tourner comme un lion en cage. Kira s'assit sur un tabouret et contempla la fenêtre, le regard vide. Elle entendit les moteurs des avions crachouiller. Une nouvelle escadrille s'apprêtait à décoller.

Les secondes devinrent des minutes. Élias commençait à avoir des doutes. Que fabriquait Jack ? Puis, une idée horrible lui traversa l'esprit : et si le pilote britannique les avait menés en bateau ?

Enfin, Jack rejoignit les deux cavaliers-dragons. Il tenait dans la main une carte pliée en quatre. Le cerveau d'Élias fonctionnait à toute vitesse. L'orbe de l'aube se trouvait-il dans ce monde ? Sinon, pourquoi apporter une carte ? Il lança un regard à Kira, qui n'avait même pas tourné la tête.

— Je dois vous transmettre les remerciements du chef, commença l'Anglais. Les généraux du Q.G. voudraient que vous nous aidiez à résoudre d'autres problèmes...

— Quoi ? l'interrompit Élias. Mais tu avais promis...

Jack leva la main.

— Laisse-moi finir, fit-il, la mine sombre. Le chef leur a dit d'aller se faire cuire un œuf.

— Vraiment ?

— Ce sont ses mots, lui certifia le pilote. Il m'a donné l'autorisation de vous aider. Entre nous, je l'aurais fait même s'il me l'avait interdit. Regardez.

Il déplia la carte à l'envers sur la table qui trônait au milieu de la pièce. Élias reconnut les lignes de symboles que son ami avait tracés à l'encre noire.

Cinq groupes de quatre, exactement. L'énigme de l'Oracle, supposa-t-il.

— J'aimerais que tu écrives le poème dans ta langue, déclara Jack. Je veux vérifier un détail.

— L'écriture n'est pas mon fort, se défendit le jeune homme. Tu ne veux pas essayer, Kira ?

La jeune fille n'avait pas quitté la fenêtre des yeux. Elle fit « non » de la tête.

— Bon. Donne-moi une plume, soupira Élias.

L'objet que lui tendit Jack n'avait rien à voir avec une plume. Le jeune homme en posa la pointe sur le parchemin blanc et traça la première lettre. L'encre sortit de l'instrument sans la moindre bavure. Stupéfait, Élias écrivit le poème bien en face de celui de Jack.

Lorsqu'il eut terminé, le pilote lui reprit la « plume » et, avec une précision d'artiste, repassa plusieurs lettres. Dix-sept, au total :

Le temps fuse, il me faut trouver un second **s***ouffle,*
*Accorde-moi l'***a***mour, fends le suaire qui m'étouffe.*
*Retrouve les quatre orbes, mets-les e***nt***re mes* **m***ains,*
La mort, tu déjoueras en **g***uérissant mon sein.*

C*ueille sous la surface ce qui porte la vie,*
*Traverse un fl***o***t de feu pour trouver l'antidote.*
*Plus d***e** *peur, plus de larmes ; l'orbe t'attend, soumis,*
*En haut de l'escalier d***u** *soleil patriote.*

Libère l'orbe noir, car la mort, c'est ma vie,
Suis les conseils des preux, mais prends garde à la lame,
Prudence est maître mot – réflexion, bonté d'âme.
Si tu sers la justice, les menteurs seront punis.

L'orbe du crépuscule gît, fort bien protégé,
Mais à la vue de tous. À toi de le trouver.
Reflet de l'au-delà, paraissant irréel,
Il patiente dans l'ombre, attend qu'on le réveille.

La vie après la mort, la mort avant la vie...
Du combat décisif, naît une autre saison.
Prends le plus grand des orbes, symbole des dragons.
Mais gare au sacrifice – du succès, c'est le prix.

— Que vois-tu ? demanda-t-il à Élias.

Le cavalier de l'aube lut et relut les cinq quatrains. La voix de l'Oracle résonnait dans sa tête à mesure qu'il déchiffrait les mots. Jack avait repassé les lettres sur les syllabes qu'avait accentuées le Dragon Fantôme. Pourtant, Élias ne comprenait toujours pas ce que cela signifiait.

— Ce sont des énigmes très complexes, expliqua le Britannique. Je n'aurais jamais pu en trouver la solution si l'Oracle n'avait pas donné un indice supplémentaire. Un indice subtil, qui ne saute aux yeux que si l'on écrit le poème. Au départ, j'ai pensé qu'il fallait mettre plusieurs syllabes bout à bout. Puis, j'ai compris que c'étaient des lettres. Celles que j'ai repassées.

Il écrivit plusieurs symboles dans sa langue :

SANGCŒURŒILŒUF

— Ça ne veut rien dire, objecta Élias.

Jack ajouta une barre oblique après les quatrième, neuvième et treizième lettres :

SANG/CŒUR/ŒIL/ŒUF

— Et comme ça ? interrogea-t-il.

— Toujours pas, lâcha le cavalier-dragon.

— Intéressant... murmura le pilote. L'enchaînement des lettres n'aurait donc un sens que dans mon monde, une fois écrit dans ma langue ? Votre Oracle commence à me donner la chair de poule...

— Qu'as-tu écrit ? s'impatienta Élias.

— Quatre mots, répondit Jack. Sang, cœur, œil et œuf.

Le jeune homme devint livide.

— Un œuf ! glapit-il. Bien sûr ! *La vie après la mort, la mort avant la vie...* Nous devons apporter un œuf de dragon à l'Oracle ! Mais comment savait-il, pour l'éclosion ? C'est impossible !

— *Rien n'est impossible, pour l'Oracle,* déclara Aurore avec dédain.

Elle paraissait agacée.

— *Il faut retourner à l'enclave des dragons de l'aube avant que le dernier œuf n'éclose !* s'exclama Élias.

— *C'est évident. L'Oracle ne nous aurait jamais confié une mission irréalisable. Je vais planifier un retour précis.*

Nous aurons un œuf. La vraie question est : l'apporterons-nous à temps au Maître des Dragons ? Je ne peux pas ouvrir deux brèches le même jour...

... « ni faire le voyage Riquamée du Sud-Orupée sans escale », acheva Élias en silence.

TOP SECRET

COMBATS AÉRIENS

Date : 21.04.18
Type de mission : spéciale
Altitude : basse
Heure : 9 h 45
Escadrille : 60

Type et n° d'avion : dragon invisible !
Matériel de guerre : fusil Lee-Enfield Mark III
Pilote : civil anonyme
Témoin/artilleur : Capt. J. Miller, détenteur de la Croix militaire
Lieu : N-O de Cerisy

Remarques sur les machines ennemies

(matériel de guerre, vitesse, etc.)

Triplan Fokker rouge

Récit

9 h 45 : décolle de la base. 10 h 00 : aperçois escadrille de 9 appareils ennemis (A.E.) voler vers Cerisy en provenance de l'est. Deux A.E. (dont un rouge) attaquent deux RE8 au-dessus de la ville, mais sont mis en fuite.

10 h 05 : deux escadrilles de Camel viennent nous prêter main-forte et engagent le combat au-dessus du Hamel. Cible (triplan rouge) arrive en piqué et prend un Camel en chasse, à basse altitude au-dessus de la Somme, jusqu'au ponton de Vaux-sur-Somme. Demande au dragon de le suivre. Loge plusieurs balles de fusil dans carlingue, sans causer de dommages apparents.

Arrive en vue du ponton. Autre Camel attaque A.E. par la gauche. Triplan rouge abandonne la poursuite et se dirige vers les collines de Morlancourt. Explosions au sol observées par mitrailleurs au sol. Effectue tir longue portée, qui atteint le pilote du triplan dans le dos. Seul témoin : le dragon. Vois le triplan rouge atterrir en vol plané au sommet de la colline. 10 h 50 : rentre à la base.

Je sais pertinemment qu'on ne m'attribuera pas la mort du Baron rouge, faute de témoins crédibles.

J. MILLER

TOP SECRET

TOP SECRET

MÉMO DE GUERRE DE L'ARMÉE BRITANNIQUE

21.04.18

Hugo

Veuillez trouver ci-joint le rapport de combat. Le Capt. Miller a décroché la timbale ! On vient de me le confirmer : le pilote du triplan rouge abattu était bien Manfred von Richthofen. Et maintenant ? Que dire à la presse ?

Le Capt. Arthur Roy Brown, un pilote de l'escadrille 209 de la Royal Air Force, a d'abord revendiqué cet exploit, pour se rétracter aussitôt. Il était à bord du Sopwith Camel venu en renfort que Miller a mentionné. J'ai bien envie de lui attribuer la mort de von Richthofen d'office. Plus vite nous aurons éclairci cette histoire, mieux ce sera. Depuis la mort du Capt. Ball, l'an dernier, la popu-

lation réclame un nouveau héros. Arthur Roy Brown me semble tout indiqué. Miller a raison : nous ne pouvons pas dire la vérité. Nous *devons* taire l'existence de ce dragon. Nous pourrions encore avoir besoin de lui.
Détail amusant : les Russes prétendent avoir abattu le Baron rouge. Selon eux, Brown a tout inventé. Voilà une bonne occasion de leur couper l'herbe sous le pied. Ça leur apprendra à être si bons au cricket !

Qu'en pensez-vous ?

Maurice

Lieutenant général Maurice Tremelayne

TOP SECRET

TOP SECRET

MÉMO DE GUERRE DE L'ARMÉE BRITANNIQUE

21.04.18

Maurice

Je viens de recevoir votre mémo sur le Capt. Miller. Génial. Dites à Brown qu'il est notre nouveau héros national. Cela remontera le moral des troupes.

Il nous faut agir sans délai, brouiller les pistes. Si quelqu'un flaire une anomalie, la presse ne nous lâchera pas.

Hugo

Maréchal Hugo Fitzpatrick

TOP SECRET

Chapitre vingt-deux

Le dernier orbe

— Non, Élias ! protesta Tarl. Il est hors de question que je demande à Radieuse de te donner un œuf ! Comment oses-tu envisager une chose pareille ? C'est monstrueux ! Impensable !

— Et si Aurore... commença Élias.

— NON ! l'interrompit l'autre cavalier de l'aube.

Son visage était un masque de colère pure. Deux fentes luisantes avaient remplacé ses yeux.

— Je t'interdis de mêler Aurore à cette histoire, feula-t-il. Si Radieuse était un être humain, lui demanderais-tu de sacrifier son bébé ? La réponse est non. Inutile d'insister.

Élias acquiesça, salua Tarl de la tête et sortit dans le corridor, Kira sur ses talons. Les deux amis marchèrent en silence jusqu'à la salle commune. La pièce avait une forme bizarre. Elle ouvrait directement dans le flanc de la montagne. La lumière du jour s'y déversait à flots. Des tentures décoraient les murs ; des fauteuils garnis de coussins invitaient à s'asseoir. Élias se laissa tomber dans l'un d'eux et enfouit le menton dans ses mains. Il ne savait plus quoi faire.

Neema lui jeta un regard de biais. Malgré son expérience, la cavalière de Quartz n'avait jamais voyagé dans l'autre monde. Elle avait vu Élias et Kira quitter l'enclave moins d'une heure auparavant. Et voilà qu'ils revenaient en prétendant s'être absentés plus de deux semaines ! Elle ne comprenait pas. Si Élias ne lui avait pas montré sa jambe guérie et si Quartz n'avait pas confirmé ce qu'ils avançaient, Neema ne les aurait jamais crus.

— L'Oracle a placé la barre très haut, pour le dernier défi, commenta Kira. Il va falloir jouer serré pour convaincre Tarl et Radieuse.

— Je vois mal comment convaincre un âne bâté, gronda Élias entre ses dents.

— Nous ne pouvons pas lui en vouloir, intervint Neema. Tarl et Radieuse préparent cette éclosion depuis plus de deux mois. C'est un instant unique dans la vie d'un cavalier-dragon. Certains ne vivent même pas assez vieux pour y assister. Peu de dragonnets atteignent l'âge adulte. Tu veux encore en réduire le nombre ? Essaie de te mettre à leur place !

— Je sais que je leur en demande beaucoup, admit Élias. Mais c'est pour une juste cause. Que pèse la mort d'un dragonnet face à celle de l'ensemble des dragons ?

— L'Oracle pense que la race des dragons va s'éteindre avec lui ? interrogea Neema.

— Oui, répliqua Kira.

— Êtes-vous sûrs qu'il dit la vérité ?

— Nos dragons affirment qu'il ne ment pas, répondit Élias sur un ton qui sonnait faux.

Car lui aussi avait des doutes.

— Et si on prenait un œuf sans demander la permission ? souffla Kira.

Neema porta les mains à sa bouche.

— Vous voulez en *voler* un ? s'indigna-t-elle. Oubliez. Radieuse vous tuerait. Et même si, par miracle, vous réussissiez, Tarl et elle écumeraient Treer pour vous le faire payer.

Élias croisa les doigts derrière sa nuque. Neema marquait un point. Il fallait songer à autre chose. Mais à quoi ?

— *Nous allons trouver*, annonça Aurore d'une voix vibrante.

— *Comment ?* gémit le jeune homme.

— *Je ne sais pas encore, mais mes sens draconiques ne m'ont jamais trompée. Fais-moi confiance.*

D'habitude, Élias s'en serait remis à elle. Mais aujourd'hui, il lui fallait du concret, pas de promesses. Que lui conseillait Aurore ? D'attendre la pleine lune sans lever le petit doigt ? Élias *devait* apporter un œuf de dragon à l'Oracle avant la date fatidique. Sinon, Kira, Poll, Nolita et lui auraient souffert pour rien. Et leurs dragons aussi.

— *J'aimerais partager ton optimisme,* grinça-t-il. *Si tu as une idée, je suis tout ouïe.*

Les minutes s'écoulèrent sans que personne prononce une parole. Enfin, Neema annonça qu'elle allait rejoindre Tarl dans l'aire d'éclosion. Une belle excuse pour échapper au silence, qui les mettait tous mal à l'aise.

À peine Neema partie, Kira revint à la charge :

— Nous n'avons pas besoin d'elle. Allons chaparder cet œuf et filons d'ici !

— Mauvaise idée, contra Élias. Auri me conseille d'être patient. Elle dit que nous allons trouver une solution.

— Ah oui ? Laquelle ?

— Je crois qu'elle attend l'inspiration, supposa le jeune homme. Une idée soufflée par l'Oracle. Apparemment, le Maître des Dragons voit l'avenir. Peut-être enverra-t-il à Auri une vision qui nous indiquera la marche à suivre ? Comme le destin nous a poussés vers Jack ?

— Ton raisonnement est un peu tiré par les cheveux, marmonna Kira.

— Va donc dire ça à Auri ! rétorqua Élias avec un sourire sans joie.

La Fiquarienne gloussa, puis partit d'un rire irrésistible, chaleureux et communicatif. Dix secondes plus tard, Élias se joignit à elle. Il partit d'un fou rire nerveux qui l'obligea à se tenir les côtes.

Quand il se calma, ses épaules n'étaient plus nouées. Sa frustration n'avait pas disparu, mais la situation lui semblait moins désespérée. On affirmait que rire était excellent pour la santé. C'était vrai. Obnubilé par le danger, Élias n'avait pas ri depuis une éternité. Il se promit de recommencer aussi souvent que possible.

Il s'essuya les yeux.

— Imagine la tête de Sabre si tu lui disais que sa logique est bancale ! Peut-être que nous devrions faire descendre nos dragons de leur piédestal, de temps en temps...

— *Mes sens draconiques ne sont pas bancals*, coupa Aurore sur le ton de la conversation.

— Auri vient de me remettre en place, expliqua Élias. Elle n'a pas apprécié qu'on se moque d'elle.

Kira s'esclaffa.

— Tu as de la chance qu'elle t'adresse encore la parole ! Sabre m'aurait fait la tête pendant plus d'un mois.

Le jeune homme se dirigea vers le bord de la falaise et embrassa le paysage du regard. Une jungle luxuriante s'étendait en contrebas. Il faisait déjà chaud et humide, malgré l'heure matinale. Des nuages de vapeur s'élevaient de l'épaisse canopée. Sous ce voile de brume blanchâtre, la forêt tropicale prenait des allures magiques.

Élias préférait cette enclave aux deux autres. Et de loin. Celle des dragons du jour, au cœur des volcans de Fiquare, était impressionnante. Celle des dragons de la nuit, dans le dédale de souterrains iséens, spectaculaire. Mais ici, il se sentait chez lui. Comme dans un cocon. C'était un lieu unique et privilégié.

La journée passa au ralenti. Élias se sentait tour à tour frustré, détendu, en colère. D'autres dragonnets naquirent.

Au coucher du soleil, le cavalier demanda à Aurore :

— *Combien reste-t-il d'œufs ?*

— *Quatre,* répondit le dragon doré. *Dont deux sur le point d'éclore.*

— *Que disent tes sens draconiques ?*

— *Rien pour l'instant. Sois patient.*

— *Sois patient, sois patient !* s'énerva le jeune homme. *Le temps nous file entre les doigts ! Il n'y aura pas de miracle, Auri ! Il faut agir, sinon tout est perdu.*

— *Mais nous agissons,* rétorqua Aurore avec suffisance. *Nous attendons. Ne sous-estime pas le pouvoir de la patience. Patience est mère de...*

— *... de sûreté ! Je sais !* explosa Élias. *On dirait mon père ! « Tout vient à point à qui sait attendre, et gnagnagna ! »*

Il se frappa la cuisse du poing. L'onde de douleur lui remonta jusque dans les reins et lui coupa le souffle.

— *Qu'iras-tu dire à l'Oracle quand tous les œufs auront éclos ? Qu'il faut apprendre la patience ?*

— *J'aimerais que tu me parles sur un autre ton, jeune*

homme, le gourmanda le dragon femelle. *Si j'étais ton père, tu aurais déjà reçu une correction. Un peu de respect pour tes aînés. Je te rappelle que c'est de ma raison de vivre qu'il s'agit. J'attends cet instant depuis des siècles. Je m'y suis préparée toute ma vie. J'ai affûté mon instinct. Perfectionné mes aptitudes. Si mon instinct me dicte de prendre mon mal en patience, je prendrai mon mal en patience. Est-ce bien clair ?*

À cet instant, Neema fit irruption dans la pièce.

— Élias ! Kira ! Venez voir ! Viiite !

— *Qu'est-ce que je disais ?* s'exclama Auri avec un reniflement de mépris. *Le voilà, mon miracle. Tu ne ressens rien d'anormal, Élias ? Aucun picotement dans la nuque ?*

— Dépêchez-vous ! insistait Neema, surexcitée. Il s'est passé quelque chose dans l'aire d'éclosion !

Les deux cavaliers-dragons suivirent Neema au pas de course et entrèrent en trombe dans la grotte où Radieuse avait pondu ses œufs. Tarl se tenait sur le seuil, pétrifié, les yeux écarquillés. Élias suivit son regard...

... et crut que son cœur allait cesser de battre.

En plein milieu de la caverne, il y avait un piédestal métallique, en tout point identique aux trois premiers.

— D'où sort-il ? chuchota Kira.

— De terre, répondit Neema sur le même ton. Il a poussé sur le sol de pierre comme une fleur au printemps !

— *Je te dois des excuses, Auri*, dit Élias.

— *Excuses acceptées*, répliqua le dragon doré d'une voix cordiale.

— *Que fait-on, maintenant ?*

— *On attend, bien sûr*, déclara Aurore.

Bien sûr. À présent, Élias croyait sa partenaire sur parole. Alors, il rongea son frein. Observa deux bébés dragons briser leur coquille à une seconde d'intervalle. Écouta les nouveau-nés émettre des cris suraigus. Les regarda tituber l'un vers l'autre et se mordiller, comme si l'un était responsable de la naissance de l'autre.

Plus que deux œufs, dont un oscillait déjà.

Le dernier était immobile, au milieu des coquilles brisées.

— Il est plus petit que les autres, murmura Kira à l'oreille d'Élias. Tu crois que...

Oui. Ce dragonnet était mort dans son œuf. « La mort avant la vie », avait dit l'Oracle.

— Ce n'est pas possible, souffla le jeune homme. Ça ne peut pas être aussi simple...

Nolita avait donné son sang. Dépeceur, son cœur. Dent-de-Sabre, son œil. Élias allait-il se contenter de ramasser cet œuf et de le mettre sur le piédestal ? Ce n'était pas juste.

Le jeune homme avança d'un pas. Il n'était pas entré dans la grotte que Radieuse braquait sur lui un regard acéré. Le corps du dragon s'illumina d'une lueur dorée. C'était un avertissement. Élias sentit une main puissante s'abattre sur son épaule.

— Stop ! lui ordonna Tarl, d'une voix dénuée de colère. Radieuse ne te laissera pas entrer. Elle te tuera à l'instant où tu poseras le pied dans l'aire d'éclosion.

— Alors comment vais-je faire pour placer cet œuf sur le piédestal ? protesta Élias. Je dois entrer ! Il y va de la vie de l'Oracle !

— Radieuse s'en moque, riposta le cavalier. Attends au moins l'éclosion de l'avant-dernier œuf. Ma partenaire n'est pas dans son état normal ; les naissances la rendent nerveuse. Elle refuse même de me laisser entrer. Elle a détecté une anomalie concernant le dernier œuf, mais accorde-lui encore un peu de temps. Je n'ai pas envie qu'il t'arrive malheur.

Élias recula d'un pas.

— J'attendrai que ce dragonnet éclose, concéda-t-il. Ensuite, j'entrerai dans la grotte. Si le piédestal disparaît, je ne me le pardonnerai jamais.

Le bébé dragon sortit de sa coquille trois minutes plus tard. Il jaillit de son œuf en poussant un cri perçant et se rua vers les morceaux de viande que lui avaient laissés ses frères et sœurs.

Le dernier œuf ne bougeait toujours pas. Radieuse posa la joue sur la surface lisse. Elle resta ainsi un long moment, puis elle se redressa. Au ralenti, comme si se relever lui était douloureux. Élias interrogea Tarl du regard. Une douce tristesse se lisait sur son visage.

— Elle a compris, murmura le cavalier de l'enclave.

À ces mots, le dragon femelle ouvrit la gueule et lâcha un cri déchirant. Tel un raz-de-marée, le hurlement emplit la grotte et se déversa dans les tunnels de l'enclave, jusque dans la vallée. Les habitants du village voisin, à deux lieues de là, se figèrent. C'était un cri d'angoisse et de chagrin. Le cri d'une mère qui vient de perdre son enfant. Le genre de cri qu'on pousse face au malheur et à l'injustice.

Élias appela Aurore à la rescousse :

— *Vite ! Dis-lui que son petit ne sera pas mort en vain ! Qu'il va contribuer à la renaissance des dragons – l'espèce la plus fabuleuse du monde ! Que son œuf va devenir le plus grand de tous les dragons ! Dis-le-lui ! Je vais entrer !*

— *Radieuse n'écoute pas*, l'avertit Auri. *Elle a fermé son esprit. Je ne sais pas ce qu'elle a en tête. Fais attention.*

— *Essaie encore !* insista le jeune homme en avançant dans la caverne.

— Élias ! siffla Tarl. Ne fais pas l'idiot ! Reviens !

Élias fit un autre pas en avant. Radieuse lui lança un regard fulgurant. Sans cesser de hurler à la mort, elle leva la tête, qui se mit à osciller de gauche à droite au bout de son long cou, tel un serpent prêt à frapper. Son cri enflait et désenflait comme une vague infinie. Élias posa le pied gauche devant le droit. Puis le droit devant le gauche. Lentement. Sans quitter le dragon des yeux.

— Je ne vais pas lui faire de mal, murmura-t-il, le regard fixe. Tes petits sont magnifiques. Laisse-moi aider ton dernier bébé à accomplir son destin.

Surtout, ne pas se déconcentrer. Ne pas tourner la tête. Mais qu'est-ce qui bougeait, là-bas, à la périphérie de son regard ? Élias jeta un coup d'œil furtif. Le dernier dragonnet avait fini de gober les morceaux de viande. Le pas hésitant, il se dirigeait vers ses frères et sœurs, qui dormaient les uns sur les autres.

Élias n'aurait jamais dû regarder les bébés de Radieuse. Le dragon femelle prit cela pour une agression.

— ATTENTION ! s'écria Kira.

— *ATTENTION !* hurla Aurore au même instant.

Radieuse bondit, la gueule béante. Élias roula au sol, évita le coup de crocs de justesse, se releva et se mit à courir en zigzags. Quelques dragonnets se réveillèrent et émirent des sifflements de rage.

Radieuse fit pivoter sa tête. Elle comptait écraser l'intrus contre le mur.

— DERRIÈRE TOI ! s'exclama Kira.

Avertissement inutile. Le cavalier avait anticipé l'attaque. Il s'aplatit au sol, rampa vers la gauche en s'égratignant le ventre, les coudes et les cuisses sur la pierre rugueuse. Le dragon de l'aube manqua sa cible d'un cheveu. Élias sentit un courant d'air l'ébouriffer. La joue de Radieuse heurta la paroi de la grotte avec un bruit mat. Elle poussa un rugissement de douleur et de colère.

Le jeune homme se releva et fila droit vers son attaquante. Il entendait Aurore tenter de raisonner sa congénère. Mais Radieuse refusait d'écouter. C'était *son* œuf. Le fruit d'un dur labeur et d'une longue attente. Elle n'allait pas capituler. Elle redressa la tête une nouvelle fois.

Élias se jeta sur l'œuf et lui fit un rempart de son corps. Ses bras se lovèrent autour de la coquille marbrée. Il ferma les yeux, serra les dents, contracta les muscles...

... mais le coup ne vint pas. La tête de Radieuse s'arrêta à quelques centimètres de son dos. Le cavalier sentit son souffle chaud et humide lui caresser les omoplates. Il avait joué son va-tout. Et il avait gagné. Radieuse ne voulait pas faire de mal à son œuf. Même si elle savait que le dragonnet à l'intérieur ne vivait plus depuis longtemps.

Élias entrouvrit l'œil gauche, tourna légèrement la tête... et crut qu'il allait s'évanouir de frayeur. Il avait le visage coincé entre deux rangées de dents gigantesques. L'énorme langue fourchue commençait à s'enrouler autour de ses jambes. Le jeune homme s'accrocha à l'œuf avec fermeté.

— Si tu t'imagines que je vais le lâcher, tu te fourres la griffe dans l'œil ! grommela-t-il.

Soudain, la voix de Tarl retentit derrière lui :

— Pas un geste, Élias ! Radieuse, écoute-moi ! Écoute-moi ! Regarde ce piédestal ! Il n'attend qu'une chose : ton œuf. Ton œuf, dont le destin est de soigner l'Oracle ! Que peut-on rêver de mieux ? Je t'en prie, laisse Élias le poser sur son socle ! Ainsi, ton petit ne sera pas mort pour rien...

Lentement, la langue se déroula et les mâchoires reculèrent. Élias poussa un soupir de soulagement. Puis le vertige et la nausée vinrent aussitôt remplacer la peur. Un peu plus, et il finissait ses jours dans l'estomac d'un dragon. Il regarda la tête monstrueuse s'éloigner et s'élever vers le plafond de la grotte.

Il lâcha l'œuf et se redressa.

— Pas encore ! s'exclama Tarl. Att...

Trop tard. Radieuse frappa à la vitesse de l'éclair. Élias ne fut pas assez rapide. Il se baissa, tordit le bassin, mais, tel un taureau qui charge, la mâchoire du dragon lui percuta le flanc droit de plein fouet. Le cavalier vola dans la grotte et atterrit à un mètre du piédestal. Il se rua derrière le socle de métal.

Radieuse avait perdu la tête. Elle avait envoyé Tarl bouler de l'autre côté de la caverne. Et elle cherchait Élias des yeux. Élias, la cause de tous ses problèmes, la source de sa fureur.

Le jeune homme se recroquevilla derrière le piédestal. Le premier coup lui avait coupé le souffle et endolori le bras droit. Radieuse balança le cou à gauche, à droite, et s'immobilisa. Elle avait repéré sa proie. Elle décocha un formidable coup de tête dans le socle. Il y eut un craquement effroyable. Le dragon femelle se figea. Élias vit la gueule garnie de crocs et l'œil gauche doré, luisant, s'arrêter à dix centimètres de sa joue. Radieuse recula en poussant un nouveau cri de douleur. Une canine gigantesque tomba sur le sol, aussitôt suivie par un filet de sang noirâtre. Le piédestal n'avait pas bougé d'un pouce.

Le dragon de l'aube frappa encore. Élias esquivait les coups en se servant du socle comme bouclier. Le corps de Radieuse étincelait de fureur. L'éclat gagnait en puissance, enflant au rythme de sa colère. Élias se prépara au pire. Comme Aurore, Radieuse possédait le pouvoir de l'aube. Le pouvoir de la lumière intérieure. Si elle l'utilisait, elle aveuglerait sa proie. Mais la chance était du côté d'Élias. Emportée par sa hargne, la mère des dragonnets ne songeait qu'à tout détruire.

Tout le monde criait. Tarl beuglait des ordres à son dragon. Neema et Kira, des avertissements. Sabre et Aurore accouraient en rugissant. Seul Élias, trop occupé à rester en vie, gardait le silence.

Et soudain, Radieuse s'immobilisa. Sous ses écailles, la lueur diminua. Le dragon recula lentement et s'allongea entre Élias et sa progéniture. Plusieurs dragonnets, réveillés par le vacarme, braillaient à perdre haleine. Le dragon de l'aube considéra Élias d'un œil suspicieux. Sa longue langue fourchue lécha ses babines ensanglantées.

Sans quitter Radieuse des yeux, Élias interpella Tarl :

— Je peux prendre l'œuf, maintenant ?

— Attends encore un peu, lui conseilla le cavalier. Radieuse ne sait plus où elle en est. Le lien est comme... emmêlé, mais je crois avoir réussi à la calmer.

Ne bouge pas. J'arrive. Si nous nous emparons de l'œuf tous les deux, Radieuse devrait nous laisser faire.

Toujours accroupi, Élias observa Tarl traverser la caverne à pas comptés. Les deux cavaliers de l'aube se dirigèrent ensemble vers l'œuf. Radieuse ronronnait doucement, sans les quitter des yeux. De douleur ou de chagrin ? Élias n'aurait su le dire.

L'œuf était lourd et très gros. Élias avait le bras et les côtes contusionnés. Les deux jeunes gens eurent du mal à le soulever. Haletant, ils le hissèrent au sommet du piédestal. Dès qu'il toucha le socle, l'œuf parut comme aimanté au métal. La substance résineuse et transparente – la même qui avait recouvert et comprimé le cœur de Dépeceur et l'œil de Sabre – jaillit aussitôt du piédestal et enveloppa l'œuf de dragon.

Et l'œuf se mit à rétrécir, jusqu'à devenir une boule d'or scintillante pas plus grosse qu'un pamplemousse. Un globe de la même taille que l'orbe du sang, l'orbe de la mort et l'orbe de la vision.

Élias compta jusqu'à trois et tendit la main, anxieux. Qu'allait-il découvrir ? Quels étaient les pouvoirs de l'orbe de l'aube ? Sa main hésitait. Son bras tremblait. Enfin, il inspira un grand coup et posa les paumes sur la sphère luisante.

Une vague d'énergie traversa son corps.

— Ça alors ! s'exclama-t-il. Ça alors !...

Chapitre vingt-trois

Porté disparu

La lumière grise qui précède l'aube. Un bourdonnement familier. Une machine volante approchait.

— *C'est Jack ?* s'étonna Élias.

— *Oui*, lui confirma Auri.

Par prudence, Aurore et Sabre avaient atterri dans une zone calme, loin des champs de bataille. Élias avait consenti à repasser par l'autre monde uniquement pour gagner du temps.

— *Qu'est-ce qu'il fait ici ?* renchérit le jeune homme. *Je pensais ne plus jamais le revoir. Comment a-t-il deviné notre présence ?*

— *Je crois qu'il a développé une espèce de sixième sens*, répondit Auri, circonspecte. *Un lien invisible nous unit à lui. Jack sait que les dragons lisent dans les pensées. Il m'envoie un message : il compte nous accompagner sur Treer.*

— *Pour quoi faire ?*

— *Il pense pouvoir nous aider à vaincre Ségun.*

— *Sa machine volante va-t-elle passer dans la brèche ?* s'inquiéta Élias.

— *Évidemment*, répliqua le dragon doré. *Mais elle ne fera pas le poids face aux dragons de la nuit.*

— *Nous devrions essayer de le dissuader*, proposa le cavalier.

— *Inutile. Il ne reviendra pas sur sa décision.*

Le jeune homme protesta :

— *Si notre mission échoue, Jack ne pourra plus jamais rentrer chez lui !*

— *Il en est parfaitement conscient. L'Oracle a voulu que cet homme prenne part à la Grande Quête, et Jack n'a pas fini de jouer son rôle. Nous devons accepter son aide, si dérisoire soit-elle.*

— *Kira ne va pas aimer*, insista Élias. *Depuis l'épisode du Baron rouge, elle n'a plus confiance en lui.*

— *Ce n'est pas à elle de décider*, objecta Aurore. *C'est notre mission. La tienne et la mienne. Emmenons Jack avec nous. J'ai l'intuition que c'est son destin.*

Le cavalier ne put s'empêcher de sourire :

— *Si ton intuition est aussi précise que pour l'œuf de dragon, je te suis les yeux fermés... L'aube approche. Décollons.*

— *D'habitude, c'est moi qui annonce l'arrivée de l'aube*, plaisanta Auri. *Si ça continue, d'ici peu tu auras des sens draconiques.*

Élias ne souriait plus. Aurore avait parlé sur un ton léger, mais il soupçonnait qu'elle pensait ce qu'elle disait. Le jeune homme était perplexe : un être humain pouvait-il avoir des sens draconiques ? Auri le laissa dans le flou. Elle se tourna vers la prairie et se prépara à s'envoler.

Élias regarda Kira. La jeune fille désignait l'avion avec frénésie. Elle avait l'air très en colère. Le Fiquarien choisit de jouer les innocents. Il lui fit un signe de la main et leva les pouces. Kira crut que son ami n'avait rien compris. Elle le prenait pour un naïf. Au lieu de s'en offusquer, Élias tournait la situation à son avantage.

Aurore s'élança dans le pré. Accélération maximale. Le champ était étroit et bordé de hautes haies. Le ventre du dragon frôla les lauriers ; Élias retint sa respiration ; Auri s'éloigna dans le ciel, Sabre dans son sillage.

L'avion de Jack décrivait une courbe au-dessus d'eux. Le Britannique les attendait, les yeux braqués sur la portion de ciel qui s'étendait devant les dragons.

— Il est malin, marmonna Élias. Il a deviné où Auri allait ouvrir la brèche. Il plongera dans le tourbillon avant que nous puissions l'arrêter.

— *Il n'y parviendra que si je le lui permets*, rectifia Aurore avec suffisance. *J'admets pourtant que sa détermination est admirable. Allons-y... Et espérons qu'Ombre et Vulcain seront au rendez-vous.*

Élias sentit la vague d'énergie affluer dans sa poitrine. L'aube arrivait, puissante et magnifique. Aurore s'abreuva de son pouvoir. Aussitôt, le vertige s'empara d'Élias. Il crut qu'il gonflait, gonflait, gonflait... à en éclater. L'onde d'énergie se déversa dans le ciel, et la brèche apparut. À présent, Élias n'avait même plus besoin de voir le vortex. Chaque fibre de son corps lui indiquait son emplacement.

Sabre doubla Aurore et s'enfonça dans le tourbillon de nuages gris. La seconde d'après, la machine volante de Jack plongeait vers le disque tournoyant. Le vent faisait siffler les câbles métalliques de son engin qui volait à plein régime. Le pilote ne comptait pas se laisser distancer. Élias sentit les gaz d'échappement chauds et nauséabonds lui effleurer le visage. Et puis, il disparut à son tour dans la brèche. Corps tordu. Sensation d'apesanteur. Impression de flotter entre deux mondes pour l'éternité.

Lorsqu'il en ressortit, l'après-midi touchait à sa fin. Il faisait bon. C'était encore l'été, en Orupée du Sud. L'appareil de Jack oscillait devant lui. À l'évidence, le pilote avait été secoué.

— *Il s'en sort ?* demanda le Fiquarien.

— *Oui*, le rassura Auri. *Le voyage est toujours un peu pénible, la première fois. Posons-nous. Laissons-lui le temps de recouvrer ses esprits.*

Élias fronça les sourcils. Aurore était inquiète.

— *Un problème ?* interrogea-t-il.

— *Ombre et Vulcain ne sont pas là*, confessa le dragon femelle. *Ni les renforts attendus...*

— *Combien de temps nous reste-t-il avant la pleine lune ?*

La réponse d'Auri tomba comme un couperet :

— *Vingt-quatre heures. Demain soir, il sera trop tard.*

Élias s'efforça de rester optimiste. Tout n'était pas perdu... pas encore.

Les dragons descendirent en cercles concentriques et se posèrent dans un pré, à bonne distance des montagnes. Ici, Ségun et ses hommes ne les verraient pas.

Sabre et Aurore s'arrêtèrent sur la rive ouest du lac. Élias et Kira s'empressèrent de mettre pied à terre. Jack amorçait l'atterrissage avec précaution.

— Qu'est-ce qu'il fiche ici ? s'emporta Kira.

— C'est lui qui a insisté pour venir, répondit Élias.

— Tu aurais dû l'en empêcher !

— Auri pense qu'il a encore un rôle à jouer dans notre quête, expliqua le Fiquarien. Ses sens draconiques sont formels.

— N'importe quoi ! gronda la chasseuse.

— J'ai appris à suivre son intuition, rétorqua Élias. Je pensais qu'elle avait tort, pour l'œuf de dragon. Je me suis trompé. Je ne commettrai pas deux fois la même erreur.

Kira croisa les bras et serra les mâchoires.

L'avion de Jack s'immobilisa bruyamment à quelques mètres d'elle. Le moteur toussa, cracha et se tut. En trois secondes, le pilote avait détaché son harnais et jailli du cockpit. Il accourut à la rencontre des deux jeunes gens.

— Ohé ! s'exclama-t-il, les yeux étincelants. Merci de m'avoir laissé venir ! J'ai du mal à en croire mes yeux ! Cet endroit est si... spectaculaire ! Les couleurs sont si vives ! Bon, c'est vrai, quand je suis entré dans la brèche, j'ai un peu paniqué. J'ai cru que j'allais y rester coincé. C'est une expérience que je ne renouvellerai pas de sitôt.

Il balaya le ciel du regard et ajouta :

— Il n'y a pas beaucoup de dragons...

— Vous vous attendiez à quoi ? aboya Kira. À une volière ? Je vous avais dit que les dragons étaient rares...

— Je ne mets pas votre parole en doute, se hâta de préciser Jack. Votre monde est tellement différent ! L'air y est plus frais, plus pur. Les paysages sont plus beaux. Il y règne une atmosphère de paix.

L'homme tournait la tête dans tous les sens, comme pour s'imprégner de chaque détail.

— Pourquoi es-tu là, Jack ? finit par demander Élias. Comment nous as-tu trouvés ? Nous sommes restés très discrets...

— Je vous ai... sentis arriver, répondit le pilote. J'ai su que vous étiez revenus à l'instant où vous avez franchi la brèche. Au début, j'ai cru que je me faisais des idées. Et puis, il y a eu ce rêve, dans lequel je vous ai vus atterrir, dresser le camp, allumer un feu. Et j'ai compris que je devais vous rejoindre. Comment ? Pourquoi ? Je l'ignore. J'ai juste... suivi mon instinct.

— Tu ne pourras peut-être jamais rentrer chez toi, souligna Élias.

Le Britannique répliqua avec un sourire triste :

— Depuis trois ans, je me réveille chaque matin

en me disant que c'est le dernier. J'ai perdu tant d'amis que je ne les compte même plus. Que je meure ici ou là-bas, quelle importance ?

— Mais votre famille... commença Kira.

— On lui dira que je suis porté disparu, l'interrompit Jack. Peut-être qu'à mon retour la guerre sera finie ? Qui sait ?

— Tu as fui une guerre pour une autre, déclara Élias. Si nous ne donnons pas les deux derniers orbes à l'Oracle avant demain soir, notre mission échouera. Nos chances de réussite sont très minces. Nous attendions des renforts qui ne sont pas là. Nous allons devoir nous battre. Et nous ignorons même le nombre de nos adversaires.

— Si j'effectuais un vol de reconnaissance ? proposa Jack.

— Pas la peine, grogna Kira. Je vais utiliser l'orbe de la vision.

— Trois cents... murmurait Élias pour la troisième fois. Il y a plus de trois cents dragons de la nuit... Comment allons-nous entrer dans la caverne de l'Oracle ?

Assis à ses côtés sur la rive du lac, Kira et Jack ne bronchaient pas. Les trois amis affichaient une mine sombre. La situation semblait désespérée. Le jeune homme ramassa une pierre plate et la jeta dans l'eau. Le caillou ricocha cinq fois sur la surface lisse avant de s'enfoncer dans le lac. Élias prit une autre pierre et la fit tourner entre ses doigts.

— Il faudrait créer une diversion, suggéra Jack.

— Tiens ! On dirait Poll ! cracha Kira. Sauf que lui espérait détourner l'attention de cinquante dragons noirs. Comment voulez-vous tromper la vigilance de trois cents sentinelles ? Quoi que nous fassions, Ségun trouvera une parade. Ses dragons sont partout.

— Il nous faudrait une armée... marmonna Élias.

— *Il suffisait de demander*, intervint Auri.

Le cavalier de l'aube releva la tête et se tourna vers Kira. La jeune fille paraissait ravie et stupéfaite. Sabre venait de lui transmettre le même message.

Jack fixait l'horizon, la mâchoire pendante.

— Je retire ce que j'ai dit, murmura-t-il, les yeux écarquillés. Treer REGORGE de dragons !

Élias brandit un poing victorieux vers le ciel.

— Ils ont réussi ! s'exclama-t-il. Poll et Nolita ont réussi !

Une nuée de dragons bleus arrivait par le sud. Et à sa tête, il y avait Ombre, lame noire dans un océan d'azur. Le dragon de Poll entama un virage, effleura la surface du lac, frôla les têtes des trois amis, qui se baissèrent par réflexe, et atterrit juste derrière eux. Vulcain l'imita, puis un autre dragon du jour.

Et soudain, une multitude de dragons bleus fleurirent dans le pré. D'abord dix, puis vingt, puis cent. Élias essaya de les compter – et abandonna vite.

Il éclata de rire, enlaça Kira et l'entraîna dans une danse endiablée. Il ne pouvait plus s'arrêter de rire. Il en avait mal aux joues. Enfin ! Enfin, la chance tournait !

Élias et Kira se ruèrent à la rencontre de Poll et de Nolita. Les quatre cavaliers s'embrassèrent, y compris Poll et Kira. Cette dernière en fut la première surprise. Jack et Barnabas restèrent un peu en retrait. Les quatre amis avaient besoin de se retrouver. Cet instant leur appartenait.

— Tu as l'œuf ? demanda Poll à Élias.

Le Fiquarien était abasourdi :

— Comment as-tu deviné ?

— Barnabas a résolu l'énigme, avoua le cavalier de la nuit. Du premier au dernier quatrain. Il m'a impressionné.

— Ce sont vous, mes enfants, qui avez accompli des prouesses ! s'écria Barnabas en posant la main sur l'épaule de Nolita. Et cette jeune fille est peut-être la plus méritante...

— Vous pouvez préciser ? interrogea Kira, les sourcils froncés.

— Un cavalier de la nuit doit avoir beaucoup de courage pour oser pénétrer seul dans l'enclave des dragons du jour... commença le vieil homme.

Élias décocha à Poll un regard fulgurant.

— Tu as laissé Nolita seule ? rugit-il.

— Ce n'était pas sa faute, intervint la jeune fille blonde d'une voix douce. Des dragons de la nuit nous avaient pris en chasse. Nous avons dû nous séparer.

— Continue, l'encouragea Kira.

— Vulcain m'a beaucoup aidée, poursuivit Nolita. J'ai cru que je n'y arriverais pas, mais...

— ... mais Nolita est pleine de ressources, acheva Barnabas.

Il jeta un regard étonné vers l'avion et considéra Jack.

— Quel est donc cet étrange appareil ? Est-ce à vous, jeune homme ?

Le pilote tendit la main :

— C'est un avion... une machine volante. Je m'appelle Jack. Jack Miller.

Le vieillard lui serra la main et enchaîna :

— Vous voulez dire que cet engin vole ?

— Presque aussi bien que vos dragons, lui confirma le Britannique.

Élias s'écria :

— Plus tard, les explications ! Plus de trois cents dragons de la nuit nous attendent devant la grotte de l'Oracle. Combien de dragons bleus avez-vous emmenés, Barnabas ?

— Environ cent soixante. Juste de quoi détourner l'attention de Ségun. Pas assez pour engager la bataille.

— Sauf si vous me laissez vous exposer mon plan, intervint Jack. Je ne pense pas que Ségun connaisse les tactiques de combat de la Royal Air Force...

Chapitre vingt-quatre

Tactiques d'un autre monde

Au coucher du soleil, une brèche se forma au-dessus du lac. Quatre dragons du crépuscule surgirent en formation serrée. D'abord étonnés, les cavaliers du jour laissèrent exploser leur joie. Huit autres dragons gris émergèrent du tourbillon, suivis par un dragon de l'aube tout tremblant.

— Quartz ! s'exclama Élias en observant la créature dorée se poser sur la rive. Il peut se vanter d'avoir réussi un exploit ! Auri est épuisée quand elle ouvre une brèche pour trois, et Quartz a fait passer treize dragons !

— Voilà des renforts qui arrivent à point nommé, commenta Barnabas. (Il se tourna vers Jack et ajouta avec malice :) Douze dragons invisibles, ça vous tente ?

Le pilote sourit jusqu'aux oreilles. Ses yeux s'illuminèrent.

— J'espère que Ségun a de quoi soulager les maux

de crâne, railla-t-il. Pourriez-vous rassembler les cavaliers ? J'aimerais leur expliquer mon plan. Ainsi, ils auront la nuit entière pour y réfléchir. Demain matin, nous nous réunirons pour un rapide débriefing. Je répondrai aux questions et j'écouterai les propositions.

Barnabas lui lança un regard admiratif.

— Je comprends pourquoi l'Oracle vous a fait venir ici, Jack Miller, chuchota-t-il, un sourire aux lèvres. Chevaucherez-vous Âprecorne avec moi, demain ?

— Ce serait un honneur, monsieur.

— Les éclaireurs viennent d'achever leur rapport, Seigneur, annonça un cavalier de la nuit. Ils signalent une arrivée massive de dragons par le sud.

Ségun mordit dans une miche de pain et haussa un sourcil.

— Je croyais que nous étions presque au complet, marmonna-t-il, la bouche pleine.

Le cavalier dansa d'un pied sur l'autre et précisa :

— Euh... Ce sont des dragons du jour, Seigneur... La patrouille en a dénombré plus de cent.

Ségun, soudain tendu, cessa de mâcher, le temps de digérer l'information. Quand il se remit à mastiquer, il décontracta les épaules. Il s'était levé avant l'aube, dans l'attente d'une ruse, d'une escarmouche, d'une perfidie. Or, Poll et ses équipiers n'avaient rien tenté. Ségun était presque déçu... jusqu'à cet instant.

— Ah ! grinça-t-il. Barnabas, espèce de vieux fou ! Tu n'as jamais pu t'empêcher de fourrer ton nez dans les affaires des autres, hein ? Cette fois, tu vas trop loin.

Le cavalier attendait, mal à l'aise, les yeux rivés au sol.

— La patrouille n'a repéré que des dragons du jour ? s'enquit le chef de l'enclave.

— En effet. Mais les éclaireurs n'ont pas osé trop s'approcher. Peut-être y a-t-il davantage de dragons. Dès qu'ils ont vu les bleus arriver, ils sont revenus à toute vitesse.

— En d'autres termes, ils se sont enfuis ? siffla Ségun, les yeux étrécis par la colère.

— Euh... Oui, Seigneur.

Ségun jeta le quignon de pain dans le feu et se leva d'un bond. Le messager se raidit. Ségun était réputé pour ses accès de rage. Il détestait les mauvaises nouvelles. Et, par-dessus tout, il détestait les lâches. Mieux valait subir sa fureur que détaler comme un lapin. Chaque jour, les messagers tiraient à la courte paille. Le perdant faisait toujours son rapport à Ségun à ses risques et périls.

Ce jour-là, cependant, Ségun était d'humeur enjouée. Il secoua la tête d'un air désabusé, prit son manteau noir et le jeta sur ses épaules.

— Nous sommes prêts à les recevoir ! grommela-t-il. Va dire aux hommes de monter en selle et aux sentinelles qui surveillent la grotte de l'Oracle d'ouvrir l'œil. Personne ne doit entrer dans la caverne. Même après le coucher du soleil. Tu m'entends ? Personne !

— À vos ordres, Seigneur.

— C'est aujourd'hui que tout se joue, poursuivit Ségun d'une voix vibrante, et les dragons de la nuit vont triompher. Ainsi s'achèvera la tyrannie de l'Oracle... Les dragons du jour vont livrer leur dernière bataille. Nous allons gagner. Fais passer le message.

— Bien, Seigneur.

Le cavalier-dragon s'éloigna à petites foulées, trop heureux de s'en tirer à si bon compte. Le chef de l'enclave l'observa s'envoler, un sourire satisfait aux lèvres. Puis, il appela son dragon :

— *En route, Titan ! Allons combattre tes frères et sœurs ! Tu es prête ?*

— *Prête ?* répéta l'immense dragon femelle. *J'ai attendu ce moment toute ma vie ! Grimpe sur mon dos, Ségun, et allons poser la première pierre de l'Ère des Dragons !*

— Les voilà ! cria Barnabas. Droit devant !

Accroché à la taille du doyen, Jack se pencha pour admirer le spectacle. Il aperçut les montagnes, le ciel et, au milieu, une énorme traînée noire, qui évoquait un vol d'oiseaux. Ou plutôt, un essaim d'abeilles gigantesques, caparaçonnées d'écailles sombres et luisantes.

Il jeta un coup d'œil aux dragons bleus qui volaient en V, par groupes de quinze, divisés en cinq groupes de trois. Dix escadrilles formaient le gros de la troupe. Les dix dragons restants avançaient au-dessus, Âpre-corne en tête. Ceux-là tenaient le rôle de chefs d'escadrille et d'observateurs. Jack était satisfait. Tous les cavaliers-dragons jouaient le jeu.

Dix dragons du crépuscule progressaient sur les flancs, en tenue de camouflage. Aurore et Quartz volaient en altitude, à l'arrière. Vulcain et un autre dragon du jour escortaient les dragons de l'aube. En cas d'attaque, les dragons dorés seraient protégés. Sabre, qui emmenait Élias et Kira, arrivait en dernier. Deux autres dragons gris l'accompagnaient. Leur mission : faire en sorte que les deux « Élus » parviennent sains et saufs à la caverne de l'Oracle. Avec les orbes.

— C'est le combat de ma carrière, souffla Jack. Prions pour que ce ne soit pas le dernier...

— Que le Créateur vous entende, répliqua Barnabas. J'ai hâte de rencontrer Ségun.

Le Britannique caressa la crosse du Lee-Enfield passé en bandoulière et s'écria :

— Et moi donc !

— Impressionnant... murmura Élias en embrassant du regard l'armée de dragons bleus.

— J'espère surtout que la tactique de Jack sera efficace, rétorqua Kira, les yeux fixés sur l'horizon. Cet homme ne connaît rien aux dragons

— Oui, mais c'est un pilote expérimenté. Ne laisse pas ta colère aveugler ton jugement. Jack est un guerrier du ciel. Un survivant. Il se bat depuis des années. Aucun cavalier-dragon ne peut en dire autant... Ça y est ! Les dragons de la nuit attaquent ! Le plan de Jack marche comme sur des roulettes !

— Tu crois que Ségun est assez bête pour se jeter dans la gueule du loup ? lança la Fiquarienne. Cette escadrille fait figure de hors-d'œuvre. Le plat de résistance nous attend devant la caverne de l'Oracle.

— Sûrement, lâcha Élias.

Kira n'était pas disposée à discuter. Seul l'orbe lui importait. Le jeune homme aurait aimé pouvoir en dire autant. Aurore lui manquait. Il distinguait sa silhouette dorée au-dessus de l'armée de dragons bleus.

— *Fais attention à toi, Auri*, songea-t-il.

Mais Auri était déjà trop loin pour l'entendre.

Il avait un autre sujet d'inquiétude : Poll, et sa mission suicide. Poll, parti « trancher la tête du serpent », selon les termes de Jack. Le pilote comparait l'ennemi à un reptile – sans tête, le corps et la queue d'un serpent ne lui servaient à rien.

— Pourvu que Poll réussisse, se dit Élias à voix haute.

Kira avait entendu :

— Il a ses chances. Il faut du courage pour ce genre

d'expédition... et Poll en a à revendre. Il lui manque juste un peu de bon sens.

Soudain, Élias aperçut le défilé par lequel ils avaient choisi de passer. Ce long détour leur prendrait du temps mais leur éviterait de se faire repérer.

Sauf qu'un dragon de la nuit en surveillait l'entrée.

— Grimpons, ordonna Kira à Sabre. Et croisons les doigts pour qu'il ne nous voie pas...

Embusqué dans l'épaisse forêt de pins, Poll épiait les dragons de la nuit.

— *Barnabas avait raison*, fit-il remarquer à Ombre. *Ségun a envoyé le gros de sa troupe au combat. Aile-de-Titan est-elle là ?*

— *Pas encore. Si elle accompagne cette escadrille, elle volera en arrière-garde. Ségun n'a jamais aimé prendre de risques.*

— *Barnabas connaît Ségun par cœur*, raisonna l'Iséen. *Il savait que le dirigeant de l'enclave passerait à l'attaque sans parlementer. Le combat est inévitable. Que penses-tu de la tactique de Jack ?*

— *Elle est nouvelle...* répondit Ombre. *Elle devrait surprendre les dragons noirs. En revanche, ces derniers sont plus nombreux, plus forts et plus rapides. Les dragons du jour ont beau déborder de courage, ils jouent avec le feu. J'ai l'impression de voir un homme agacer un lion avec un bout de viande. Et, en général, ça se termine mal...*

Mal ? Pas si sûr. Après ce que Vulcain avait fait subir à Ténébreuse, le plan de Jack pouvait fonctionner. Si les dragons du jour frappaient les premiers, le nombre, la force et la rapidité de leurs adversaires ne leur poseraient pas de problème.

Poll regarda les ailes noires obscurcir le ciel. Il attendit quelques minutes, puis décida qu'il était temps d'entrer en lice.

— *Prête, Ombre ?*

— *Finissons-en !* s'écria le dragon violet.

Le cavalier prit son élan, sauta en selle et passa les pieds dans les étriers. Il glissa les bras dans le harnais qu'il avait spécialement conçu pour le combat. Trois secondes plus tard, Ombre quittait la forêt à grandes enjambées. Elle se mit à courir avant d'avoir atteint la lisière. Elle fusa comme un bouchon de champagne, déploya les ailes et s'élança dans les airs.

Se fondre dans la masse fut un jeu d'enfant. Ni les dragons ni les cavaliers n'avaient remarqué la nouvelle venue. Ombre était simplement venue grossir les rangs, un dragon de la nuit parmi ses pairs. L'armée de Ségun était concentrée sur la vague de dragons bleus. Poll pinça les lèvres. Le plus dur restait à faire. Il comptait prendre Aile-de-Titan à partie avant l'engagement du combat. Autrement dit, dans deux minutes. Il fallait agir vite. Sinon, il se retrouverait coincé entre les deux camps.

Les dragons noirs produisaient un vacarme infernal. Poll avait eu du mal à s'habituer au bruit de soufflet de forge des ailes d'Ombre. Quand il volait avec Sabre, Aurore et Vulcain, le son était multiplié par quatre. Mais là... il avait l'impression d'être au beau milieu d'un océan pris dans un cyclone. D'avoir infiltré les cohortes des Enfers. De voler aux côtés d'une armée invincible.

Les ailes des dragons fouettaient l'air, créant des turbulences traîtresses. Ombre semblait évoluer sur des montagnes russes, serpenter entre les bourrasques, esquiver les trous d'air.

Tout à coup, elle annonça :

— *J'ai vu Titan ! Devant nous, sur la droite !*

— *En position !* intima Poll. *Il faut frapper avant qu'elle ne devine notre présence !*

Chapitre vingt-cinq

La bataille des dragons

Ségun réfléchissait tout haut :

— Barnabas ? À quoi tu joues ? Pourquoi tes dragons continuent-ils à grimper ? Tu sais pourtant que les miens sont plus forts...

Il regarda devant, derrière, sur les côtés. La bataille était imminente. Son cœur s'emballa.

— *Tiens-toi prête*, dit-il à Aile-de-Titan.

— *Ne t'inquiète pas*, répliqua cette dernière.

Ségun la sentait confiante. Il en fut rassuré. Il observa la masse de dragons bleus approcher. Plus que quelques secondes avant le choc.

Soudain, un éclair attira son attention. Là-bas, derrière les ennemis, quelques mètres au-dessus d'eux. Il plissa les paupières et scruta le ciel. En fait, il y avait deux lueurs. Deux soleils jumeaux qui venaient de s'allumer.

Et, d'un coup, les soleils explosèrent. Un flamboiement intense emplit le ciel. Ségun crut qu'il devenait aveugle. Ses rétines le brûlèrent. Il ferma les yeux, mais la lumière, orange, ardente, pénétrante, traversait ses paupières. Enfin, l'une après l'autre, les lueurs s'éteignirent.

Ségun mit sa main en visière et débita un chapelet de jurons. Des taches ocre dansaient devant ses yeux. C'est alors qu'un dragon percuta Titan de plein fouet. Sa partenaire tomba en vrille. Le cavalier vit la terre tournoyer. Assourdi par les mugissements du vent, les reins douloureux, il rebondit sur sa selle. Dans sa chute, Aile-de-Titan heurtait d'autres dragons.

Au bout d'un moment, Ségun comprit qu'il ressentait la douleur de sa partenaire. On l'attaquait par-derrière ! Qui ? Un dragon du crépuscule camouflé ? Non. C'était un dragon de la nuit. Il l'aperçut à la périphérie de sa vision. Le monstre noir violacé avait planté ses griffes dans le dos de Titan.

— *C'est Ombre et Poll !* s'écria cette dernière d'une voix rageuse. *Accroche-toi. Je vais m'en débarrasser.*

D'instinct, Ségun attrapa les rênes, qu'il entortilla autour de ses poignets. Bonne initiative. Faute de quoi, il aurait été éjecté de la selle. Titan replia les ailes et plongea vers la vallée. L'estomac de Ségun lui remonta dans la poitrine.

À présent, Ombre mordait les flancs de Titan, qui dégringolait comme une pierre. Tout à coup, celle-ci se retourna et frappa le cou de son adversaire, sans cesser de tourbillonner. Ségun fut propulsé vers la gauche, avec tant de violence qu'il crut que ses bras étaient arrachés.

Enfin, Ombre lâcha prise, mais elle avait fait des dégâts. Ses serres et ses crocs avaient laissé des marques béantes dans l'armure d'écailles de Titan. Le dragon colossal écumait de fureur. Les deux ennemies continuaient de tomber. Titan attendit deux secondes, puis étendit les ailes et fit demi-tour pour contre-attaquer.

Ombre avait anticipé son mouvement. Les deux dragons se harponnèrent et restèrent accrochés l'un à l'autre une dizaine de secondes en battant des ailes avec frénésie. Coups de serres et de crocs se succédèrent. Le sol se rapprochait.

Ombre céda la première. Elle plongea sous le ventre de Titan et fila vers les montagnes.

Ségun comprit immédiatement pourquoi.

— La caverne de l'Oracle ! hurla-t-il. En avant, Titan ! Il faut les empêcher d'atteindre la grotte !

— *À trois...* s'écria Poll. *Un... Deux...* *TROIS !*

Ombre se décrocha d'un coup. L'Iséen se baissa. Les griffes de Titan lui frôlèrent le haut du crâne en sifflant. Il regarda derrière lui et eut un petit sourire : Ségun et son dragon étaient déjà sur leurs talons. Son plan avait fonctionné.

Celui de Jack aussi, d'ailleurs. Il pleuvait des dragons noirs aux ailes trouées et fumantes. Quelques-uns luttaient au corps à corps avec des dragons bleus, qui ripostaient par des attaques-éclairs en visant systématiquement les ailes. Les dragons du jour dominaient la bataille, semant la panique dans les rangs de leurs adversaires.

C'était Élias qui avait eu l'idée d'aveugler leurs ennemis. Jack voulait attaquer en gardant le soleil dans le dos : impossible, en arrivant par l'ouest. Aurore et Quartz avaient été bien plus efficaces. Même le soleil ne brillait pas aussi fort. En trois battements de cœur, les deux dragons de l'aube avaient réduit leurs adversaires à l'impuissance. Les dragons noirs n'avaient pas vu d'où était venu l'assaut. Ils s'étaient percutés. Affolés, ils s'étaient enfuis, pour tenter d'éviter les flammes dévastatrices des dragons bleus.

Aurore et Quartz avaient attaqué par le flanc. Au hasard. En battant en retraite, les dragons de la nuit avaient constitué des cibles idéales pour les dragons du jour.

Poll ne s'était mêlé de rien. Sa mission consistait à attirer Ségun et Titan loin des combats. Attiser leur colère, pour les empêcher de comprendre que les dragons du jour prenaient le dessus. Sans chef, les dragons noirs avaient peu de chances de retrouver leur cohésion.

À présent, Aile-de-Titan s'élançait à la poursuite d'Ombre avec une puissance décuplée par la rage.

— *Phase numéro un réussie !* s'exclama Poll par télépathie. *Et maintenant, Ombre, vole comme le vent ! Et ne te retourne pas !*

— On arrive, cria Kira à Élias. Sabre a détecté la présence d'au moins six dragons de la nuit autour de la grotte de l'Oracle. Il y en a sûrement plus à l'intérieur. Nous allons devoir attendre que nos alliés les en délogent. Face aux dragons noirs, Sabre ne fait pas le poids.

— Bien, s'époumona Élias pour couvrir le bruit du vent.

Le jeune homme se voulait optimiste. Leurs chances de succès étaient minces, mais il fallait garder espoir. Kira et Sabre tenteraient l'impossible pour atteindre leur but.

Élias baissa les yeux. Il reconnut d'emblée le pré que Dent-de-Sabre survolait. C'était là que les chasseurs de dragons les avaient attaqués. Ombre avait dévoré Kasau dans ce champ d'herbes folles, à peine six semaines auparavant. Élias avait l'impression que plusieurs années s'étaient écoulées, depuis. Il avait vécu tant d'aventures ! Parcouru tellement de lieues !

Le dragon anthracite se mit à voler en cercles au-dessus de la prairie. Élias prit son mal en patience. Soudain, il sentit l'orbe de l'aube l'appeler. Le cavalier le voyait presque luire, dans son sac à dos de cuir. Ce ne serait pas facile de le lâcher dans le puits obscur. Cet orbe pouvait aider tant de gens ! Mais si Élias le gardait, l'Oracle mourrait.

Quand il avait touché la sphère, le jeune homme avait cru renaître. Une vague d'énergie avait inondé son corps. Une énergie curative, revitalisante. Un peu comme la flamme bleue de Vulcain, en dix fois plus puissante. En une fraction de seconde, Élias avait recouvré la vue et l'ouïe. La cicatrice qui lui balafrait la cuisse avait disparu. Sa peau et ses muscles étaient comme neufs. Il n'éprouvait plus la moindre douleur. Il avait même la sensation d'avoir rajeuni, telles les feuilles d'un arbre qui repoussent au printemps.

Il avait emporté l'orbe hors de l'aire d'éclosion et il avait rejoint Aurore et Sabre. Kira l'avait suivi timidement, intriguée. Alors, Élias avait levé l'orbe de l'aube et avait touché la tempe de Dent-de-Sabre. Le dragon gris avait guéri aussitôt. Son œil gauche s'était retrouvé dans son orbite, indemne. Kira avait sauté au cou de son ami. Elle avait crié et pleuré des larmes de joie, de soulagement et de gratitude. Puis elle avait enlacé son dragon, et elle avait continué de pleurer. Longtemps.

Cet orbe sauverait l'Oracle. Élias avait dû prendre la décision la plus difficile de sa vie : garder la sphère pour soigner les hommes et les dragons, ou la remettre à l'Oracle afin qu'il renaisse. À présent encore, il ignorait s'il avait fait le bon choix. Pour le savoir, il faudrait d'abord esquiver les hommes de Ségun.

Il observa les deux dragons du crépuscule qui leur servaient d'escorte. Le premier, Brio, passait devant les sentinelles à vive allure. Le deuxième, Éclair, restait en retrait.

— Ça y est ! s'exclama Kira. Mikhaël et Brio ont attiré tous les dragons de la nuit qui gardaient l'entrée de la grotte ! Inès et Éclair vont s'occuper de ceux qui ont envahi l'intérieur.

— Formidable ! s'enthousiasma le Fiquarien. Je propose que nous attendions devant l'entrée de la caverne. Dès qu'Inès et Éclair donneront le signal, nous pourrons nous y engouffrer.

— Sabre pense que c'est une excellente idée, commenta la jeune fille.

Le dragon anthracite s'élança sur les traces d'Éclair, qui prenait de l'altitude. Inès s'était habillée de gris pour parfaire sa tenue de camouflage. La cavalière se fondait à merveille dans les rochers. Éclair s'était rendu invisible.

Dès que les dragons pénétrèrent dans la gorge qui menait à la caverne de l'Oracle, ils furent assaillis par les turbulences. Le vent ne soufflait pas très fort, mais les courants d'air les giflaient et les secouaient violemment. Élias s'y était habitué, à la longue. Il n'avait plus peur. Ce qui l'attendait dans la grotte l'effrayait bien davantage.

Éclair et Sabre longèrent l'étroite vallée jusqu'à ce qu'ils aperçoivent le trou dans la falaise. Le dragon de Kira profita d'un passage un peu plus large pour amorcer une courbe. Celui d'Inès atterrit sur la corniche, devant la grotte. Élias eut le temps d'entrevoir

Inès se coucher sur le dos d'Éclair, qui se rua dans la caverne. Dix secondes plus tard, le jeune homme entendit des rugissements.

Il ne vit pas Éclair ressortir. Juste deux dragons de la nuit très en colère, qui couraient en pilonnant le sol de leurs grosses pattes noires. Ils bondirent de la corniche et s'éloignèrent à tire-d'aile, à la poursuite de leur proie invisible.

Dent-de-Sabre se mit en position et fila vers la caverne à la vitesse du vent. Dans la paroi, l'orifice noir grossissait à vue d'œil. Les rafales sifflaient aux oreilles d'Élias. Les murs de pierre grise enflaient à vitesse grand V. Le jeune homme sentit sa gorge se serrer : Sabre avait-il réellement retrouvé sa vision parfaite ? Il fonçait droit vers la montagne ! Il freina à la dernière seconde en abaissant l'arrière-train et en se servant de ses ailes comme d'un parapente. Trois battements d'ailes, et il se posa comme une fleur sur la corniche.

— Pied à terre ! Vite ! ordonna Kira. Sabre va nous guider. Si nous rencontrons d'autres dragons, il essaiera de s'en débarrasser pendant que nous donnerons les orbes à l'Oracle !

La Fiquarienne n'avait pas fini sa phrase qu'Élias courait vers l'entrée de la grotte. Kira descendit sans bruit. Dent-de-Sabre emboîta le pas aux cavaliers. Ses griffes cliquetaient sur le sol.

Lorsqu'ils atteignirent la caverne, Kira se tourna vers Élias, une lueur de défi dans le regard. Elle tira les deux couteaux qui pendaient à sa ceinture et murmura :

— On ne sait jamais...

Le jeune homme dégaina son épée en os de dragon et s'avança d'un pas décidé.

Son amie l'arrêta d'un geste :

— Ne le prends pas mal, mais je suis plus discrète que toi. Couvre mes arrières, au cas où les choses tourneraient au vinaigre.

— Tu peux compter sur moi, lui assura Élias. Allons-y.

Chapitre vingt-six

Le sacrifice

— Ils nous rattrapent ! s'égosilla Poll. Plus vite !

— *Je fais mon maximum !* répliqua Ombre. *Nous allons devoir combattre !*

De toute façon, ils n'avaient pas le choix. Les montagnes n'étaient plus qu'à quelques mètres. Les deux dragons avaient parcouru une distance incroyable en un temps record. Poll regarda autour de lui. Derrière, Aile-de-Titan, qui gagnait du terrain. Devant, d'immenses pans de roche infranchissables, parsemés de taches de verdure. En bas, la forêt aux arbres émeraude.

Ombre avait espéré distancer Titan. Elle avait filé en ligne droite, pour ne pas lui laisser l'occasion de l'intercepter. Sauf que maintenant, Ombre était coincée. Dès qu'elle amorcerait son virage, son adversaire la percuterait de plein fouet. Elle hésitait.

Elle opta pour la feinte. Elle abaissa l'aile gauche pour faire croire à Titan qu'elle allait tourner, puis bifurqua brusquement à droite. Mais Titan avait flairé le piège. Elle planta ses crocs dans la fesse droite d'Ombre, lui attrapa la queue et la retourna avec une violence inouïe. Poll décolla de la selle. Seules les rênes entortillées autour de ses poignets l'empêchèrent d'être désarçonné.

Le jeune homme n'arrivait plus à réfléchir. Tout n'était que douleur, colère et terreur. Ses émotions se mêlaient à celles de son dragon. Il sentait les muscles d'Ombre rouler sous la peau. Les deux dragons s'agrippèrent de nouveau l'un à l'autre. Et, une fois encore, ils dégringolèrent en spirale. Par instants, l'un d'eux agitait les ailes, freinant un peu la chute. Ils tombaient vers la paroi de roche. Inéluctablement.

Poll avait l'impression que c'était la montagne qui se rapprochait, et non l'inverse. Il la voyait glisser vers eux, tel un iceberg dans l'océan. Il se mit à hurler Trop occupée à se battre, Ombre ne l'entendit même pas.

La paroi fonçait vers eux. Et soudain, deux secondes avant l'impact, Ombre cria :

— *PRÉPARE-TOI À SAUTER !*

Aiguillonné par la peur, Poll dégagea ses poignets des rênes, ses pieds des étriers, et ramena ses jambes sur la selle. La collision fut effroyable. Toujours accrochées l'une à l'autre, Ombre et Titan heurtèrent la pente couverte d'éboulis dans un bruit d'os broyés. Et la dévalèrent sans cesser de griffer et de mordre.

Poll se coucha sur le dos de son dragon pour amortir le choc. Sans prévenir, Ombre se cabra. Le cavalier fut catapulté dans les airs. Le souffle coupé, il percuta la pente à la vitesse d'un boulet de canon et commença à glisser. D'abord, il crut qu'il dérapait sur le champ de pierres. Puis, il comprit qu'il courait à une mort certaine.

Les deux dragons avaient déclenché une avalanche de pierres. Lancés dans un corps à corps frénétique, ils roulaient le long de la pente dans un nuage de poussière. Une portion entière de la montagne coulait vers la vallée. Le corps perpendiculaire à la pente, Poll surfait sur une vague de cailloux.

Il planta ses talons dans le sol et parvint à se tourner face à la descente. Mais la mer rocheuse descendait toujours. Les bras ramenés au-dessus de la tête, Poll se laissa entraîner par le déluge.

Il avait des bleus et des coupures sur le dos, les fesses et les jambes, mais l'adrénaline masquait la douleur. Le cœur battant à se rompre, la respiration haletante, il fonçait vers la vallée. De gros rochers rebondissaient autour de lui. L'un d'eux lui meurtrit les reins et continua sa course en projetant des éclats.

Et puis – miracle ! – l'avalanche s'arrêta. Poll était encore debout. Couvert d'hématomes et d'égratignures, mais indemne. Les rocs continuaient à pleuvoir. Craignant d'être enseveli, l'Iséen se contorsionna, sauta d'un pied sur l'autre et parvint à rester au sommet du monticule.

Il entendit des rugissements furibonds provenant de la forêt, en contrebas. Les arbres s'agitaient, comme pris dans une tempête. Ombre et Titan n'avaient pas fini de se battre. Soudain, sur sa droite, il perçut un craquement, suivi d'un bruit de ferraille.

C'était Ségun, méconnaissable. Il avait les mains et le visage ensanglantés, un œil au beurre noir, le genou droit en piteux état. Ses intentions étaient claires : les épaules en avant, une lueur de rage dans le regard, un poignard à la main, il comptait régler son compte à Poll.

Lentement, l'Iséen recula, cherchant son couteau à tâtons. Son fourreau était vide ! Son arme était sûrement enfouie sous deux mètres de gravats. Aussi vif qu'un serpent, il ramassa un caillou qu'il cala au creux de sa paume. Et toujours, Ségun avançait en boitant. La figure déformée par un rictus mi-moqueur, mi-furieux, il leva son arme, prêt à frapper.

Poll fit un autre pas en arrière et perdit l'équilibre. Ségun en profita pour se ruer en avant. Par réflexe, le jeune homme lui jeta la pierre au visage. Son ennemi l'esquiva d'un bref mouvement de tête. En même temps, il recula le bras. Poll saisit l'occasion : tout en tombant, il décocha un grand coup de pied dans la main de Ségun. Le poignard tournoya dans les airs et ricocha sur la pierre en cliquetant.

Ségun tourna la tête pour voir où atterrissait son arme. D'un bond, Poll retrouva son équilibre et se mit en position de combat. Son aîné ne paraissait pas impressionné. Il était plus grand, plus lourd, il avait plus d'allonge. À la façon dont il se mit en garde, Poll comprit qu'il avait l'habitude des combats à mains nues.

— Et alors, petit ? L'ancêtre te fait peur ? railla le chef de l'enclave.

— Tu veux rire ! riposta Poll sans quitter la poitrine de son adversaire des yeux.

— Voilà de quoi te faire changer d'avis ! s'exclama Ségun.

Son attaque fut vive. Puissante. Mais Poll avait un sens aigu de l'observation. Il avait remarqué que son aîné tentait de cacher sa blessure au genou droit. Qu'il n'attaquait qu'avec ses poings. Poll dévia trois coups. En bloqua deux autres. Évita un crochet du droit, se baissa, pivota sur son pied gauche et balaya le genou blessé de Ségun.

Une fois en bout de course, le coup n'avait plus beaucoup de force. Mais Poll avait visé juste. Le chef de l'enclave plia la jambe et bascula en arrière. Il s'immobilisa quelques mètres plus bas. Poll le rejoignit avec précaution, afin de ne pas déclencher un nouvel éboulis. Face contre terre, Ségun ne bougeait plus.

« À d'autres ! se dit l'Iséen. Je ne vais pas tomber dans un piège aussi grossier ! »

Il s'arrêta à bonne distance de son adversaire, qui se releva en se tenant le genou.

« Une nouvelle ruse ? se demanda Poll. Qu'as-tu inventé, cette fois ? »

Par prudence, il battit en retraite. Mieux valait garder l'avantage de la hauteur. Voyant que Poll ne mordait pas à l'hameçon, Ségun se remit en garde. Il avait récupéré son poignard. La lame brillait dans sa main. Poll se félicita de sa méfiance. Ségun n'aurait pas hésité à la lui planter dans le ventre.

— Tu es un petit malin, toi, siffla le chef de l'enclave. Approche. Bats-toi comme un vrai cavalier-dragon !

Soudain, un éclair bleu attira l'attention de Poll. Quelque chose arrivait par la voie des airs, derrière Ségun. C'était Âprecorne. Avec Barnabas... et Jack Miller.

— NON ! hurla l'Iséen, les yeux écarquillés.

PAN !

La détonation se répercuta dans la montagne. Ségun baissa les yeux sur sa poitrine. Incrédule, il regarda la tache écarlate se répandre comme de l'encre sur du papier buvard. Ses doigts se desserrèrent au ralenti. Le poignard tomba à terre. Ségun porta les mains à son cœur et s'affala à genoux. Il mourut sans comprendre ce qui lui était arrivé.

Poll se tourna vers Âprecorne, qui emportait déjà ses deux cavaliers loin de la montagne. Il fulminait. De quel droit Jack lui avait-il ravi la victoire ? Comment avait-il osé lui voler cette vengeance qu'il préparait depuis si longtemps ? Qui était-il, cet étranger, cet habitant d'un autre monde, pour décider du droit de vie ou de mort d'un cavalier-dragon ?

Tout à coup, deux hurlements suraigus retentirent. Le premier était un cri de désespoir. Le second, un cri de triomphe. Ils ébranlèrent les arbres de la forêt jusqu'à la pointe des feuilles. Poll reconnut le deuxième hurlement : c'était celui d'Ombre. Elle avait gagné. Aile-de-Titan avait succombé.

Élias tâchait de suivre Kira le plus discrètement possible. Dès qu'il forçait l'allure, il faisait trop de bruit. Et quand il courait en silence, il ralentissait. Kira, elle, avançait, le pas vif et léger. Élias apercevait déjà la lumière orange et vacillante des torches.

Lorsqu'elle atteignit les alcôves des gardiens, la jeune fille s'arrêta, jeta un coup d'œil à droite et poursuivit son chemin. Élias l'imita. Dans les niches plongées dans l'ombre, rien ne bougeait.

Tout à coup, un rugissement tonitruant s'éleva dans le tunnel, devant eux. Le pouls d'Élias s'accéléra. Kira pressa le pas. Quand elle toucha le haut de la rampe sinueuse qui menait au puits de l'Oracle, elle volait presque. Elle stoppa net, mit un genou à terre et embrassa la caverne du regard.

Elle ôta son sac à dos d'un coup d'épaules, posa ses couteaux, plongea les mains dans son sac et en extirpa l'orbe de la vision.

— Dépêche ! siffla-t-elle à Élias, qui arrivait avec plusieurs secondes de retard. Il reste deux dragons noirs ! Sabre les a éloignés du puits, mais il ne les retiendra pas longtemps. Débarrasse-toi de ton sac. Ne prends que ton orbe et ton arme. Deux cavaliers de la nuit surveillent le puits. Nous allons devoir nous battre...

Élias laissa tomber son sac à dos et démaillota l'orbe doré. Redressant les épaules, tenant la sphère dans la main gauche et son épée dans la droite, il baissa les yeux vers l'immense caverne. Cette fois, son imagination ne lui jouait pas des tours : les torches brillaient avec nettement moins d'ardeur.

— Impossible de s'approcher du puits sans se faire voir, continua Kira dans un souffle. Il ne faut pas que les cavaliers aient le temps de se retourner. Jette ton orbe dans le puits dès que tu en auras l'occasion. Si l'Oracle revient à la vie, il pourra nous aider à vaincre ces deux brutes.

— Compris, répliqua Élias. Bonne chance.

Kira ne l'entendit pas. Elle descendait déjà la rampe au pas de course. Élias s'élança sur ses talons, avec beaucoup moins de discrétion. En bas, un cavalier poussa un cri : il avait repéré les intrus.

Les cavaliers de la nuit – deux colosses armés d'épées – les attendaient de pied ferme en bas de la rampe. Kira tenta de les contourner par la gauche, mais les colosses étaient bien entraînés. Celui qu'elle visait lui décocha un coup de taille, qu'elle évita d'un habile mouvement de hanches. Elle para le coup d'épée avec son couteau. Le métal heurta le métal. Le bruit se répercuta sur les parois de la grotte.

Élias les observa, la gorge serrée. Ces hommes savaient se battre. Il était temps d'appliquer les leçons de Kira. Il se mit en garde et avança vers l'autre cavalier, les muscles tendus à se rompre.

Il y eut un bruit derrière lui. Élias se retourna une fraction de seconde. Les autres cavaliers-dragons revenaient ! Ils se ruaient vers les intrus, sabre au clair.

L'adversaire d'Élias en profita. Il se fendit. Comme au ralenti, le jeune homme vit la pointe de l'épée venir vers sa poitrine, acérée, luisante, mortelle. Il n'arriverait pas à parer un coup pareil. Il essaya, mais il était trop lent. Beaucoup trop lent. La lame s'enfonça entre ses côtes, lui transperça le cœur et ressortit entre ses omoplates.

Élias ouvrit la bouche ; aucun son n'en sortit. Il entendit Kira hurler son nom. Loin, très loin. Des flots de sang lui emplirent les oreilles, dans un vacarme de torrent de montagne. Il regarda le visage de son assassin, qui affichait un air satisfait. Il sentit l'épée lui fouiller les entrailles. L'homme fixa Élias dans les yeux, s'interrompit une demi-seconde, tourna l'arme une dernière fois dans le corps du cavalier de l'aube et récupéra son épée.

Élias tomba à genoux. Il n'éprouvait déjà plus de douleur. Quand on mourait, on voyait une lumière aveuglante, lui avait-on dit. C'était vrai. Une intense lueur dorée l'enveloppait tout entier. Elle était partout – devant ses yeux, dans sa tête, dans son corps...

Et puis, le feu doré s'éteignit peu à peu. Le meurtrier se tenait devant Élias, sidéré, terrifié.. et plus du tout satisfait. Le jeune homme comprit qu'il n'avait pas mal parce qu'il n'était pas mort. En fait, il n'était même pas blessé. Il se releva et se prépara à frapper. Il avait des fourmillements bizarres dans tout le corps – surtout à l'endroit où la lame l'avait touché, et dans la main gauche. Il se sentait... bien Incroyablement bien.

— C'est grâce à l'orbe ! murmura-t-il, les yeux brillants. C'est l'orbe qui m'a sauvé !

L'homme l'avait entendu. Élias décida d'abattre sa dernière carte :

— Je détiens l'orbe de la résurrection ! proclama-t-il. Je suis immortel !

Et il avança vers le colosse, la sphère dorée brandie devant son visage. L'homme recula, terrorisé. Élias se rapprocha de lui tout en faisant décrire un arc de cercle à son épée. Le cavalier de la nuit bloqua l'attaque. Sauf que son arme était en métal. L'épée en os de dragon la coupa en deux, pile au milieu. Le colosse regarda son moignon d'épée, blêmit, fit volte-face et s'enfuit sans demander son reste. Élias se tourna vers le deuxième cavalier, qui s'élança lui aussi vers la sortie.

— Jette l'orbe dans le puits ! s'exclama Kira. Viiite ! Les autres arrivent !

Les cavaliers de la nuit dévalaient le sentier de roc à toute allure. La jeune fille rengaina son couteau, attrapa Élias par le poignet et l'entraîna vers le puits. Encore un peu hébété, Élias parcourut les vingt mètres qui le séparaient de l'Oracle.

Kira ne réfléchit pas. Elle lança l'orbe de la vision dans les abysses noirs et se prépara à combattre.

— Vas-y, Élias ! s'écria-t-elle. Jette ton orbe ! JETTE TON ORBE !

Mais Élias était paralysé. Il ne lui restait plus qu'à ouvrir les mains, et ses six semaines de souffrance et de chagrin prendraient fin. Pourtant, ses doigts refusaient de lâcher l'orbe. Cet orbe, qui l'avait empêché de mourir, qui pouvait sauver la vie de tant de gens...

— *Jette cet orbe dans le puits, Élias. Tu le dois.*

— *Aurore ?*

Un rugissement résonna dans la grotte. Kira haleta. Le bras gauche tendu au-dessus du puits, Élias tourna la tête. Vulcain, Aurore et Quartz venaient d'apparaître au sommet du chemin sinueux. Le dragon du jour lâcha un nouveau cri de défi. Les trois dragons de la nuit qui descendaient la rampe de pierre s'immobilisèrent.

— À l'attaque ! hurla une voix.

Élias n'en croyait ni ses oreilles ni ses yeux. C'était Nolita qui avait crié. À cheval sur Vulcain, elle se ruait vers les dragons noirs. Et tout à coup, une marée de dragons bleus déferla dans la caverne. Telle une héroïne de légende à la tête de son armée, la Riquaméenne dévala le sentier de pierre.

— *Donne cet orbe à l'Oracle*, ordonna Aurore dans l'esprit du jeune homme. *Tu n'as pas le droit de le garder.*

— *Mais... Mais il...*

— *Je sais*, l'interrompit le dragon de l'aube sur un ton compréhensif. *Peu importe. Fais-le.*

— Tu vas te décider, espèce de tête de mule ? s'énervait Kira.

Vulcain cracha un jet de flammes orange dans un bruit de tonnerre. Les trois dragons noirs poussèrent un crissement de rage. Deux autres cris suraigus retentirent à la droite d'Élias. Les deux premiers dragons de la nuit revenaient. Le cavalier dut se rendre à l'évidence : il fallait agir.

Il baissa les yeux vers l'objet merveilleux qui brillait dans sa main. Le garder signifiait la mort de tous les dragons. Alors, lentement, il écarta les doigts et inclina la main. Le globe roula vers les profondeurs de la terre. Élias le vit luire encore une... deux... trois secondes. Et le puits avala l'orbe de la résurrection.

Le jeune homme se laissa glisser au sol. Il avait les jambes coupées. Il leva les yeux. Vulcain faisait reculer les dragons noirs à coups de jets de flammes, mais les renégats tenaient bon.

— Qu'est-ce que tu fabriques, Oracle ? marmonna Kira en regardant dans le puits. Dépêche-toi de renaître ! On a besoin de toi !

— *Pourquoi l'Oracle ne se montre-t-il pas ?* interrogea Élias.

— *Parce que sa renaissance exige un sacrifice*, répondit Aurore.

Il y avait de la douceur et de la peine dans sa voix.

— *Qu'est-ce que tu racontes ?* s'étonna le jeune homme.

— *Souviens-toi du poème : « Accorde-moi l'amour, fends le suaire qui m'étouffe. » L'Oracle est déjà mort. Il savait que nous ne pourrions pas l'empêcher. Lorsqu'il disait : « Mais gare au sacrifice : du succès, c'est le prix », il fallait comprendre : « La seule façon de me rendre la vie, c'est de me donner la vôtre. » En d'autres termes, quelqu'un doit mourir.*

— Pas d'accord ! s'exclama Élias à voix haute. Quelqu'un s'est déjà sacrifié ! Le dragonnet dans son œuf !

— *Chacun de nous quatre devait faire un sacrifice*, objecta Aurore dans un souffle. *Nolita a versé son sang. Sabre a sacrifié son œil. Poll devait donner le cœur de son dragon, mais...*

Élias savait déjà tout ça.

— *Si je comprends bien, c'est* moi *qui suis supposé me sacrifier ?* cracha-t-il.

— *Toi et moi. Tel est notre destin. Notre raison de vivre. Nous sommes liés pour l'éternité. C'est nous qui allons permettre à l'Oracle de renaître et sauver ainsi la race des dragons. Il n'y a pas de mort plus glorieuse, Élias. Nous allons marquer l'histoire. Cavaliers et dragons chanteront nos louanges jusqu'à la fin des temps.*

— *Je refuse de mourir !* cria Élias. *Je suis ton cavalier ! Nous sommes censés vivre des aventures extraordinaires, toi et moi !*

— *N'est-ce pas le cas ?* répliqua gentiment Auri. *Certes, nos aventures auront été brèves, mais intenses. Nous n'avons pas le choix. L'Oracle veut qu'on lui « accorde l'amour ». Nous allons lui offrir notre vie. Quelle plus belle preuve d'amour peut-on donner ? Nous ne souffrirons pas. Te rappelles-tu ta chute, au Doigt du diable ? Tu as cru mourir, ce jour-là. Tu serais mort si je ne t'avais pas rattrapé. Notre vie commune a commencé avec cette chute. Elle finira de la même manière. La boucle est bouclée. N'aie pas peur. Nous allons plonger ensemble dans le puits de l'Oracle. Les dragons de la nuit ne peuvent plus nous arrêter. Attends-moi, Élias. Nous allons vivre la plus extraordinaire des aventures.*

Élias scruta le gouffre noir, l'estomac retourné, les yeux emplis de larmes. Mourir ? Maintenant ? Si tôt ? Ce n'était pas juste ! Des images confuses affluèrent dans son esprit. Une fête d'hiver avec ses parents. Sa mère apportant un plat au fumet délicieux. Son père lui racontant une histoire avant qu'il aille au lit. Sa mère déposant un baiser sur sa joue. Et lui, Élias, jouant avec ses amis sur la place du village. Les flammes de Vulcain et les cris des dragons l'empêchaient de se concentrer sur ces moments de bonheur.

Il se boucha les oreilles. Les souvenirs apaisants revinrent.

Et soudain, d'autres images les remplacèrent. Des panaches de fumée. Une armée d'hommes marchant au pas, l'épée à la main. Des dragons de la nuit attaquant son village. La ferme de ses parents en ruine.

Élias se martela les tempes de ses poings et brailla :

— Arrête, Auri ! Rien de tout ça n'est vrai !

— *Non, mais ça le deviendra si l'Oracle meurt pour de bon.*

— *Qu'est-ce que tu en sais ? Te voilà devenue devineresse, maintenant ?*

— *Je connais Ségun et ses partisans*, expliqua le dragon de l'aube. *Le chef des dragons de la nuit transformera notre monde en enfer.*

Kira s'était rapprochée d'Élias. Elle paraissait inquiète.

— Qu'est-ce qui se passe ? demanda-t-elle.

— Auri prétend que le « sacrifice » dont parlait l'Oracle nous concerne, elle et moi, croassa le jeune homme. Elle dit que nous devons mourir. Que nous devons tous les deux nous jeter dans le puits.

— N'importe quoi ! cria la jeune fille. L'Oracle n'exigerait jamais une chose pareille !

Élias leva les yeux vers son amie. Des larmes coulaient le long de ses joues pâles. Il chevrota :

— Je savais depuis le début que cette quête ne nous apporterait que des malheurs. Quand Poll a remis son orbe à l'Oracle, j'ai eu un drôle de pressentiment. Le

Dragon Fantôme dégageait une aura... désagréable et dérangeante.

— Ne me dis pas que tu as envie de mourir ! protesta Kira.

— Bien sûr que non. Mais il le faut.

— Il doit y avoir une autre solution ! s'emporta la Fiquarienne.

— Il n'y en a pas, lui assura Élias. Auri a déjà fait le tour de la question. Si nous n'agissons pas, les dragons de la nuit deviendront les maîtres de Treer. Et ils réduiront nos familles en esclavage.

— Je suis certaine qu'il y a un autre moyen, s'entêta Kira.

Tout à coup, Aurore s'écria :

— *VULCAIN ! ARRÊTE !*

Élias leva la tête. Auri se battait avec un dragon de la nuit. Cain s'était frayé un chemin dans les rangs des ennemis et se précipitait vers Élias. Pourquoi ? En s'écartant des autres dragons du jour, Vulcain se rendait vulnérable. Et d'un coup, Élias comprit : le dragon bleu ne courait pas vers lui.

Il courait vers le puits.

Au passage, un dragon noir lui mordit l'arrière-train. Vulcain ne ralentit même pas. Il pilonna le sol au pas de charge.

— Couche-toi ! hurla Kira à Élias.

Les deux jeunes gens s'aplatirent sur le sol. Emporté par son élan, Vulcain bondit par-dessus le muret et disparut dans le puits. Élias eut juste le temps d'entrevoir la chevelure blonde de Nolita.

Son visage couleur de craie.

Et son sourire. Radieux.

Le cavalier de l'aube se dégagea et se précipita vers le puits. Il se pencha par-dessus le petit mur.

— Nolita ! s'époumona-t-il. NOLITAAAAAAA !

Les ténèbres avaient avalé Vulcain et Nolita.

Élias sentit une main sur son épaule. Il entendit la voix de Kira, lointaine, empreinte d'une profonde tristesse.

— Ils ne reviendront pas, dit-elle. Cain a parlé à Sabre avant de sauter. Nolita voulait que nous sachions que, pour une fois, elle n'a pas eu peur. Elle ne craignait pas de mourir, Élias ! Elle qui redoutait tout ce qui faisait son quotidien ! Vulcain était très fier d'elle. Il n'a pas hésité une seconde à accomplir son destin.

Élias tremblait de tous ses membres.

— Et maintenant, filons d'ici ! enchaîna Kira. Les dragons de la nuit montrent des signes de faiblesse, mais ils ont fait des ravages. Beaucoup de dragons du jour sont gravement blessés.

Sabre choisit cet instant pour venir au secours de ses amis. Il surgit de l'ombre et attaqua un dragon noir. L'effet de surprise ne dura que quelques secondes. Les forces décuplées par la rage, l'ennemi riposta avec acharnement. Les dragons de la nuit avaient beau crouler sous le nombre, ils étaient plus forts. Ils avaient repoussé leurs assaillants au bas de la rampe.

Kira entraîna Élias de l'autre côté du puits. Le jeune homme ne quittait pas l'abîme des yeux. Qu'espérait-il ? Que Vulcain et Nolita en ressortent ?

Et puis il y eut un grondement sourd, un peu semblable à un volcan qui s'éveille. Au début, Élias crut que c'étaient les dragons qui rugissaient. Le deuxième roulement de tonnerre ébranla la caverne. Le sol trembla. Au fond de la grotte, une énorme stalactite se détacha du plafond et vola en éclats. Les dragons cessèrent de se battre et se tournèrent vers le puits.

L'instant d'après, la lumière s'intensifiait, comme si on avait allumé mille torches en même temps. On se serait cru dehors, en plein après-midi. Élias tendit l'oreille – il n'entendit pas le soupir annonçant la venue de l'Oracle. Il scruta les profondeurs du puits – il ne vit pas le visage sculpté dans la fumée.

Soudain, une colonne de feu outremer jaillit de l'abîme.

Et une voix tonitruante ordonna :

— STOP !

La voix ricocha sur les parois de la grotte. Personne – ni dragon ni humain – n'aurait osé braver une telle voix. L'air avait une odeur étrange. Il sentait la puissance et l'énergie.

— JE VOUS SOMME D'ARRÊTER DE VOUS BATTRE ! DRAGONS DE LA NUIT, RETOURNEZ DANS VOTRE ENCLAVE !

Le pilier de feu bleu grandit, grossit, sortit du puits, serpenta dans le tunnel et s'éleva au-dessus des montagnes. Les dragons qui luttaient encore dans le ciel constatèrent que l'Oracle était de retour. L'Oracle était tout-puissant. L'Oracle commandait à tous les dragons – les bleus, les gris, les noirs et les dorés. Ils lui devaient respect et obéissance. Alors, ils cessèrent le combat.

Lorsque Élias vit le serpent bleu revenir dans la grotte, son cœur bondit dans sa poitrine. Un visage se dessinait dans les flammes. Un visage de dragon bleu roi qui avait le sourire et les yeux de Nolita.

— Nolita ? souffla Élias. Mais... Mais tu es...

— *Morte ?* compléta l'Oracle dans son esprit. *Détrompe-toi, cavalier-dragon : Nolita est bel et bien vivante. Seul son corps est passé dans l'Outremonde. Elle devait s'en débarrasser pour pouvoir se transformer. Son esprit, celui de Vulcain et le mien ont... fusionné. À présent, elle sait ce que ressentent les dragons. Ce n'est pas moi qui lui ai demandé de se sacrifier. Vulcain et sa cavalière ont pris cette décision* ensemble. *Nolita a fini par trouver la paix et par accepter son sort.*

À nouveau, les larmes ruisselaient sur les joues d'Élias. Il bredouilla :

— Mais je... C'est moi qui aurais dû...

— *Tu n'as pas à rougir, Élias,* lui assura l'Oracle. *Tu n'as pas échoué. Disons que Vulcain et Nolita ont... fait un excès de zèle. Ils m'ont surpris ; les choses n'étaient pas censées se passer ainsi. Cela dit, leur méthode a porté ses fruits, c'est l'essentiel. La Grande Quête a abouti. Je suis revenu à la vie. Et je puis te jurer que je ferai tout ce qui est en mon pouvoir pour que la race des dragons prospère sur Treer. Certes, Aurore a le sentiment de ne pas avoir accompli sa mission, de s'être fait voler son destin par ses compagnons. Néanmoins, il lui reste une raison de vivre. Tiens-toi prêt, Élias. Quand l'heure sonnera, je te rappellerai. Pour l'instant, profite de ta vie de cavalier-dragon.*

— C'est fini ? murmura Élias. C'est bel et bien fini ?

L'Oracle marqua un temps d'arrêt et déclara :

— *Oui... Mais nous nous reverrons.*

Chapitre vingt-sept

Épilogue

Poll se tenait debout devant la tombe fraîchement creusée. Les muscles des épaules noués, il ruminait de sombres pensées. Une voix le tira de sa rêverie :

— Alors c'est toi qui as tué Ségun ?

— Non, rétorqua l'Iséen d'une voix atone. Pourtant, j'en avais l'intention. Je hais celui qui m'a privé de ma victoire. Ce n'est même pas un cavalier-dragon. Je ne lui pardonnerai jamais.

— Qui a vaincu Aile-de-Titan, dans ce cas ? interrogea l'homme.

Poll leva les yeux. Il reconnut l'un des lieutenants de Ségun. L'air songeur, le cavalier de la nuit fixait le petit cairn que Poll avait construit au pied de l'éboulis.

— C'est Ombre, lui apprit l'Iséen en posant la main sur le pommeau du poignard de Ségun. Fais attention. Elle se repose dans la forêt, mais il lui reste assez de force pour tuer un autre dragon de la nuit.

Poll restait sur ses gardes. Quand il avait vu le dragon noir atterrir, il avait cru que le doyen allait l'attaquer sans sommation. C'était un hors-la-loi, l'un des quatre « Élus » qui avaient rendu son pouvoir à l'Oracle. Un traître, qui avait contrecarré les plans des cavaliers de la nuit et causé la perte de leur chef.

Pourtant, l'homme ne bougeait pas.

— Tu es franc, au moins, lâcha-t-il. Jeune et un peu naïf, mais fort et honnête. Avec de l'expérience et de la maturité, tu feras un bon chef. La première fois que je t'ai vu, tu débordais d'ambition. Ségun t'a détesté à l'instant où il a posé ses yeux sur toi. Il a immédiatement décelé ton potentiel – et vu en toi un rival en puissance. L'enclave des dragons de la nuit a perdu beaucoup d'hommes et de dragons, aujourd'hui. Beaucoup trop. Avec leurs méthodes peu orthodoxes, les dragons du jour nous ont pris par surprise. Ils nous ont affaiblis. Pire, l'Oracle est de retour, plus jeune, plus fort que jamais. Et il sait que nous comptions nous débarrasser de lui.

— Bon, où veux-tu en venir ? s'impatienta Poll. Tue-moi, qu'on en finisse ! Tu en as le droit. Je suis un hors-la-loi.

L'homme plissa le front. Ses épais sourcils se touchèrent.

— Les choses ont changé, déclara-t-il. Désormais, tu es le seul cavalier de la nuit en qui l'Oracle ait confiance. Si tu réintègres notre enclave, le Maître des Dragons nous pardonnera plus vite. Il verra que nos cœurs ne sont plus aussi noirs. Que nous ne méritons pas son châtiment. Sans toi, l'Oracle nous punira sévèrement.

Poll écarquilla les yeux.

— J'ai du mal à comprendre... siffla-t-il. Je ne suis plus un hors-la-loi ?

— En tant que doyen, j'ai le pouvoir de décider qui est un criminel et qui ne l'est pas, éluda le lieutenant. Veux-tu revenir à l'enclave des dragons de la nuit, Poll, cavalier de Souffle d'Ombre ?

— Pour y occuper quelle place ? questionna l'Iséen, méfiant. Pas celle de Ségun, j'ose espérer. Si tu cherches un pantin à manipuler, trouve-toi quelqu'un d'autre.

— Je ne suis pas stupide. Tu ne serais pas crédible dans ce rôle. Un jour, peut-être... mais pas maintenant. Pour prétendre au poste de chef d'enclave, il faut avoir l'âme d'un dirigeant, afficher sa force et se montrer sans pitié. Les cavaliers de la nuit ont toujours apprécié de telles qualités. C'est moi qui succéderai à Ségun. Je m'appelle Korath, cavalier de Guerrier-de-Minuit. Je suis donc ton nouveau chef, et je te rétablis dans tes fonctions. Acceptes-tu de me suivre ?

Poll sentit son estomac se contracter, une décharge d'adrénaline couler dans ses veines. Et si c'était un piège ? Non. Korath ne plaisantait pas. Il offrait à Poll ce dont l'Iséen avait toujours rêvé : une place de choix au sein de son enclave, du respect, de la considération. Enfin.

Le jeune homme s'efforça de répondre d'une voix ferme :

— J'accepte. Mais avant, j'ai un compte à régler avec Jack Miller, l'habitant de l'autre monde. C'est lui qui a tué Ségun. Je vais lui apprendre à se mêler de ce qui le regarde.

— Ta revanche attendra, objecta Korath. L'enclave a besoin de toi. Suis-moi. Les autres doyens s'impatientent.

Poll ne put qu'obéir. Il hocha la tête et emboîta le pas à son nouveau chef.

— *Tu te sens en état de voler ?* demanda-t-il à Ombre.

— *Oui. Pourquoi ?*

— *Korath, le nouveau chef des dragons de la nuit, nous invite à réintégrer l'enclave. Si nous sommes assez forts et impitoyables, peut-être pourrons-nous prendre sa place...*

— *C'est une perspective alléchante*, commenta Ombre. *Tu peux compter sur moi.*

La réponse de son dragon réchauffa le cœur de Poll.

— *Je savais que tu ne me laisserais pas tomber*, fit-il.

Il marqua un temps d'arrêt et ajouta à mi-voix :

— Quant à toi, Jack Miller, tu ne perds rien pour attendre. Tu vas regretter d'avoir croisé ma route. Crois-moi.

— *Bienvenue, Jack Miller.*

L'Oracle avait une voix bizarre. Jack l'entendait

avec ses oreilles, et en même temps, elle résonnait dans son esprit. Il fixait l'énorme tête de dragon qui dansait dans la colonne de flammes bleues. Ce visage lui semblait étrangement familier. De plus, ce dragon paraissait presque... humain.

Jack et Barnabas marchèrent côte à côte dans la grotte et s'arrêtèrent à dix mètres du puits. Le vieil homme s'inclina respectueusement. Jack l'imita.

— *Je suis heureux de te rencontrer enfin, Jack*, poursuivit l'Oracle. *Je voulais te remercier de vive voix. Sans toi, je ne serais peut-être plus là...*

— Comment dois-je vous appeler... euh... Grand Oracle des Dragons ? bafouilla le pilote.

— *« Oracle » suffira*, rétorqua le Dragon Fantôme.

— Les jeunes gens que vous avez envoyés dans mon monde m'ont sauvé la vie, Oracle, déclara Jack. Je n'ai pas fait grand-chose. Je suis content d'avoir pu vous aider.

— *Pour moi, tu as été précieux*, insista l'Oracle. *Par ailleurs, tu arrives à point nommé. Il y a ici quelqu'un qui souhaite te rencontrer depuis longtemps.*

— Qui ? s'étonna l'homme de l'autre monde. Personne ne sait que je suis là !

Une autre voix lui répondit dans sa tête. Une jolie voix de femme, hésitante, impatiente, envoûtante :

— *Jack ? C'est bien toi ? Je t'ai cherché partout. J'ai fouillé les quatre coins de Treer sans jamais te trouver. Où te cachais-tu ?*

Le pilote balaya la caverne du regard. Personne. Il avait l'impression d'avoir déjà entendu cette voix. Elle lui parlait dans son esprit, comme... comme Aurore parlait dans l'esprit d'Élias. Jack retint son souffle et tourna la tête en tous sens. Il vit un dragon bleu descendre la rampe de pierre tortueuse et devina d'emblée que c'était un dragon femelle. Et que c'était elle qui lui avait parlé.

— Euh... Salut, fit-il, un peu mal à l'aise. Tu es sûre que tu t'adresses à la bonne personne ? Je viens d'un autre monde, tu sais...

— *Je l'ignorais, Jack,* confessa le dragon du jour. *Voilà pourquoi je n'arrivais pas à te trouver. Oublions tout ça. Ce qui compte, c'est que nous soyons réunis. Je m'appelle Lance-Flammes. Et je suis ton dragon.*

Élias regardait Kira, assise de l'autre côté du feu. Les dessins qu'elle avait peints sur son visage étincelaient à la lueur des flammes orange. Les deux cavaliers-dragons avaient dressé le camp dans les bois qui jouxtaient le pré où Kasau avait trouvé la mort. Une sorte d'hommage, d'adieu, de pèlerinage. Une idée de Kira. Élias appréciait cet instant, mais sans Poll et Nolita, ce n'était pas pareil.

Poll avait disparu tout de suite après la bataille. Jack leur avait raconté comment Ségun était mort. Ombre et son cavalier étaient en vie, avait dit l'Oracle. Il avait refusé de dévoiler où ils étaient partis.

— Que vas-tu faire, maintenant ? demanda Élias à Kira.

La jeune fille fixait les flammes avec intensité.

— J'hésite encore, admit-elle. Au début, je pensais qu'une fois ma mission accomplie je rentrerais chez moi pour enfin devenir chasseuse. Je sais désormais que ça n'arrivera jamais.

Elle remua les braises du bout de son bâton. Des nuages d'étincelles s'envolèrent dans la nuit.

— Sabre veut m'emmener à l'enclave des dragons du crépuscule, poursuivit-elle. La Ratalusie est très loin. Sans dragon de l'aube pour ouvrir une brèche, le voyage prendra plusieurs semaines. Nous en profiterons pour faire plus ample connaissance, lui et moi. Je suis une cavalière-dragon. Finies les parties de chasse dans la savane. Autant apprendre à connaître mon partenaire... Et toi ? Où comptes-tu aller ?

— J'avais envie d'aller voir mes parents, avoua Élias, penaud. Pour les rassurer, leur dire que je vais bien, et leur raconter la Grande Quête...

— ... mais tu as changé d'avis, supposa Kira.

Le jeune homme coula un regard empli de tendresse vers Aurore, qui dormait à quelques mètres d'eux.

— Mes parents devront attendre, décréta-t-il avec un sourire. Auri et moi retournons à l'enclave des dragons de l'aube. Tarl, Radieuse, Neema et Quartz apprécieront un peu de compagnie.

— Vous allez passer par la France ?

— Certainement pas ! Aurore m'a promis de n'ouvrir des brèches qu'en cas d'absolue nécessité. Avant de rencontrer Auri, je rêvais d'aventures, de voyages... et de dragons. J'en ai eu mon compte pour un bon bout de temps. Auri et moi allons voler jusqu'en Riquamée du Sud. Parler, et voler. Rien d'autre. C'est déjà bien, non ?

Kira éclata de rire.

— Tu as mûri, ces dernières semaines, déclara-t-elle. Tes parents ne vont pas te reconnaître.

— Tu crois ?

— Puisque je te le dis !

Le jeune homme contempla son amie quelques secondes et répliqua :

— Tu vas me manquer, Kira, cavalière de Dent-de-Sabre. J'ai beaucoup appris à ton contact. Merci.

La jeune fille leva les yeux et vit qu'Élias était au bord des larmes.

— Je suis sûre que nous nous reverrons, murmura-t-elle. Il suffit d'être patient.

Torgan le forgeron ruisselait de sueur. Des gouttes salées coulaient le long de son nez et de son menton. Son lourd marteau frappait la barre de fer chauffé à blanc posée sur l'enclume. *Cling ! Cling ! Cling !* Ses avant-bras massifs luisaient dans la fournaise de la forge. Dehors, une bise âpre soufflait. Par instants, elle s'engouffrait par la porte grande ouverte, sans faire baisser la température.

Le forgeron martela le morceau de métal jusqu'à ce qu'il refroidisse. L'objet serait bientôt prêt. À l'aide des pinces, il le replongea dans le feu, le retourna plusieurs fois dans les braises, puis posa ses pinces et son marteau sur l'enclume.

Il se tourna vers le banc pour prendre une serviette, tendit le bras... et s'arrêta net. On avait bougé. Là, près de la porte. Un petit nuage gris, moucheté de particules de suie, flottait dans la forge, à un mètre du sol. En fait, il *entrait* dans la forge.

Torgan s'empara de la serviette et s'essuya le front, sans quitter le nuage des yeux. Qu'est-ce que c'était ? De la vapeur ? De la fumée ? Non. La vapeur et la fumée se dispersaient. Elles ne restaient pas compactes. Ce nuage semblait animé d'une vie propre. Il avançait au ralenti. Aucun courant d'air ne le poussait.

Une rafale de vent se précipita dans la bâtisse. Le nuage ne bougea pas d'un pouce. Torgan sentit un frisson lui parcourir l'échine. Ce n'était pas normal. Ce truc dégageait une aura... maléfique. Soudain, la chose fondit sur lui. Elle le frappa en pleine poitrine avec une force surnaturelle. Le forgeron vola à travers la pièce et s'effondra sur le sol, à demi assommé.

D'instinct, il porta les mains au plexus. La chose ne lui avait pas fait mal. Elle lui avait juste fait mordre la poussière. Torgan se releva. Il se sentait plus vigoureux. Ses idées étaient plus claires. Nouvelles, aussi. Il avait des affaires à régler. Des affaires urgentes, qui l'attendaient ailleurs. Il sortit de la forge. Il aperçut un homme, de l'autre côté de la pelouse, qui le salua d'un geste de la main. Le forgeron lui répondit par réflexe. Cet homme n'était pas celui qu'il cherchait.

Il rentra dans la forge et se dirigea vers le placard où il remisait ses armes. Il prit une épée longue, une hache à double tranchant, et les examina en grimaçant.

« Pas terrible, mais c'est mieux que rien », commenta-t-il dans sa tête.

Il ouvrit la porte qui menait à sa maison. Sa femme épluchait des légumes dans la cuisine.

— Tu as déjà fini, mon chéri ? s'étonna-t-elle.

— Il s'est passé quelque chose, répondit-il. Je dois partir. Je risque d'être absent longtemps.

Torgan parlait d'une voix bizarre. Même lui s'en rendait compte.

Son épouse leva les yeux. Lorsqu'elle vit la hache et l'épée, une expression horrifiée se peignit sur son visage.

— Pourquoi as-tu pris ces armes ? glapit-elle. Tu n'as tout de même pas l'intention de t'en servir ? Tu as des ennuis ?

— Non, non, lui assura-t-il en marchant jusqu'à la chambre à coucher. J'ai un problème à régler. Des broutilles.

Sa femme l'intercepta et leva la main.

— Tu me caches quelque chose, l'accusa-t-elle. Je

l'ai deviné à ta voix. Et... qu'est-ce que tu as fait à ton œil ? Tu t'es brûlé ?

— De quoi parles-tu ?

Elle se rapprocha du visage de son époux :

— Ton œil gauche est... plus sombre. Tu te sens bien, Torgan ?

— Parfaitement bien. En fait, je ne me suis jamais senti aussi bien.

Note de l'auteur
sur le baron Manfred von Richthofen

Qui a vraiment tué le baron Manfred von Richthofen ? Mystère. Dans ce roman, j'ai essayé de retracer ses derniers instants avec le plus de précision possible : heure, tirs, manœuvres... On sait de source sûre que son avion a été abattu par un tir de mitrailleuse au sol, et que le pilote allemand a été tué par une balle de calibre 303. Mais qui a appuyé sur la détente ? Le sergent C. B. Popkin, ce fantassin australien de la 24th Machine Gun Company ? De quel fusil provenait la balle ? D'un Vickers ? C'est ce qu'affirment les historiens, mais le doute subsiste. À l'époque, Popkin lui-même n'en était pas certain. Peut-être y avait-il réellement un dragon du crépuscule. Qui sait ?

Quoi qu'il en soit, le 21 avril 1918 marque une date importante dans l'histoire de l'aviation. C'est ce jour-là que s'est éteint l'un de ses pilotes parmi les plus charismatiques et les plus pittoresques.

Remerciements

Deux pilotes de la Première Guerre mondiale mentionnés dans ce livre ont vraiment existé : le « Rittmeister » allemand Manfred von Richthofen (le Baron rouge) – sans doute le plus grand aviateur de son époque – et l'as des as canadiens, le commandant Roy Brown, de la Royal Air Force (l'armée britannique), à qui l'on attribue la victoire sur von Richthofen. Je souhaite avant tout honorer la mémoire et le talent de ces deux personnages. Pour moi, le dernier combat du Baron rouge *devait* apparaître dans *L'Œil du dragon*.

Merci à Mme Herminder Birdi de m'avoir fait partager son savoir en ophtalmologie, et à Mme Sam Cushing, de m'avoir expliqué les traumatismes dus aux explosions et la manœuvre de Epley.

Cet ouvrage a été imprimé en France par

CPI
BUSSIÈRE

à Saint-Amand-Montrond (Cher)
en mai 2012

Cet ouvrage a été composé par
PCA - 44400 REZÉ

POCKET jeunesse
12, avenue d'Italie
75627 PARIS Cedex 13

— N° d'imp. 120901/1. —
Dépôt légal : juin 2010.
Suite du premier tirage : mai 2012.